W0323448

Zoé und Adil – in Love

Die Deutsche Nationalbibliothek – CIP-Einheitsaufnahme.
Die Deutsche Nationalbibliothek verzeichnet dieses Buch
in der Deutschen Nationalbibliografie;
detaillierte bibliografische Daten sind im Internet über
http://dnb.d-nb.de abrufbar.

Erste Auflage August 2017
© Größenwahn Verlag Frankfurt am Main
www.groessenwahn-verlag.de
Alle Rechte vorbehalten.
ISBN: 978-3-95771-176-2
eISBN: 978-3-95771-177-9

Susanne Rocholl

Zoé und Adil in Love

Jugendroman

EXIT
Gemeindebücherei
18/0158
Kressbronn

IMPRESSUM

Zoé und Adil – in Love

Autorin
Susanne Rocholl

Seitengestaltung
Größenwahn Verlag Frankfurt am Main

Schrift
Constantia

Covergestaltung
Marti O'Sigma

Coverbild
Marti O'Sigma

Lektorat
Britta Voß

Druck und Bindung
Print Group Sp. z. o. o. Szczecin (Stettin)

Größenwahn Verlag Frankfurt am Main
August 2017

ISBN: 978-3-95771-176-2
eISBN: 978-3-95771-177-9

Für
Jil, Ariane
und
meine Tochter Anahita

1.

Ich betrachtete meine Haut. Die hässlichen Brandnarben, die sich vom Halsansatz über die linke Schulter bis zur Brust ausdehnten – und heulte. Hypertrophe Narben nannten es die Ärzte. Mittlerweile wusste ich auch alles darüber.

Bisher hatte man alle möglichen Behandlungsmethoden an mir ausprobiert, angefangen von Druckverbänden über Röntgenweichbestrahlungen bis hin zu einer Farbstofflasertherapie, in der in endlosen Sitzungen die Blutgefäße verödet wurden, bis sie sich zurückbildeten. Das taten sie, nur hatte ich jetzt nicht mehr rote, sondern bräunliche, erhabene Narben, die man trotzdem sah, weil sie einen Kontrast zu meiner weißen Haut bildeten. Das Unglück hatte sich ein halbes Jahr zuvor an meinem sechzehnten Geburtstag im Januar 2013 ereignet. Und ausgerechnet Kevin, mein bester Freund, war schuld daran.

Manchmal brach ich tagelang nicht in Tränen aus, aber je nach Stimmungslage passierte es dann doch. Ich solle den bescheuerten Narben keine Bedeutung beimessen, hatte Charlie gemeint. Meine Mutter wurde nicht müde, mir zu versichern, ich sei etwas ganz Besonderes. Einige Stunden glaubte ich selbst daran. Doch spätestens abends, wenn ich meine Klamotten gegen mein Schlafshirt tauschte und dann wieder morgens in der Dusche wurde ich an sie erinnert. Welcher Junge würde sich jemals in mich verlieben?

Ich wischte mit meiner Handfläche über den vom warmen Wasserdampf beschlagenen Spiegel und begutachtete mein Gesicht. Außerirdisch hatte Kevin es genannt und mir dabei immer zugezwinkert. Ich wusste, dass Kevin in mich verknallt war und mir mit außerirdisch sagen wollte, dass er mich hübsch fand. Wobei für Kevin außerirdisch der Superlativ für alles Mögliche war: unseren Geschichtslehrer Bernd Pott, der eine pädagogische Niete war, die keifende Zicke vom Bäcker, bei der wir in der Pause unsere Brötchen kauften, aber auch für unseren Lieblingsitaliener am Herrfurthplatz in Neukölln, bei dem man venezianische Hausmannskost wie Pasta, Risotto und belegte Panini essen konnte.

Mit Kevin hatte ich schon im Sandkasten gespielt. Er war mein bester Freund bis zu meinem sechzehnten Geburtstag, der in einer Katastrophe endete. Danach benutzte er das Wort außerirdisch in Bezug auf mich nie wieder.

Ich stieg in meine Jeans, streifte ein Sweatshirt über und schlang eines meiner unzähligen Tücher um den Hals. Für ein paar Stunden bis zum Abend konnte ich mir wieder einbilden, als sei nichts geschehen, als hätte ich noch immer alle Chancen. Aber damit machte ich mir natürlich etwas vor.

Ich versuchte, meine zotteligen Haare mit einer Rundbürste glatt zu föhnen, was unmöglich war. Schließlich ließ ich sie feucht herunter hängen. Wie immer an solchen Tagen legte ich Make-up auf, um die roten Flecken vom Heulen abzudecken. Es musste nicht jeder mitbekommen, dass ich wieder einen Durchhänger hatte.

Charlie saß am Frühstückstisch und goss Tee in unsere Tassen. Normalerweise war sie im Morgengrauen schon auf dem Großmarkt, um frische Blumen für ihren Laden einzukaufen. Meine Stimmung besserte sich, weil sie ausnahmsweise mit mir frühstückte. Der Geruch von frisch gebackenem Kuchen durchzog die Küche.

»Guten Morgen, mein Schatz. Hübsch siehst du heute wieder aus!«

Charlies Standardsatz. Egal, ob ich gut drauf war oder nicht. Dabei war sie die Hübsche von uns beiden. Mit ihrer schlanken

Figur und dem rotblonden, weich fallenden Haar, das bis auf die Schultern reichte, wirkte sie wie ein junges Mädchen. Trotz ihrer einundvierzig Jahre. Ich drückte ihr einen Kuss auf die Wange.

»Hast du einen Kuchen gebacken, Mom? Und wieso bist du überhaupt hier? Hast du dein Geschäft heute geschlossen?«

»So viele Fragen! Setz dich erst einmal!«

Ich rutschte auf die Eckbank. Unsere Küche, überhaupt die gesamte Dreizimmerwohnung, war klein, aber mir gefiel sie. Ich hatte mein eigenes Zimmer und die Wohnung wirkte hell und fröhlich. Charlie hatte einen grünen Daumen und sie liebte Pflanzen. Sie standen in Blumentöpfen zwischen den Büchern auf dem Regal, hingen als Efeu vom Kleiderschrank herunter und standen als Kakteen in Reih und Glied auf den Fensterbänken.

Charlie war mit mir in Berlin-Neukölln geblieben, nachdem sie meinen Dad in einem handfesten Krach mit einem Kaktus beworfen und ihn vor die Tür gesetzt hatte. Ich war ungefähr fünf, als das geschah, eines der wenigen Ereignisse aus dieser Zeit, an das ich mich erinnerte, weil es heftig war. Mit Jeffs Auszug verbreitete sich eine ungewohnte Stille, denn mit ihm verstummte das Klavier, an dem er stundenlang rhythmische Töne zu Melodien komponiert hatte. Mit ihm verschwanden auch die lustigen Momente, in denen ich auf seinem Schoß auf den Tasten herum klimpern durfte.

Mittlerweile war Jeff ein erfolgreicher Schlagersänger, der seine eigenen Songs komponierte und sich selbst am Klavier begleitete. Er schrieb seine Texte in Deutsch, damit er auch von älteren Damen verstanden wurde, obwohl er Engländer war. Ich fand seine Lieder schnulzig, oberflächlich und peinlich, weshalb ich mich manchmal gern ans andere Ende der Welt gewünscht hätte, wenn man mich mit ihm in Verbindung brachte. Seine Fans liebten ihn.

Damals hatte ich nicht verstanden, warum er ausgezogen war. Später erst begriff ich, dass es um andere Frauen ging. Ich liebte Jeff, hatte regelmäßig Kontakt zu ihm, aber seit der Scheidung meiner Eltern hatte ich aufgegeben, die neuen Frauen an seiner Seite zu zählen. Irgendwann interessierte es mich auch nicht mehr.

»Geht's dir gut? Du bist so nachdenklich.«

»Nichts, schon gut«, antwortete ich und bestrich mein Brötchen mit Nutella. »Ich habe gerade nur an Dad gedacht. Hast du gehört? Er hat am letzten Wochenende ein Konzert in der ausverkauften Köln-Arena gegeben.«

Wahrscheinlich hatte das mit den Frauen angefangen, weil Jeff Künstler war und er mit vielen Leuten zu tun hatte. Charlie hatte mir einmal erzählt, mein Großvater habe sie vor einer Ehe mit Jeff gewarnt. Er sähe viel zu gut aus, um treu bleiben zu können. Dafür würden schon die anderen Frauen sorgen.

Wie immer tat Charlie, als habe sie meine Info bezüglich Jeffs Auftritt nicht gehört. Sie zuckte mit den Schultern. »Ach übrigens, Merle kann mich auch heute Nachmittag vertreten. Bist du dann hier?«

»Glaub' schon.«

»Sechzehn Uhr? Ich möchte etwas mit dir besprechen.«

Ich schüttelte den Kopf. »Warum so förmlich? Können wir nicht jetzt darüber reden?«

Charlie stand auf und räumte den Tisch ab. Ich half ihr, das Geschirr in die Spülmaschine zu stellen.

»Ich habe einen leckeren Kuchen für uns gebacken. Wir haben schon lange nicht mehr gemütlich zusammen gesessen. Die Arbeit frisst mich auf.«

Das stimmte wohl. Charlie hatte ihre Liebe zu Pflanzen zum Beruf gemacht. Sie besaß ein eigenes Geschäft. *Blumen Charlotte* bot sowohl Schnittblumen, Topf- und Zierpflanzen als auch Gestecke an. Das Blumengeschäft war Charlies ganzer Stolz, aber ihr

Privatleben litt sehr darunter. Ihre Minijobberin Merle half aus, wenn es zu stressig wurde und auch ich unterstützte sie an den Samstagen so oft es ging im Laden, um mir meine Klamottenträume zu erfüllen. Manchmal stand ich auch mit ihr zusammen auf dem Wochenmarkt.

»Bis elf Uhr habe ich etliche Blumengestecke für eine Hochzeit anzufertigen. Danach müssen wir eine Tischdekoration vorbereiten. Gegen sechzehn Uhr kann ich hier sein. Merle kommt danach alleine klar.«

»Okay, vier Uhr.«

Sie küsste mich. »Beeil dich, sonst verpasst du deine U-Bahn! Und viel Erfolg für deine Geschichtsklausur!«

2.

Gerade rechtzeitig erreichte ich die U-Bahn. Sie war wie immer überfüllt mit Berufstätigen und Schülern, die wie ich zum Albert-Schweitzer-Gymnasium fuhren. Vier Haltestellen weiter stieg ich aus und überquerte wenig später mit meiner Freundin Dilara die Karl-Marx-Straße.

Dilara war eine wunderschöne Türkin mit großen, romantischen Augen. In ihrer Experimentierfreude hatte sie sich ihre langen Haare zu einem Kurzhaarschnitt schneiden lassen, was in ihrer konservativen Familie ein Erdbeben ausgelöst hatte. Eine Türkin mit kurzen Haaren? Unmöglich. Aber sie hatte nur gelacht, weil sie mit ihrem langen Schwanenhals jetzt aussah wie die amerikanische Schauspielerin Anne Hathaway. War sie schon vorher der Schwarm vieler Jungen gewesen, lagen sie ihr jetzt zu Füßen. Vergebens. Der Junge, der sie interessieren könne, müsse erst gebacken werden, war ihre Devise.

Ihr Traum war es, Ärztin zu werden. Ich liebte sie, weil wir oft denselben Gedanken hatten und uns über die banalsten Dinge schräg lachen konnten. Stundenlang lagen wir auf unseren Betten und träumten von Jungen, die gutaussehend, intelligent, witzig und gefühlvoll sein mussten. Beide sehnten wir uns nach einem festen Freund, der alle diese Eigenschaften erfüllte.

Und dann hatte sie sich ausgerechnet in Mehmet verliebt. Er war Filialleiter bei Aldi und schon dreiundzwanzig. Zwar war er intelligent und gutaussehend, aber gleichzeitig extrem besitzergreifend. Für ihn war Dilara die Traumfrau, mit der er eine Familie gründen und ein Häuschen bauen wollte. Ich sah sie bereits mit drei kleinen Kindern und schwangerem Bauch am Herd stehen, ihren Plan, Ärztin zu werden, ein für alle Mal begraben.

Unsere Freundschaft hatte wegen Mehmet einen leichten Knacks bekommen. Nicht, dass ich eifersüchtig gewesen wäre, obwohl ich mir selbst nichts sehnlicher als einen festen Freund wünschte, aber ich mochte Mehmet nicht, weil er Dilara für sich allein beanspruchte und sie keine Zeit mehr für mich hatte. Ständig spamte er sie mit banalen WhatsApp-Messages zu, auf die sie antworten musste. Reinste Kontrolle. Dilara klebte nur noch an ihrem Handy, selbst wenn sie sich ausnahmsweise einmal Zeit für mich nahm.

Natürlich hatten ihre Eltern anfangs keine Ahnung. Es hätte einen riesen Wirbel gegeben, denn die türkischen Familien sind miteinander bekannt, es wird viel geredet, und wird ein Mädchen mit einem Mann gesehen, wird die Beziehung in konservativen Familien offiziell. Käme sie ins Gerede, hätte sie ihre Chancen auf einen zukünftigen Ehemann verspielt. Dabei hätte Dilara ihren Mehmet vor der Ehe nie an sich rangelassen. Als sie schließlich doch von ihrer Mutter gesehen wurde, wie sie händchenhaltend mit Mehmet über den Alexanderplatz spazierte, wurde der Termin für die Verlobungsfeier festgelegt. Dilara versuchte mir einzureden, es handele sich lediglich um eine Verlobung, die man jederzeit lösen könne. Hallo? Eine Verlobungsfeier mit sechzig geladenen Gästen und einem teuren Buffet? Das klang schon sehr ernst! Ich war traurig, weil ich meine liebste und einzige Freundin verlor, weil es außer ihr keine andere gab, mit der ich lachen und gleichzeitig heulen konnte.

Vor unserem Schulhof stand neuerdings wieder Hassan, der Wachschützer. Wir hatten ihn längere Zeit nicht gesehen, weil die Stadt die Stelle gestrichen hatte. Jetzt gab es offenbar wieder ein Budget für ihn, damit er Drogendealer vom Hermann-platz abhielt und solche, die auf Streit aus waren. Er begrüßte einen

Mittelstufenschüler mit Hand- und Schulterschlag und wir winkten ihm zu.

»Hoffentlich ist Manuel heute da«, sagte Dilara. »Ich muss eine Zwei in Geschichte schreiben, damit ich mir nicht meinen Schnitt versaue. Ich hatte überhaupt keine Zeit zu lernen.«

Ihr Handy brummte. Sie sah drauf und tippte irgendwas ein.

»Mehmet?«

»Ja. Wie süß der ist. Schreibt, dass er jede Sekunde an mich denkt und es bis morgen nicht ohne mich aushält. Ob ich heute Abend schon zu ihm kommen kann. Seine Mutter macht Ispanakli Börek.«

»Diese Teigblätter mit Spinatfüllung?«

»Total lecker. Mehmets Mutter bereitet die Teigblätter mit echtem Spinat zu, nicht mit diesem vorgekochten aus dem Kühlfach.«

»Wollten wir nicht heute Abend ins Renard?«

Le petit Renard war ein gemütliches, französisches Bistro auf der Schillerpromenade in Neukölln, kunstvoll im französischen Stil eingerichtet, unser Lieblingsbistro.

»Herrje, komplett vergessen«, sagte Dilara. »Macht nichts, oder? Wir holen das morgen oder irgendwann anders nach.«

Sie drückte mir einen Kuss auf die Wange.

»Auf jeden Fall ist dir deine zwei in Geschi sicher«, seufzte ich. Manuel wird schon da sein. Er hat es versprochen.«

Ganz sicher, ob er kommen würde, war ich mir aber selbst nicht. Manuel war im Leistungskurs Geschichte und ein wandelndes Lexikon. Allerdings war er etwas unzuverlässig und nicht immer zur Stelle, wenn man ihn brauchte.

»Hast du die Fluppen dabei?«, fragte ich Dilara.

»Hab' ich gestern Abend beim Späti gekauft. Der hatte aber keine Rothmans mehr. Winston tun's hoffentlich auch.«

Späti war unser Kleinkrämerladen an der Ecke, der bis fünf Uhr morgens geöffnet hatte. Davon gab es tausende in Berlin. Die

Zigaretten brauchten wir für Manuel als Gegenleistung für seine hilfreiche Unterstützung bei den Klausuren. Wenn wir Geschichte schrieben, schickten wir ihm ein Foto von der Klausur und er schrieb uns die Antworten auf, baute auch gleich ein paar Fehler ein, damit wir nicht zu krass auffielen. Alles übers Handy natürlich. Unser Lehrer war so verpeilt, der bekam nie etwas mit.

»Da ist er!«, rief ich erleichtert, als ich ihn am Fahrradständer sah. Wir vergewisserten uns, dass er sein Handy dabei hatte und steckten ihm die Zigaretten zu.

3.

Trotz Manuels Hilfe verkackte ich die Klausur. Seine Message kam zu spät, ich traute mich nicht, aufs Display zu schauen, denn ausgerechnet an dem Tag war unser Geschichtslehrer krank und die Vertretung übertrieb es mit ihrer Aufsichtspflicht. Außerdem war ich unkonzentriert, der Grund für das anstehende Gespräch mit Charlie beschäftigte mich. Es musste wichtig sein, denn sie war normalerweise geradeheraus. Vielleicht hatte sie einen Wunderheiler gefunden, der meine Narben verschwinden lassen konnte. Oder sie hatte gespart und wollte mich mit einer tollen Reise überraschen. Aber all das hätte sie mir sofort sagen können. Warum diese Geheimniskrämerei?

Als ich endlich nach Hause kam, war Charlie schon da. Sie hatte meinen Lieblingskuchen gebacken, Nuss-Karottenkuchen mit Himbeersahne. Bestechung? Oder gab es etwas zu feiern?

»Wie war Geschichte?«, begann sie das Gespräch.

»Hätte besser sein können. Macht aber nichts. Gott sei Dank mag Potti mich. Es reicht, wenn ich interessiert gucke, um meine drei im Mündlichen zu bekommen. Dafür war mein Bio-Referat super.«

Charlie seufzte. »Du bist doch ein intelligentes Mädchen, ein paar Geschichtszahlen wirst du dir doch merken können! Jeder Punkt zählt, Zoé. Du machst doch im nächsten Jahr dein Abitur!«

In der Grundschule hatte ich eine Klasse übersprungen und deshalb war ich mit meinen sechzehn Jahren die jüngste in der Klasse. Mein Lerneifer hatte jedoch ab der achten Klasse rapide nachgelassen. Mittlerweile war ich nur noch Mittelmaß.

»Es interessiert mich einfach nicht«, erwiderte ich und schob den Tortenheber unter den Kuchen. »Du müsstest selbst erleben, wie langweilig Potti im Unterricht ist. Stundenlang labert er über den Nazi-Kram, den kein Mensch mehr hören will. Ist doch klar! Die haben ihn an unsere Schule geholt, weil niemand sonst bei uns unterrichten will. In der Gedenkstätte Plötzensee hat er früher gearbeitet und lediglich eine Umschulung gemacht. Pädagogisch eine echte Niete. Willst du jetzt über Schule mit mir quatschen oder was?«

Charlie setzte ihre Kaffeetasse ab und lehnte sich zurück. In dem Sessel wirkte sie auf einmal sehr zart und zerbrechlich. Im hereinfallenden Licht der Nachmittagssonne bemerkte ich die ersten grauen Strähnchen an ihrem Haaransatz. Sie beugte sich nach vorn, stützte ihre Ellenbogen auf die Knie und faltete die Hände ineinander. Sie hatte sehr lange, schlanke Finger, doch sie waren zerstochen und rau von der langjährigen Arbeit mit Blumengestecken.

»Zoé«, begann sie und die vorsichtige Art, wie sie meinen Namen sagte, ließ alle Alarmglocken in mir klingeln.

»Zoé, findest du nicht, dass Neukölln ziemlich schlimm geworden ist?«

»Schlimm? Wieso?«

»Ich meine damit die vielen Einwanderer und die Kriminalität.«

»Seit wann hast du denn was gegen Einwanderer?«, fragte ich überrascht.

»Nichts, das weißt du. Aber es ist schon bedenklich, dass die Stadt einen Wachschützer an eurer Schule beschäftigen muss, damit die Schüler sicher sind.«

Charlies Aussage verwirrte mich. Hassan bewachte unsere Schule nicht das erste Mal, aber früher war das nie ein Thema gewesen.

»Glaubst du, woanders passiert nichts? Gekifft wird heutzutage sowieso an allen Schulen. Aber wir sind mit Hassan wenigstens sicher. Außerdem ist hier eben Multikulti, und deshalb ist es vielleicht mal ein bisschen lauter. Dafür hilft dir jemand, wenn dir einer dumm kommt.«

»Aber Zoé!«

»Ich fasse es nicht. In Gropiusstadt ist es vielleicht schlimm. Aber Kreuzberg und Neukölln sind jetzt sowas von hip. Alle Studenten kommen hierher.«

»Und dein Erlebnis in der U-Bahn?«

Bei der Erinnerung daran krampften sich mir noch immer die Eingeweide zusammen. Ungefähr ein Jahr zuvor hatten mich zwei Schwarze verfolgt. Ich war abends auf dem Rückweg von einer Party gewesen, als mir diese Typen in der U-Bahn eindeutige Anmachblicke zuwarfen. Ich ignorierte sie, doch als sie an meiner Station ebenfalls ausstiegen, mir eine ganze Weile hinterher liefen und den Abstand zu mir verringerten, bekam ich es mit der Angst zu tun. Ich sprang in die erstbeste Straßenbahn, die in die falsche Richtung fuhr, was in dem Moment egal war, denn ich hatte meine Verfolger abgeschüttelt. Trotzdem, der Schock saß tief.

»Warum fängst du jetzt davon an? Wieso sagst du sowas überhaupt?«

»Zoé, weil ... Es fällt mir schwer, dir das zu sagen. Weil ...«, sie seufzte, »weil wir von hier wegziehen werden.«

Diese Information kam so unerwartet, dass mir die Luft wegblieb. Plötzlich war ich wieder das Kind von damals, das von einem Jungen von der Mauer geschubst worden war und mit dem Rücken auf den Boden fiel. Ich japste und schnappte nach Luft. Ich spürte, wie das Blut aus meinem Kopf wich und meine Hände kalt wurden.

»Wegziehen?«

Sie griff über den Tisch nach meiner Hand und drückte sie.

»Ich weiß, dass du nicht von hier fort willst. Auch ich würde lieber hierbleiben, Neukölln ist für mich wie eine zweite Heimat geworden. Aber manchmal gibt es Dinge im Leben, die sich nicht ändern lassen und die einen zwingen, zu handeln.«

Ich versuchte, meinen Kloß im Hals hinunterzuschlucken.

»Wieso?«, krächzte ich.

Charlie ließ meine Hand los und lehnte sich wieder zurück.

»Ich kann den Laden nicht mehr halten, weißt du? Seitdem das Gartencenter in der Mohriner Allee eröffnet hat, bleiben meine Kunden weg. Die Umsatzeinbußen sind spürbar. Ich weiß nicht einmal, ob ich Merle noch länger beschäftigen kann.«

Merle war Charlies Minijobberin, die stundenweise aushalf, wenn ihre Kinder in der Kita waren.

»Okay«, erwiderte ich, »dann mache ich Merles Job. Du brauchst mich natürlich nicht zu bezahlen. Ich könnte für dich zum Markt fahren. Bin zwar keine Frühaufsteherin, aber bis es vielleicht eine andere Lösung gibt, ist das kein Problem für mich.«

Charlie schüttelte den Kopf. »Du bist lieb, aber das würde ich niemals zulassen. Außerdem braucht man für die Auswahl der richtigen Pflanzen viel Erfahrung, die du nicht mitbringst. Haltbarkeit, Kundenwünsche, Preise, Verhandlungsgeschick und vieles mehr spielen beim Kauf von Pflanzen eine Rolle.«

»Dann suchst du dir eben etwas anderes!«, warf ich ein. »Du könntest das alles schmeißen und in einer Boutique arbeiten. Oder in einem Büro. Oder ... Irgendetwas wird sich schon finden.«

»In einer Boutique möchte ich nicht arbeiten, Zoé. Als Angestellte mit einer womöglich jüngeren Chefin, die mir beibringen will, wie man mit Kunden umgeht? Gott bewahre! Und als Sekretärin habe ich ohne kaufmännische Ausbildung keine Chance. Glaub mir! Es geht nicht.«

Ein kleiner Hoffnungsschimmer flackerte auf. Berlin war groß. Charlie hatte noch nicht gesagt, wohin wir ziehen würden. Ich fragte sie danach, und ihre Antwort haute mich glatt um.

»Wir ziehen zu meinem Bruder.«

»Waaaaas? Zu Viktor?«

»Genau. Wir ziehen nach Flees. Seit Isabells Tod sind die Umsätze des Hotels zurück gegangen, weil Viktor sich zwar um das operative Geschäft kümmert, aber man merkt, dass eine Frau fehlt, die Wert auf das Interieur und die Details legt. Seine Aushilfskräfte sind zuverlässig, aber die machen natürlich nicht mehr als nötig. Und da dachte ich mir, ich könnte mich im Hotel nützlich machen. Es würde eine solide Existenz für uns bedeuten.«

Flees hatte maximal fünftausend Einwohner und lag am Niederrhein an der holländischen Grenze. Ein Kuhdorf!

»Ich fasse es nicht!«

»Es geht nicht anders.«

Ich schüttelte heftig den Kopf.

»Zoé! Nun hör doch mal ...!«

»Flees ist ein Kaff. Total tote Hose. Das kannst du mir nicht antun!«

Ich bemühte mich, ruhig zu bleiben, aber innerlich kochte ich.

»Du verlangst, dass ich ein Jahr vor dem Abi die Schule wechsele? Jetzt, wo es auf jeden Punkt ankommt? Hast du doch selber gesagt! Das kannst du doch nicht machen!«

Charlie seufzte. »Das habe ich mir auch schon überlegt. Aber du bist ein cleveres Mädchen. Es kann auch eine Chance sein, indem du dich von deiner besten Seite präsentierst. In deinen starken Fächern wirst du weiterhin gute Noten schreiben, und in den schwachen kannst du dich neu bewähren.«

»So einfach, glaubst du, ist das? Sorry, aber du hast überhaupt keine Ahnung. Ich habe Geschichte als drittes Abifach gewählt, weil ich dachte, ich kann mich mit Manuels Hilfe durchwurschteln.«

»Du hättest bestimmt ein Fach wählen können, das dir mehr liegt«, erwiderte Charlie. »Davon abgesehen ist Geschichte ein interessantes Fach und erlernbar. Das einzige Problem ist deine Einstellung dazu.«

Ich holte tief Luft. »Ich habe dir das schon einmal erklärt. Ich brauchte ein gesellschaftswissenschaftliches Fach. Pädagogik, was ich am liebsten gewählt hätte, wurde nicht angeboten. Oder hätte ich etwa Politische Weltkunde oder Geographie wählen sollen? Das ist ja noch schlimmer!«

»Was soll ich dazu sagen, Zoé. Es ist traurig, dass du dich auf einen Mitschüler verlässt, der dir die Antworten über dein Handy zuflüstert. Im Abitur bist du ohnehin auf dich alleine gestellt. Lerne und alles wird gut.«

Charlie spießte ein Stück ihres Nuss-Karottenkuchens auf die Gabel und schob sie in den Mund. Mir war der Appetit auf meinen Lieblingskuchen vergangen.

»Bitte. Es ist deine Schuld, wenn ich mein Abi verhaue«, sagte ich resigniert und schob meinen Kuchenteller beiseite. »Außerdem werde ich von meinen Freunden akzeptiert, wie ich bin. Nochmal neu anfangen? Niemand wird mich mit diesen scheiß Narben zur Freundin haben wollen. Warum fragst du nicht Jeff, ob er uns finanziell aushelfen kann? Er schwimmt doch im Geld. Der würde uns bestimmt unterstützen.«

»Kommt gar nicht in Frage«, sagte Charlie bestimmt. »Jeff wäre der Letzte, den ich um Geld bitten würde. Und was deine Narben betrifft, Zoé, kann ich deine Gefühle verstehen. Es ist hart für dich, natürlich, aber du musst lernen, sie als Teil von dir anzunehmen.«

»Oh, Scheiße!«

Ich sprang auf und stieß dabei gegen den Tisch, so dass der Tee überschwappte.

»Dir ist dein verdammter Stolz wichtiger als mein Glück und ein gutes Abi?«

»Zoé!«

»Scheiße! Scheiße! Scheiße!«

Laut stampfend rannte ich in mein Zimmer und schmiss die Tür hinter mir zu. Ich war dermaßen wütend und enttäuscht, dass ich am liebsten die gesamte Einrichtung zerschlagen hätte. Aus Protest stellte ich meine Anlage auf volle Lautstärke, wohl wissend, dass Charlie früher oder später hineinstürmen und aus Rücksicht auf die Nachbarn die Anlage ausstellen würde. Aber sie kam nicht. Schließlich dröhnten meine eigenen Ohren von dem Krach. Ich warf mich aufs Bett und starrte tieftraurig an die Wände, die mit Fotos behängt waren: Dilara und ich am Brandenburger Tor, während einer Shopping Tour im KaDeWe, in unserem Lieblingsfilm Hunger Games, beim Dreh verrückter Videos, beim Chillen und Mate trinken in einem der zahlreichen Cafés am Kiez, auf unserer letzten Klassenfahrt nach Prag. Dazwischen ein Bild von Kevin auf der Karlsbrücke in Siegerpose. Außerirdisch hatte er gerufen, bevor ich auf den Auslöser drückte. Ich sprang auf, riss es von der Wand und zerlegte es in tausend Teile.

Irgendwann trieb mich der Hunger aus meinem Zimmer. Ich durchstöberte den Kühlschrank nach etwas Essbarem, als ich stutzte. Ein unbekanntes Geräusch ließ mich aufhorchen. Ich schloss den Kühlschrank und lauschte, folgte dem Geräusch bis zu seiner Quelle, Charlies Schlafzimmer. Als ich mein Ohr gegen die Tür presste, wurde mir bewusst, was es bedeutete.

Charlie weinte.

4.

Ich dachte verzweifelt über einen Ausweg nach, aber solange ich auch überlegte, es gab nur eine einzige Möglichkeit, zumindest allein in Berlin zu bleiben, und die hieß Jeff. Gleichzeitig war mir bewusst, dass ich Charlie meinen Plan nicht erklären konnte, solange nicht hundertprozentig feststand, dass er funktionierte. Sie würde mir Vertrauensbruch vorwerfen und bevor ich meiner Sache nicht sicher war, schwieg ich lieber.

Ich nahm die U-Bahn, stieg am Ku'damm aus und lief zur Sybelstraße bis zu einem Stuckaltbau mit Luxuswohnungen. Hier bewohnte Jeff ein Penthouse-Loft im New York Style. Vor dem Haus lungerten oft einige Reporter herum in der Hoffnung, ein- oder ausgehende Promis abzulichten. Mich ließen sie normalerweise in Ruhe, weil es viel interessantere Fotomotive gab. Da ich Jeff regelmäßig besuchte, kannte ich die Presseleute.

»Hi, Zoé«, rief Mike von der Zeitschrift Echo der Frau zu mir herüber. »Alles klar?«

»Könnte besser sein«, rief ich zurück, hob eine Hand zum Gruß und stellte mich unter die Videoüberwachung. Der Hausmeister ließ mich ein, ich bestieg den gläsernen Aufzug und stand eine Minute später vor Jeffs Haustür, die ebenfalls mit Kameras ausgestattet war.

»Ist Jeff da?«, fragte ich Elena, Jeffs aktuelle Blondine, die vom Alter her meine große Schwester hätte sein können.

»Je-heff?«, schrie sie mit ihrer nervigen Piepsstimme. Jeff antwortete von irgendwoher.

»Deine Tochter! Zoé!«, rief Elena.

»Ich bin Einzelkind«, erklärte ich Jeffs Geliebten, weil sie die Betonung auf Tochter gelegt hatte, und setzte meinen Fuß auf eine gläserne Gangway, die über eine Galerie führte, in der Jeff seine Auszeichnungen, Preise und Fotos ausstellte: Jeff bei einem Konzert, Jeff umringt von weiblichen Fans beim Autogrammschreiben, Jeff bei After-Show-Partys mit anderen Promis.

Vorsichtig tastete ich mich am Ende der Gangway die gläsernen Stufen hinunter aus Angst, mich der Länge nach hinzulegen. Aber da kam er mir schon entgegen, glatt rasiert, dynamisch, in beiger Sommerhose und sportlichem Sweatshirt. Er sah unheimlich gut aus, was bestimmt nicht schädlich für seinen Erfolg war. Jeff war sich seiner Wirkung bewusst. Oft hatte ich mir gewünscht, einen weniger attraktiven und erfolgreichen Vater zu haben. Vielleicht hätte er Charlie dann nicht betrogen, sie hätte ihn nicht vor die Tür setzen müssen, wir hätten keine finanziellen Sorgen gehabt, und alles wäre ganz anders gekommen.

»Hi, sweetheart«, begrüßte er mich mit einem Wangenkuss. Sein After-Shave roch grässlich, für einen Herrenduft zu süß.

Jeff sprach immer englisch mit mir, und deshalb war es meine zweite Muttersprache.

»Wolltest du nicht nächste Woche vorbeikommen?«, fragte er.

»Ja, schon. Aber ich wollte was mit dir besprechen. Hast du einen Moment Zeit, Dad?«, fragte ich mit meinem Ich-liebe-und-bewundere-dich-Lächeln.

Jeff guckte auf seine Uhr. »Wenn es nicht zu lange dauert, Schatz. Ich bin eigentlich auf dem Weg ins Tonstudio.«

»Nö, geht ganz schnell.«

Wir gingen ins Wohnzimmer, das größer war als unsere komplette Wohnung und in seiner gesamten Breite mit Panoramafenstern ausgestattet war. Wie immer überwältigte mich der krasse Blick auf die Dächer Berlins.

Ich setzte mich auf die schwarze Ledercouch. Der Raum war für meinen Geschmack zu groß und ungemütlich, bestückt mit stylischen Möbeln in schwarz-weiß, futuristischen Lampen und einer mega-großen Leinwand, auf der Jeff seine gefilmten Auftritte nacherleben konnte. Ein überdimensionaler weiß schimmernder Flügel stand in der Mitte des Wohnzimmers.

»Hör mal, Schatz! Ich bin gerade dabei, ein neues Lied zu komponieren. Die Inspiration kam mir letzte Woche nach meinem Konzert in Köln auf der Fahrt nach Hause. Ich muss dir das unbedingt vorsingen, du bist doch meine erste und beste Kritikerin.«

»Können wir nicht ...«

Er klimperte einige Akkorde mit rhythmischen Begleitfiguren auf seinem Flügel, dann schmetterte er den Text dazu, wie immer null-acht-fünfzehn über Liebe, Herz und Schmerz:

Wenn ich abends mit dir durch die Straßen geh'
und das Leuchten in deinen Augen seh'.
Wenn dein Haar über meine Wangen streicht,
dein süßer Mund sich mit meinem vereint.
Dann weiß ich, nur du ganz allein,
nur du, du, du
wirst die Frau an meiner Seite sein ...

»Super! Könnte wieder ein Ohrwurm werden«, unterbrach ich ihn, obwohl ich es grotten-schnulzig fand. Aber das behielt ich lieber für mich. Dieses Gesülze war wahrscheinlich das, was seine weiblichen Fans von ihm hören wollten.

»Ja? Findest du auch den Text okay?«

»Er ist allerliebst, Dad. Allerdings reimen sich streicht und vereint nicht wirklich. Daran müsstest du vielleicht noch etwas arbeiten. Können wir jetzt quatschen?«

»Klar, Schatz.« Offenbar bemerkte er meine Ungeduld. »Möchtest du einen Orangensaft?«

»Bleib' sowieso nicht lange, wollte dich nur was fragen.«

»So viel Zeit muss sein!« Er rief nach Elena, die sich mittlerweile in ein Kleid gezwängt hatte, das wie angesprüht aussah. Ihr Busen wippte lässig auf und ab. Kein BH? Erst nachdem Elena den Orangensaft abgestellt hatte und wieder draußen war, setzte sich Jeff endlich zu mir.

»Dann schieß mal los!«

Ich erzählte von dem Gespräch mit Charlie. Als ich ihm sagte, dass sie durch nichts von ihren Umzugsplänen abzubringen war, zitterte meine Stimme.

Jeff tätschelte meinen Kopf. »Du wirst mir fehlen, Maus. Schade, dass du weggehst. Aber ich bin ja nicht aus der Welt. Du setzt dich einfach in den nächsten Zug und besuchst mich, wann immer du Zeit und Lust hast.«

Ich seufzte. »Klar kann ich dich besuchen. Aber darum geht es nicht. Ich will einfach nicht weg aus Neukölln, verstehst du? Meine Freunde sind hier, meine Schule, einfach alles.«

»Tut mir leid für dich«, sagte Jeff. »Aber wenn deine Mutter das so entschieden hat, kann ich nicht viel dagegen ausrichten. Freunde findest du überall. Und... Und wegen deiner Verletzung mach dir mal keine Sorgen. Sobald ich etwas mehr Zeit habe, kümmere ich mich darum und konsultiere die besten Spezialisten. Heutzutage muss sich niemand mehr schämen. Eine Hauttransplantation wäre eventuell auch eine Alternative. Alles ist möglich ...«

»Das ist doch nicht das Thema«, unterbrach ich ihn ungeduldig. »Darum geht es nicht.«

»Okay, Schatz, verstehe. Du willst nicht darüber sprechen. Aber was den Umzug betrifft, was soll ich denn deiner Meinung nach unternehmen? Soll ich euch Geld geben?«

»Charlie will deinen Zaster nicht. Sorry, aber das weißt du ja selbst.«

Direkt nach der Scheidung hatte sich Charlie mit dem Laden selbstständig gemacht. Auf gar keinen Fall Geld von Jeff annehmen! Das verbot ihr Stolz. An mich zahlte er Unterhalt, zunächst einen Betrag, der dem damaligen Lebensstandard entsprach, der aber später mit Jeffs wachsendem beruflichen Erfolg angehoben worden war. Ich wusste nicht, wie viel das war, weil Charlie sich darüber ausschwieg. Aber sie hatte mal erwähnt, dass sie das meiste in irgendwelchen Fonds für mich angelegt hatte.

Darüber hinaus steckte er mir hin und wieder Geld zu. Ich nahm es, oder auch nicht – je nachdem wie groß mein schlechtes Gewissen gerade Charlie gegenüber war.

Jeff schien nachdenklich. »In der Beziehung ist deine Mutter stur wie ein Maulesel. Nicht einen Cent nimmt sie von mir. Aber, wie gesagt, ich bin nicht aus der Welt. Wie wäre es, wenn du im Herbst zu meinem Konzert in die O2 World nach Hamburg kommst? Du warst schon lange nicht mehr auf einem meiner Konzerte. Das Hotelzimmer und die Zugfahrt bezahle ich natürlich. Du kannst selbstverständlich auch den Flieger nehmen. Und wenn ich Zeit habe, machen wir vorher einen gemütlichen Stadtbummel durch Hamburg. Was hältst du davon?«

Kam er denn nicht selbst darauf, was ich wollte?

»Kann ich nicht einfach bei dir bleiben, Dad?« schoss es endlich aus mir heraus.

Ich bemerkte, dass Jeff leicht zusammenzuckte.

»Äh ... Bei mir?«

»Klaro, warum denn nicht? Ich war all die Jahre bei Charlie, jetzt komme ich zu dir. Du sagst doch selbst immer, dass du viel zu wenig von mir hast. Na, und wenn ich bei dir wohne, kannst du mich jeden Tag sehen. Das ist doch die super Idee!«

Jeff räusperte sich. »Weißt du, Maus, dass ich dich nicht sehen kann, wann immer ich möchte, bezieht sich eher auf mein Arbeitspensum. All die Konzerte, Proben und Abendveranstaltungen. Ich bin kaum zu Hause. Wenn ich zum Beispiel Beamter wäre und könnte täglich pünktlich um vier Uhr mein Büro abschließen, aber ...«

»Ja?«

»Im Grunde bin ich nie hier. Dass du mich heute unangemeldet antriffst, ist reiner Zufall. Du wärst immer allein, Liebes, und das – naja – möchte ich dir nicht zumuten.«

»Dad! Ich muss mein Abi machen. Ich werde es verkacken, wenn ich ausgerechnet jetzt auf eine neue Schule mit neuen Lehrern soll. Es ist nur für ein Jahr. Danach verschwinde ich sowieso, zum Studieren. Du brauchst dich um mich überhaupt nicht zu kümmern. Du merkst praktisch gar nicht, dass ich da bin.«

»Ähm, Süße, das schaffst du schon. Auf jeden Fall besser als hier. Weißt du, ich habe nicht einmal einen Platz zum Lernen für dich. Du siehst doch, wie ich lebe. Ich habe mein Arbeitszimmer, mein Schlafzimmer und der Rest ist offen.«

»Ich brauche kein eigenes Zimmer, und schlafen und lernen kann ich auf der Couch. Jetzt lerne ich doch auch nur auf meinem Bett.«

Elena kam rein, ohne anzuklopfen. »Redet ruhig weiter«, piepste sie und holte irgendwas aus einer Schublade. Jeff sah auf ihren Po. Eindeutig! Als mir klar wurde, dass er diese Frau – ach was, alle Frauen – mir immer vorziehen würde, spürte ich merkwürdigerweise keinen Zorn. Man kann wütend auf jemanden sein, den man achtet und respektiert. Aber in diesem Moment respektierte ich Jeff überhaupt nicht. Irgendwie tat er mir Leid.

Resigniert stand ich auf. »Schon okay! Ich bin dir im Weg, weil dir dein Privatleben wichtiger ist, als ich. Selbst ein guter Schulabschluss deiner Tochter ist dir egal. Abendveranstaltungen? Sag doch gleich Partys! Du willst nicht gestört werden. Ist doch Blödsinn! Ich bin sechzehn, kein Baby mehr, und das Alleinsein gewöhnt. Macht nichts. Dann gehe ich jetzt lieber.«

»Aber Zoé! So war das doch nicht gemeint. Nun sei doch nicht gleich eingeschnappt. Natürlich möchte ich, dass du bei mir bist. Aber es ist nun einmal schwierig, bei mir zu wohnen. Allein die Presseleute, die ständig vor dem Haus stehen und dich belästigen könnten. Wir finden bestimmt eine andere Lösung. Komm! Setz dich wieder hin!«

Alles Ausreden. Mein rettender Strohhalm war eingeknickt. Ich wollte nichts mehr hören, keine Lügen, keine leeren Versprechen. Gegen meine Tränen ankämpfend stakste ich über die idiotische Gangway zurück zum Eingangsbereich, hoch konzentriert darauf, nur nicht hinzuknallen. Elena guckte mir blöd hinterher. Erst im Treppenhaus ließ ich meinen Tränen freien Lauf, stolperte die Stufen hinunter und rannte auf die Straße. Es machte klick, klick, klick. Dass Mike ein Foto von mir schoss, war mir in dem Moment egal.

5.

Die kommenden Tage hoffte ich auf das Wunder, das Charlies Pläne zum Einsturz bringen würde. Aber als Anfang September 2013 der Möbelwagen vor unserer Wohnung stand, hatte mich die Realität endgültig eingeholt.

Ich war noch etwas benommen vom Abend davor, an dem meine Clique eine Abschiedsparty im Dufte, einer kultigen Musikbar, für mich organisiert hatte. Insgesamt waren fast hundertzwanzig Leute aus meiner Stufe gekommen. Vor Rührung hatte ich Rotz und Wasser geheult. Wir kannten uns seit der fünften Klasse, teilweise sogar aus der Grundschule und dem Kindergarten, waren gemeinsam auf Klassenfahrten gewesen, hatten Lehrer verarscht, Schulstunden geschwänzt und den einen oder anderen Streich ausgeheckt. Ich hatte wegen Jeff nie eine Sonderstellung eingenommen, weil alle seine ersten Erfolge miterlebt hatten und es später normal war, dass seine CDs im Laden erhältlich waren.

Der voll beladene Möbelwagen war bereits losgefahren. Charlie wartete unten im Auto auf mich, weil ich die letzten Minuten allein in unserer Wohnung verbringen wollte. Beim Anblick der nackten Wände schnürte sich mir die Kehle zu. Das Atmen fiel mir schwer, dann machte ich ein Foto von meinem verlassenen Zimmer und schickte es Dilara mit den Worten: Quiet desperation!

Genauso fühlte ich mich, genauso wie Beneatha aus unserer Schullektüre A Raisin in the Sun. Dilara war online und schrieb zurück:

»Komme dich bald besuchen. Ich vermisse dich jetzt schon.« Dahinter drei Kusssmileys.

»Ich rechne mit dir! Wenigstens an einem Wochenende. Du hast es versprochen«, schrieb ich zurück und seufzte. Hoffentlich hielt sich Dilara an unsere Abmachung. Ich war mir nicht sicher. Allein schon wegen Mehmet.

Resigniert zog ich ein letztes Mal unsere Haustür zu und ging langsam die Treppe hinunter, prägte mir jede Stufe ein, als hinge mein Leben davon ab. Charlie saß im Auto am Straßenrand und schob die Beifahrertür auf, als sie mich kommen sah. Sie schüttelte missbilligend den Kopf.

»Gerade dachte ich, du siehst aus wie eine Orangenborste. Besonders, wenn die Sonne auf dein Haar fällt.«

»Eine was?«

Ich hatte meine Haare aus Protest orange gefärbt und es gleich im Anschluss wieder bereut. Charlie konnte ich mit der Haarfarbe zwar schocken, aber jetzt war ich unübersehbar. Und an der neuen Schule auffallen war eigentlich das Letzte, was ich wollte.

»Dein Natur-Braun ist so schön, Zoè! Also wirklich!«

»Mir gefällt Orange. Lass mir wenigstens meinen Geschmack, wenn du mir schon mein Glück nimmst!«

Ups – das war jetzt echt dramatisch geraten! Charlie setzte zu einer Antwort an, aber dann verkniff sie sich ihren Kommentar. Sie ließ den Motor an und guckte wie immer in den Seitenspiegel, bevor sie sich in den Verkehr einfädelte.

»Ach, schau mal!«

»Wo?«

»Hinter uns.«

Ungefähr zwanzig Meter entfernt rannte Kevin, wild mit seinen Armen rudernd, auf uns zu. Er rief meinen Namen. Kevin war einer der wenigen, die nicht auf der Party erschienen waren.

»Fahr los, schnell!« drängelte ich.

Charlie nahm ihren Fuß vom Gaspedal und drehte sich zu mir. »Hör dir wenigsten an, was er dir zu sagen hat!«

»Fahr! Bitte! Der kann mich mal. Nie wieder rede ich ein Wort mit ihm. Sowas kann man nicht verzeihen!«

Im selben Moment hämmerte Kevin gegen die Scheibe, schrie Zoé und sah mich flehend an. Charlie kurbelte die Scheibe hinunter, ich drückte mir hastig die Kopfhörer meines Handys in die Ohren, stellte die Musik auf volle Lautstärke und guckte demonstrativ zur Seite. Erst als sich der Wagen in Bewegung setzte, nahm ich die Kopfhörer raus.

»Hier, für dich!«, sagte Charlie verärgert und warf einen grünen Umschlag auf meinen Schoß.

»Was soll ich damit?«

»Der Brief ist von Kevin. Lies ihn einfach!«

»Ich denke gar nicht daran«, fauchte ich.

»Okay, dann hebe ich ihn für dich auf«, antwortete Charlie ruhig, nahm ihn von meinem Schoß und schob ihn ins Handschuhfach.

6.

Ich war sauer. Wie konnte sich Charlie so dreist über meinen Willen hinwegsetzen und mit Kevin reden, noch dazu einen Brief von ihm annehmen? Kein Wort wollte ich mehr mit Charlie reden. Nie wieder! Sie war dabei, mein Leben zu zerstören.

Charlie fuhr zügig, trotzdem dauerte es endlose fünf Stunden, bis wir die Autobahnausfahrt nach Flees abfuhren. Weit und breit nichts als Wiesen, Höfe, Windräder und eine Klinik irgendwo in der Pampa. Je näher wir unserem Ziel kamen, desto einsamer fühlte ich mich. Ich hatte Robosonic rauf und runter gehört und es tatsächlich geschafft, Charlie zu ignorieren.

Schließlich bog Charlie in die gepflasterte Allee ein, an deren Ende sich das Hotel befand, ein braun-roter Backsteinbau, der zur Vorderseite spitz zulief und mit einem Turm abschloss. Mein Urgroßvater hatte das Hotel in den 1930er Jahren gekauft und Viktor führte es jetzt in dritter Generation. Charlie hatte ihren Erbteil in ihrer Sturm- und Drangzeit verschleudert. Dieses Kapitel ihres Lebens war vermintes Terrain. Jedes Mal, wenn ich sie danach fragte, machte sie dicht. Oft hatte ich mich gefragt, warum ausgerechnet ich das Pech hatte, eine Mutter zu haben, die nicht mit Geld umgehen konnte und die ihren später vermögenden Mann aus einer Wut heraus vor die Tür gesetzt hatte. Obwohl – natürlich konnte ich sie verstehen, wenn ich an Jeffs Elena und all die anderen Monatsabschnittsgefährtinnen dachte, aber hätte sie ihm damals nicht eine Chance geben können?

Ich seufzte laut, als wir uns dem Hotel näherten. Viktor hatte im Laufe der Jahre regelmäßig Geld in die Erhaltung des Gebäudes gesteckt und zuletzt das Dach neu eindecken lassen. Es schienen sich tatsächlich Leute hierher zu verirren, obwohl ich nie verstanden hatte, warum, da es ungefähr fünf Kilometer von Flees entfernt lag. Hier gab es nichts. Einsam und von aller Welt verlassen lag es an den offenen Wiesen des Rheins.

»Das sind übrigens Populi und Salix albae«, bemerkte Charlie, als wir durch die Allee fuhren. Sie konnte nicht anders. Bei jeder Gelegenheit warf sie mir botanische Namen um die Ohren.

»Ich weiß. Pappeln und Silberweiden«, unterbrach ich mein verbissenes Schweigen, weil wir angekommen waren. »Das hast du mir schon x-mal erzählt.«

»Entschuldige.«

Wir hielten auf dem geschotterten Parkplatz, auf dem drei andere Autos mit gelben Nummernschildern standen. Holländer. Viktor schien uns gesehen zu haben, denn er kam mit weit geöffneten Armen auf uns zu. Er schien noch immer unter Bluthochdruck zu leiden, denn seine Gesichtsfarbe war mehr rot als rosig. Allerdings hatte er seit Isabells Tod merklich abgenommen.

Viktor drückte mich, dann hielt er mich mit gestreckten Armen auf Abstand und begutachtete mich abschätzend. Seine hellen Augen zwischen den buschigen, rötlichen Brauen durchbohrten mich wie Röntgenstrahlen.

»Interessant siehst du aus«, sagte er und grinste. »Na? Die Burschen sind bestimmt scharenweise hinter dir her?«

»Die können mich mal, Vik ... äh, Onkel Viktor«, antwortete ich. In dieser Hinsicht war Viktor total altmodisch, denn er bestand darauf, dass ich ihn Onkel nannte.

»Und die Dorftrottel hier können mich erst recht.«

Viktor lachte laut, ohne mir meine patzige Antwort übel zu nehmen, klopfte mir auf die Schulter und schlug Charlie vor, ins Haus zu gehen. Am Treppenaufgang unter der in Stein gemeißelten Jahreszahl 1889 hielt er inne.

»Ich habe das Hotel ein wenig umbauen lassen«, erklärte er, »aber mehr als eine Zweizimmerwohnung ließ sich nicht integrieren. Immerhin ist sie mit einer Einbauküche ausgestattet. Ich weiß nicht, ob die Wohnung für euch beide geeignet ist. Sie könnte zu klein sein. Wenn du magst, Zoé, kannst du ins Dachstudio ziehen.«

»Das Tuuurmzimmer?«, fragte ich gedehnt. »Also, ehrlich gesagt, ich glaube nicht...«

»Wie du willst. War nur eine Idee. Du kannst dich stattdessen auch bei deiner Mutter einrichten.«

»Obwohl...«, ich machte eine Kehrtwende. Bei dem Gedanken an das Turmzimmer sträubten sich mir die Nackenhaare. Als Kind war ich einmal ganz oben gewesen, war aber laut kreischend wieder hinunter gerannt, weil mir in dem Gerümpel aus alten Matratzen und Hotelmöbeln eine fette, behaarte Spinne über die Schuhe gelaufen war. Andererseits war der Gedanke, mich Charlies Kontrolle entziehen zu können, verlockend.

»Ich kann es mir ja mal ansehen«, sagte ich einlenkend.

»Der Meinung bin ich auch«, sagte Viktor. »Nur erwarte nicht zu viel. Es ist natürlich leergeräumt und die Tapete könnte runter. Leider hatte ich keine Zeit, das für dich zu tun. Außerdem dachte ich mir, du machst das besser selbst. Vielleicht möchtest du eine weiße oder bedruckte Tapete. Du kannst das Zimmer nach deinen eigenen Wünschen gestalten. Den Schlüssel findest du an der Rezeption im Schlüsselschrank.«

Charlie protestierte. »Aber ...«

»Ich geh' dann mal«, unterbrach ich sie.

Von den insgesamt dreißig Schlüsseln fehlten drei, also war im Hotel erwartungsgemäß nichts los. Ich nahm den Schlüssel zum Turmzimmer und lief die vier Etagen zu Fuß bis nach oben, denn einen Aufzug gab es nicht. Viktor hatte die alten Holztreppen mit einem rostroten Teppichboden verlegen lassen, der nicht besonders schön, aber wenigstens neu war. Die Farne auf den Fensterbänken in jeder Etage waren teilweise vertrocknet. Das geschwungene Geländer aus Naturholz war neu lackiert worden.

An den Wänden hingen Fotos vom Hotel aus vergangenen Zeiten. Ein Bild stammte aus der Ära Kaiser Wilhelms, vier Soldaten mit Pickelhauben, die vor dem Hotel posierten. Es hing dort, seit ich denken konnte.

Als ich die Tür zum Turmzimmer öffnete, setzte mein Herz einen Schlag aus. Ich schluckte und kämpfte mit den Tränen. Viktor hatte mit der Äußerung, die Tapete könne runter, stark untertrieben. Sie war seit Erbauung des Hauses mit Sicherheit nie erneuert worden, weil das Zimmer die überwiegende Zeit als Abstellraum gedient hatte. Das Muster, dunkelgrün mit roten und gelben Ornamenten, war vielleicht 1889 modern gewesen. Aber heute?

Vorsichtig setzte ich meinen Fuß auf das alte, immerhin neu versiegelte Parkett, so als hielte es meinem Gewicht nicht stand. Es knarrte. Trotz zweier gegenüberliegender Fenster war das Zimmer düster, was zum einen an der dunklen Tapete lag, zum anderen an der Krone eines Walnussbaumes, der vor dem Fenster zum Garten hin stand und nicht genügend Tageslicht einließ. Plötzlich hörte ich schwere Fußtritte und kurz darauf ein Klopfen.

»Ja? Wer ist da?«

Zwei Möbelpacker mit meinem Bett beladen kamen herein.

»Wohin?«

Ich zeigte auf eine Stelle unter der mit Holz vertäfelten Dachschräge. Meinen Schreibtisch stellte ich unter das Fenster zur Pappelallee, der Kleiderschrank und meine Regale passten an die einzige gerade Wand. Meine Couch mit dem kleinen runden Tisch und einen Sessel stellte ich vor das Fenster zum Garten. Ein Haufen Kisten stapelte sich im Zimmer. Es würde einige Tage dauern, bis ich sie leergeräumt und einigermaßen Ordnung geschaffen hätte.

Wieder allein ging ich zum Gartenfenster und sah hinunter auf das große, teilweise verwilderte Grundstück. Kleine Wellen im rautenförmigen Swimmingpool kräuselten sich im Wind und ließen die türkis- und violettfarbenen Mosaiksteine, die Poseidon mit seinem Dreizack darstellten, im Licht des Sonnenspiels tanzen. Ein Pärchen in Reithosen saß bei einem Bier auf dem größeren Teil der Terrasse, die zum Hotel gehörte. Im hinteren Teil des Gartens, vom Pool aus nicht sichtbar, befand sich der Zwinger mit Viktors britischen Pointern, mit denen er auf die Jagd ging und der Pferdestall. Ich dachte an meine Freunde, an Dilara, an Berlin, und vor allem dachte ich an den nächsten Tag, den ich nicht erleben wollte. Todmüde ließ ich mich auf mein Bett fallen, schloss die Augen und fiel in unruhigen Schlaf.

7.

Ich erwachte viel zu früh um sechs Uhr aus Angst, meinen Wecker zu verschlafen. Nach dem Duschen dauerte es wieder ewig, bis ich meine verknoteten Haare durchgekämmt hatte. Warum waren meine Haare nicht so seidig-glatt wie Charlies? Danach wühlte ich in den Kisten nach brauchbaren Kleidungsstücken. Es würde ein heißer Tag werden, also zog ich ein halbwegs glattes T-Shirt aus einem Karton, band mein Halstuch um und stieg in meine Jeans.

Schlecht gelaunt packte ich einen Collegeblock in meine Umhängetasche und lief hinunter. Im Hotelrestaurant frühstückte ein einsamer Gast. Gerade wollte ich mich am Buffet bedienen, als ich plötzlich Charlies Stimme hörte. Da sie meinen Namen nannte, stand ich auf und ging neugierig zum Fenster.

»Du verwöhnst sie, Viktor. Zoé braucht keinen Roller, sie kann ebenso gut mit dem Bus zur Schule fahren. In Berlin war sie immer mit der U-Bahn unterwegs.«

»Blödsinn! Die Busse fahren hier nur zweimal täglich.«

Ich hatte genug gehört. Bevor Viktor sich von Charlie bequatschen ließ, stürmte ich aus der Tür.

»Hi«, begrüßte ich Charlie und Viktor angestrengt fröhlich, als ich die Steintreppe hinunterlief.

»Guten Morgen, Zoé«, erwiderten beide wie aus einem Mund.

»Ist der für mich?«, fragte ich auf den silber-metallic farbenen Roller deutend. Forsches Auftreten war in diesem Moment die beste Strategie.

Viktor grinste. «Deine Mutter meint, ich verwöhne dich. Aber mit diesem alten Ding kannst du bestimmt nicht angeben. Das ist eine Vespa LX 50, hat allerdings schon zehn Jahre auf dem Buckel. Deine Tante ist früher viel damit gefahren. Ein Schatten glitt über sein Gesicht. Wenn du ...«

Ich drückte ihn. »Danke, Onkel Viktor. Das ist allemal besser als Busfahren.«

Meinen Mopedführerschein hatte ich schon seit eineinhalb Jahren in der Tasche, weil Jeff mir zu meinem fünfzehnten Geburtstag einen nigelnagelneuen Roller geschenkt hatte. Leider hatten wir in unserem kleinen Keller keinen Platz zum Abstellen gehabt, so dass ich ihn vor der Haustür parken musste. Irgendein Idiot hatte ihn dann geklaut.

»Gefällt sie dir?«

»Absolut! Sie ist cool!«, beeilte ich mich zu sagen, bevor Viktor es sich anders überlegte. Man sah der Vespa zwar ihr Alter an, aber das war mir egal. Busfahren kam überhaupt nicht in Frage. Mit dem Ding war ich wenigstens mobil.

«Ein Fahrrad wäre viel gesünder", wandte Charlie ein. «Außerdem ist hier Naturschutzgebiet. Mit dem Motor schreckst du nur die Vögel auf.«

Bevor ihr noch mehr Einwände einfielen, schwang ich mich auf den Sattel und stülpte den Helm über.

»Bis später«, rief ich und brauste davon. Der Motor summte satt vor sich hin. Schnell hatte ich die Allee hinter mir gelassen, bog auf die Bundesstraße ab und gab Gas.

Wie zu erwarten fuhr die Vespa nicht mehr als fünfundvierzig Kilometer in der Stunde. Ich ließ meine Beine baumeln, fuhr an unzähligen Maisfeldern und Bauernhöfen vorbei und erreichte nach etlichen Kilometern endlich das Ortsschild von Flees. Eine imposante, zweigeschossige weiße Villa mit einem auf vier Säulen ruhenden vorgezogenen Giebel lag beeindruckend auf der rechten Seite der Bundesstraße, die sich am Ortseingang gabelte. Vor mir, auf der gegenüber liegenden Straßenseite, war ein hübscher

Park mit Sitzbänken, Klettergerüst und Ententeich angelegt. Dahinter waren Reste einer alten Stadtmauer zu erkennen.

Viktor hatte mir erklärt, dass ich mich an der Gabelung links halten solle, die Schule läge direkt an der Hauptstraße und wäre nicht zu verfehlen. Aber ich hatte Zeit, fuhr in die entgegengesetzte Richtung und stieg erst ab, als sich der Weg am Ende der Stadtmauer verengte. Eine Gasse führte an kleinen Häusern mit Sprossenfenstern vorbei. Sie erinnerten an Spielzeughäuser. Mit den Sommerblumen auf den Fensterbänken wirkten sie spießig.

Alles war in peinlichster Ordnung. An jeder Ecke standen Mülleimer, die regelmäßig geleert werden mussten, da sich kein Abfall auf dem Boden wiederfand. In Berlin hatten wir die Mülleimer als Zielscheibe für unsere Wurfgeschosse benutzt und natürlich alles, was daneben flog, liegen gelassen. Oft lagen Bananenschalen, zerknülltes Papier, Kichererbsen und allerlei anderes Zeug neben den Eimern, und niemand kümmerte sich um den Dreck.

Ich bemerkte einen Hund, der in eindeutiger Stellung auf einer Grünfläche hockte. Ich grinste. Offenbar war doch nicht alles perfekt, auch wenn sein Frauchen, eine unscheinbare Frau mittleren Alters, sicherlich wusste, was sich gehörte. Plötzlich zog sie eine Plastiktüte aus ihrer Handtasche und – ich konnte es nicht fassen – steckte ihre Hand in die Tüte, packte den warmen Haufen und warf ihn in den Abfall.

Hinter einer Häuserecke floss der Rhein.

Eine Weile ließ ich das Bild auf mich wirken. Der Fluss glitzerte in der Morgensonne, ein Container-Schiff tuckerte gemütlich über das Wasser, ein Frühaufsteher joggte über die Promenade. Beschaulichkeit wie aus dem Bilderbuch.

Über einen gepflasterten Weg erreichte ich den menschenleeren Marktplatz. Ich machte ein Foto von der Einöde und schickte es Dilara. Es war diese Einsamkeit inmitten der Stadt, die mir besonders zu schaffen machte. Hier gab es kaum Menschen und wenn, dann hatten sie überwiegend graue Haare. In Berlin pulsierte das Leben. Wo man hinsah, gab es Jugendliche, die sich bereits vor der Schule auf dem Kiez in einem der unzähligen Cafés zum Frühstück verabredeten. Und hier? Wieder hätte ich heulen können, aber ich riss mich zusammen.

Am Ende des Marktplatzes, der aus einem Ärztehaus, einem Blumengeschäft, einigen Boutiquen, einem Café, einer Eisdiele und einem Lebensmittelladen bestand, gab es immerhin eine McDonalds-Filiale. Mein Magen knurrte, klar, ich hatte nicht gefrühstückt. Da ich Zeit hatte und nicht wusste, ob es im Gymnasium eine Cafeteria gab, ging ich hinein.

Einige Tische waren mit Jugendlichen besetzt. Ich guckte stur geradeaus, ignorierte, dass ich von allen Seiten angegafft wurde und konzentrierte mich auf die Anzeigetafel. Gemüse-Wrap? Croissant? Pommes?

Eine unsichtbare Kraft zwang mich, nach hinten zu sehen.

Mein Blick verfing sich in den Augen eines Typen mit schwarzen, sehr kurz geschnittenen Haaren, um die achtzehn. Wow! Ein Ausländer hier in diesem gottverdammten Nest? Ich lachte, fühlte mich einen kurzen Augenblick wie zu Hause. Die weit aufgerissenen Augen des Jungen waren auf mich gerichtet. Nie hatte ich so faszinierende Augen gesehen. Ihre Farbe eine Mischung aus Kakao und grünen Oliven. Mein Lächeln wurde noch breiter, doch innerhalb einer Sekunde gefror es. Irritiert registrierte ich das Minenspiel des Jungen, der mich zunächst erstaunt, dann panisch anstarrte. Hallo? Was ging denn hier ab? War ich ein Monster, oder was?

»Was willst du?«, fragte das Mädchen an der Kasse.

Ich schnellte zu ihr herum. «Ich? Äh ..., eine heiße Schokolade.«

»Etwas zu essen dazu?«

»Eine ... Ein Croissant.«

Während sie die Bestellung zusammensuchte, wagte ich einen zweiten Blick hinter mich. Der Junge war weg.

8.

Das Marie-Curie-Gymnasium war ein roter Klinkerbau. Ich stellte den Roller am Fahrradständer ab und lief rechtzeitig zum Gong mit anderen Schülern in Richtung Haupteingang. Elke Bergmann, Sekretariat, stand neben einer Tür. Ich klopfte und ging nach entsprechender Aufforderung hinein. Eine Mittvierzigerin in gepunkteter Bluse sah mich über ihren Brillenrand hinweg an und musterte mich. Ich straffte meinen Rücken.

»Zoé Gehrmann«, stellte ich mich vor. »Ich habe hier heute meinen ersten Schultag, zwölfte Klasse.«

Charlie hatte bei ihrer Trauung den Doppelnamen Gehrmann–Kerr angenommen und sich mit Jeff auf den Familiennamen Gehrmann geeinigt. Nach der Scheidung hatte sie den Namen Kerr wieder abgelegt. Ich hatte nicht vor, irgendjemandem auf die Nase zu binden, dass ich die Tochter von Jeff Kerr war.

»Zoé! Schön, dass du da bist!«, lächelte Elke Bergmann und drückte mir einen Zettel in die Hand. »Hier sind deine Leistungskurse Englisch und Biologie sowie dein drittes und viertes Abiturfach Geschichte und Deutsch mit den jeweiligen Lehrern und Räumen aufgeführt. Auch deine anderen Fächer findest du hier. Die Orientierung ist ganz einfach. Die Unterstufe ist im Erdgeschoss untergebracht, die Mittelstufe im zweiten und die Oberstufe im dritten. Am besten machst du dich direkt auf den Weg zu deinem Englischkurs bei Herrn Wegener, dritte Etage, Raum 310. Wenn du Fragen hast, kommst du in den Pausen einfach vorbei.«

Fünf Minuten später stand ich vor Zimmer 310. Ich verfluchte mich, weil ich mich doch verspätet hatte. Vorsichtig klopfte ich an die Tür.

»Herein!« ertönte eine kräftige Stimme.

Ungefähr fünfzehn Augenpaare richteten sich auf mich. In Berlin waren wir doppelt so viele Schüler in einem Kurs gewesen.

»Hallo! Ich bin Zoé Gehrmann«, sagte ich etwas zu leise. »Bin ich hier richtig im Englisch-Leistungskurs?«

»Aber goldrichtig bist du hier«, erwiderte Herr Wegener, ein mittelgroßer, untersetzter Mann mit Doppelkinn, Halbglatze und Hornbrille, mit Augen so groß wie Unterteller. Hoffnungslos weitsichtig, stellte ich fest. Er winkte mich hinein.

»Nicht so schüchtern, Zoé! Nur herein spaziert. Wir warten schon alle mit Spannung auf unsere Verstärkung. Möchtest du dich kurz vorstellen? Vielleicht direkt in Englisch?«

»Also ...«

Ich spürte, wie mir das Blut in den Kopf schoss. Die Klasse starrte mich an wie das achte Weltwunder. Mit einem Blick erfasste ich, dass meine neuen Mitschüler Bauerntrampel mit runden Gesichtern und wahrscheinlich begrenztem geistigem Horizont waren. Nur ein dunkelblonder Junge und ein hellblondes Mädchen mit Pferdeschwanz in der ersten Reihe hoben sich deutlich von der Allgemeinheit ab.

»You speak English, don't you?«, erinnerte mich mein neuer Lehrer daran, meinen Mund zu öffnen.

»Ja ... Yes ...«, stammelte ich, und dann sprudelte es aus mir heraus. Ich erzählte, dass wir gerade aus Berlin nach Flees gezogen waren, in dem Hotel meines Onkels Viktor Gehrmann wohnten und ich überhaupt meine ganzen Kisten noch nicht ausgepackt hatte, weshalb ich morgens verzweifelt nach etwas zum Anziehen gesucht hatte und deshalb leider zu spät gekommen war.

Gelächter.

Ich erzählte noch mehr belangloses Zeug. Als ich fertig war, klopfte mir Eulenauge, wie ich ihn im Stillen nannte, auf die Schulter.

»Alle Achtung! Dein Englisch ist hervorragend. Noch dazu britisches Englisch. Man sollte nie vom Äußeren auf das Innere schließen. Hast du an einem Austauschprogramm teilgenommen oder warst du an einer britischen Schule?«

Vom Äußeren auf das Innere schließen? Arschloch, dachte ich und antwortete:

»Danke, nein ... Ich ... Also Englisch ist quasi meine zweite Muttersprache. Mein Vater ist Engländer.«

»Gewiss können wir noch eine Menge von dir lernen. Welche Lektüre habt ihr zuletzt gelesen?«

»A Raisin in the Sun von Lorraine Hansberry.«

»Nun, dann hoffe ich, dass du dich nicht langweilen wirst. A Raisin in the Sun steht jetzt bei uns auf dem Lehrplan. Aber vielleicht setzt du dich erst einmal. Derek«, wies er den gutaussehenden Jungen aus der ersten Reihe an, »sei so nett und mach Platz für Zoé. Du kannst dich nach hinten setzen.«

»Muss das sein?«, fragte dieser Derek.

Eulenauge sah ihn an, als habe er mit jeder anderen als mit dieser Antwort gerechnet.

»Du bist doch ein Gentleman!«, sagte er erstaunt.

Die Klasse lachte.

»Zur allerersten Pflicht eines Gentleman gehört es, einer Dame seinen Platz anzubieten. Früh übt sich, wer ein echter Kavalier werden will.«

Jetzt tobte die Klasse vor Vergnügen, was mir peinlich war. Mürrisch packte Derek seine Sachen zusammen und ging nach hinten. Das blonde Mädchen mit Pferdeschwanz schien ebenfalls verärgert. Offensichtlich waren die beiden ein Paar und ausgerechnet ich riss sie auseinander. Das fing ja gut an!

»Sorry, wenn ich hier was durcheinander gebracht habe«, flüsterte ich dem Mädchen zu.

Sie seufzte. »Schon okay, du kannst ja nichts dafür.« Sie flüsterte mir ihren Namen zu, den ich nicht verstand. Ich packte Mäppchen und Collegeblock aus und versuchte, interessiert an die Tafel zu gucken. Mir wurde warm, die neugierigen Blicke schienen sich in meinen Nacken zu bohren. Eulenauge verteilte einen englischen Text und bat mich, ihn vorzulesen, weil mein Akzent so schön britisch sei. Danach ließ er mich in Ruhe.

»Wie heißt du nochmal?« fragte ich nach dem Gong meine Sitznachbarin. »Habe dich vorhin nicht verstanden.«

»Alina«, antwortete sie. »Hast du jetzt auch Sowi?«

Ich guckte auf meinen Zettel. »Jetzt ist Mathe angesagt, Raum 312.«

»Das ist zwei Zimmer weiter, links den Gang entlang. Ich muss woanders hin, aber wir sehen uns bestimmt. Viel Glück!«, lächelte Alina.

Zögernd versammelten sich einige Mitschüler um meinen Tisch. Welche Fächer ich gewählt hätte, Berlin sei bestimmt eine coole Stadt, und Herr Wegener habe schon jetzt einen Narren an mir gefressen, das sei wohl klar.

Ein Pickelgesicht mischte sich unter die Gruppe und grinste mich an. »Hallo! Du bist neu hier, richtig? Bin gerade auf dem Weg zu Mathe. Falls du jetzt auch Mathe hast, kann ich dir zeigen, wo das ist.«

»Danke, ist okay. Aber ich glaube, ich finde den Weg.«

»Ist jetzt wirklich kein Problem für mich. Vielleicht können wir sogar zusammensitzen. Ich habe meinem Kumpel schon gesagt, dass ich in diesem Schuljahr lieber alleine sitze.«

Was für ein Irrer war das denn?

»Nur dass du dann doch nicht alleine sitzt, wenn ich neben dir sitze«, sponn ich seinen Faden weiter.

»Kein Problem, wie gesagt«, lächelte Pickelgesicht verunsichert und hielt mir einen Streifen Kaugummi unter die Nase.

Ich schüttelte den Kopf und hängte meine Tasche um. »Nein, danke, kurz vor dem Unterricht macht Kaugummi kauen wenig Sinn.«

»Hast recht«, sagte er, verstaute seinen Kaugummi und streckte mir stattdessen seine Hand entgegen. »Ich bin übrigens Frank.«

9

Mein erster Schultag verlief ohne besondere Zwischenfälle, wenn man davon absah, dass ich die Hauptattraktion des Tages war. Geduldig beantwortete ich die immer selben Fragen und war deshalb froh, als die Schulglocke zum Ende der achten Stunde klingelte. Am Fahrradständer wartete Frank auf mich. Immerhin hatte ich es geschafft, mich in Mathe nicht neben ihn zu setzen, was ihn aber nicht zu kränken schien.

»Hallo Zoè«, begrüßte er mich grinsend. »Ein tolles Gefährt ist das.«

Ich klappte den Ständer der Vespa ein und setzte mich auf den Sattel.

»Ist nichts Besonderes. Woher wusstest du, dass sie mir gehört?«

»Hier kennt jeder jeden. Und deinen Onkel kennt sowieso jeder. Ein cooles Hotel habt ihr da.«

»Naja, ein bisschen abgelegen. Aber sonst ist es ganz okay.«

»Ich finde es toll«, sagte Frank. »Gerade weil es so einsam liegt. Ich mag das.«

Seine Offenheit überraschte mich. »Nun ja. Ich muss jetzt los. Dann bis morgen.«

Ich ließ den Motor an und brauste davon. Dieses Mal fuhr ich nicht über den Marktplatz, sondern direkt über die Umgehungsstraße zum Hotel. Einige Autos standen auf dem Parkplatz, aus Charlies Wohnung strömte der Geruch von Bratkartoffeln.

»Hallo meine Rebellin«, begrüßte mich Charlie. »Wie war dein erster Tag?«

Ich überhörte ihre Spitze. »Ich bin nicht gestorben, wie du siehst. Obwohl ich allen Grund dazu hätte. Hast du gekocht?«

Charlie strahlte, als hätte sie endlich ihre Bestimmung gefunden, was mich wiederum wütend machte, weil ich todunglücklich war.

»Es gibt Bratkartoffeln mit Gemüse«, sagte sie. »Das magst du doch so gerne. Für mehr blieb auch keine Zeit, weil ich einige überfällige Kleinigkeiten im Hotel verändert habe. Viktor hat bereits gegessen. Du hast doch bestimmt Hunger?«

»Nein, danke.«

Mein Magen schrie nach Nahrung, aber noch wollte ich nicht klein beigeben.

»Wie du meinst. Hast du heute etwas vor?«

Ich sah sie an, als sei die Frage an sich schon absurd.

»Ein Pickelgesicht aus meiner Stufe wollte sich mit mir verabreden. Aber ich habe ihm gesteckt, dass ich eine Weile brauche, um mich an seinen Anblick zu gewöhnen.«

Charlie zog ihre Augenbraue hoch. Ihre Art, ihr Missfallen auszudrücken. »Du bist ungerecht, Zoè. Denk mal darüber nach und hör auf, in deinem Selbstmitleid zu schwelgen!«

Damit ließ sie mich stehen. Niedergeschlagen stampfte ich die Treppe nach oben. Statt des vertrockneten Farns standen nun weiße Zimmerkallas und rosafarbene Orchideen auf den Fensterbänken und die Fotos aus Kaiser-Wilhelms Zeiten steckten in neuen Bilderrahmen. Charlie in ihrem Element.

Müde legte ich mich aufs Bett und ließ den Tag in Gedanken an mir vorbeiziehen. Auf dem Land zu leben war vielleicht gar nicht schlecht, aber ich hatte mir nun einmal vorgenommen, es zu hassen: angepasste, unattraktive Jugendliche, die sicherlich noch nie die Schule geschwänzt, Shisha geraucht oder andere verrückte Sachen gemacht hatten, die artig ihre Hausaufgaben erledigten und morgens frisch gestriegelt wieder zum Unterricht erschienen. Wie sonst war zu erklären, dass ich *die* Attraktion des Tages gewesen war? Nur wegen meiner orangen Haare?

Seufzend checkte ich mein Handy. Dilara hatte mir ebenfalls ein Foto geschickt, ein Selfie von sich und ihrer Cousine Özlem. Sie saßen in unserem Frühstückscafè am Kiez, vor sich je eine Tasse Cappuccino. Sie lächelte lieb in die Kamera, als wolle sie sagen, mach dir nichts draus. Ich schluckte, denn ich machte mir sehr wohl etwas draus.

Enttäuscht warf ich das Handy an das Fußende meines Bettes und dachte darüber nach, wie ich den angebrochenen Tag zu Ende bringen sollte. Der Hunger tat mittlerweile weh, aber ich wäre lieber gestorben, als über die Bratkartoffeln herzufallen. Vom Umzugstag davor gab es ein belegtes Brötchen mit Käse, das ich als Reiseproviant eingepackt hatte. Ich nahm es aus meinem Rucksack. Der Käserand war dunkel geworden, die Butter schmeckte ranzig. Ich aß es trotzdem bis zum letzten Krümel auf, während ich mich in meinem Zimmer umsah. Unzählige Kisten stapelten sich auf dem Boden und warteten darauf, ausgepackt zu werden.

Eine eingehende Message lenkte mich von meinen Überlegungen ab.

»Yuhuu, Özlem und ich haben uns gerade überlegt, dich nächstes Wochenende zu besuchen«, schrieb Dilara. »Sooooo happy dich zu sehen. Geht das? Herzchen.«

»Und wie das geht«, tippte ich aufgeregt zurück. »Wahnsinn! Liebe dich! Drei Herzchen.«

Ich war glücklich. Dilara wollte sich allen Ernstes ein komplettes Wochenende von ihrem Mehmet lösen und zu mir kommen. Wahrscheinlich hatte Mehmet keine Zeit für sie, aber der Grund war mir egal. Hauptsache, sie kam.

Mit neuem Tatendrang betrachtete ich die Tapete. Viktor hatte mit seiner Bemerkung, sie benötige einen Anstrich, recht gehabt. Vielleicht wäre das Zimmer mit frischer Farbe heller und freundlicher. Nur war es mit Farbe allein nicht getan, da sich die

Tapete an vielen Stellen aufgrund ihres Alters von der Wand löste.

Versuchsweise zog ich an einer dieser Stellen. Tatsächlich ließ sich hier die Tapete problemlos abziehen. Ich hatte zwar keine Ahnung vom Tapezieren, aber darüber mochte ich mir noch keine Gedanken machen. Wenn ich schon dazu verdammt war, mein Leben im Turmzimmer zu fristen, sollte es wenigstens schön aussehen. Je früher ich damit anfing, desto besser.

10.

Es regnete, als ich am nächsten Morgen zur Schule fuhr, obwohl es für September ungewöhnlich warm war. Laut meiner Wetter-App sollte es am Nachmittag richtig heiß werden. Meine Haare blieben wegen des Helms zwar trocken, dafür wurden meine Jeans und Jacke klatschnass. Ich versuchte, mit der Innenseite der Jacke meine Oberschenkel trocken zu rubbeln, was natürlich misslang.

Mittlerweile waren die Schüler mutiger geworden, quatschten mich offenherzig an und gaben mir bescheuerte Ratschläge. Einer aus meinem Deutschkurs, der mir auf dem Schulhof über den Weg lief gab mir den Tipp, meine Beine unter den Händetrockner im Mädchen-WC zu halten, was wohl ein Witz sein sollte. Denn er lachte sich anschließend kaputt. Ich besaß selbst wohl zu wenig Humor, weil ich beim besten Willen nicht verstand, was an der Bemerkung lustig sein sollte.

Nach der sechsten Stunde ging ich in einem Pulk von Schülern in die Cafeteria, reihte mich in die Schlange an der Essensausgabe ein und bestellte schließlich eine Portion Spaghetti mit Tomatensauce und eine Cola. Mit meinem beladenen Tablett in den Händen blickte ich mich suchend um, bis ich das blonde Mädchen mit dem Pferdeschwanz aus meinem Englisch-Leistungskurs, Alina, an einem Tisch mit anderen Mädchen erkannte. Ich steuerte auf sie zu und setzte ein freundliches Lächeln auf.

»Ist der Platz hier noch frei?«

Die Truppe starrte mich an, Alina lächelte zurück. »Ja, setz dich zu uns.«

Sie stellte mich vor, doch die vielen Namen konnte ich mir beim besten Willen nicht merken. Geduldig beantwortete ich die Fragen nach Berlin, ob orange Haare dort modern seien, ich wäre ganz schön mutig, denn in Flees traue sich niemand, mit einer ungewöhnlichen Haarfarbe aufzufallen. Ich erklärte, dass ich meine Haare einmal sogar grün gefärbt hatte, was nicht stimmte, aber das darauffolgende Staunen mit der einhergehenden Stille gab mir Gelegenheit, mich meinen Spaghetti zu widmen.

Und dann betrat Derek, den Eulenauge von seinem Platz verscheucht hatte, die Cafeteria. Dieses Mal betrachtete ich ihn genau. Er war größer als der Durchschnitt, dunkelblond, schlank und durchtrainiert, ein echter Hingucker. Offenbar war er sich seiner Wirkung auf Mädchen, die sich ausnahmslos alle nach ihm umdrehten, bewusst. Er lächelte arrogant, während er sich seinen Weg durch die Cafeteria zu unserem Tisch bahnte.

»Dieser Derek muss sich über einen Mangel an Aufmerksamkeit offensichtlich nicht beklagen«, sagte ich in die Runde.

»Derek ist der schönste Mann von Flees und Sohn des Bürgermeisters«, erklärte eine pummelige Braunhaarige mit einem Schokoriegel, die auch in meinem Englischkurs gesessen hatte.

»Außerdem ist er vergeben«, fügte Alina hinzu. »Er gehört zu mir. Nur, damit du Bescheid weißt.«

Mein Handy summte. Dilara. »Kann nicht kommen, soooooorrrrry. Aber bald, ganz bestimmt. Tut mir so leid. Liebe dich. Drei Herzchen«

Ich antwortete nicht, klappte resigniert mein Handy zu und warf es in die Tasche.

»Pst, er kommt!«, sagte die Dicke.

Alina stand auf, lief einige Schritte auf Derek zu und schlang ihre Arme um ihn. Weil ich in seiner Blickrichtung saß, sah er mich direkt an. Und dieser Blick war so intensiv, dass ich wegsah.

»Hoppla, da ist ja unser feuriger Neuzugang, der mich von meinem Platz gescheucht hat«, sagte er zwei Sekunden später. »Warum sind wir uns früher noch nie begegnet, schöne Frau?«

»Weil du vielleicht noch nie in Berlin warst?«, antwortete ich. Derek war mir auf Anhieb unsympathisch. Mich in Gegenwart seiner Freundin anzumachen, ging nicht. Mochte er aussehen, wie er wollte.

Er grinste, setzte sich neben Alina und hielt mir die Hand hin. »Freut mich trotzdem, dich kennenzulernen, auch wenn du etwas zickig zu sein scheinst. Wie war nochmal dein Name?«

»Zoé.«

»Und weiter?«

»Zoé Gehrmann, wenn du es so genau wissen willst«.

»Hey! Hübscher Name! Genauso wie die Frau, die diesen Namen trägt.« Er lachte. »Keine Angst, Zoé, ich fresse dich nicht. Dafür habe ich ja meine süße Alina.«

Die Mädchen in der Runde kicherten. Wie um seinen Spruch unter Beweis zu stellen, fasste er unter Alinas Kinn, drehte ihr Gesicht in Position, strich mit seinem Mittelfinger über ihre Lippen – und dann küsste er sie. Er küsste sie mit einem so leidenschaftlichen, nicht enden wollenden Zungenkuss, dass ich wie gebannt darauf starrte. Warum hatte mich noch nie jemand so geküsst? Warum hatte ich dem Drängen von Reza, einem netten, nicht übel aussehenden Perser an meiner alten Schule, nicht nachgegeben? Wegen meiner Narben? Weil ich ihn nicht liebte? Weil es etwas anderes war, mit Orientalen befreundet zu sein als mit einem von ihnen zu gehen? Ich sah doch, dass Dilara nicht mehr selbstbestimmt war. Oder hatte ich zu der Zeit das Erlebnis mit den Afrikanern noch nicht überwunden?

Ich befeuchtete meine Lippen, konnte den Blick nicht abwenden, stellte mir vor, an Alinas Stelle zu sein, obwohl Dereks selbstgefällige Art mehr als abstoßend war. Aber wie konnte er küssen! Wie fühlte es sich an, einem Jungen so nah zu sein? Am Ende sogar mit ihm zu schlafen?

Es klirrte. Ich zuckte zusammen. Einem Mädchen war der Schlüssel aus der Hand auf den Tisch gefallen.

»Hallo! Derek! Alina! Bevor das hier weitergeht, solltet ihr euch vielleicht für heute Nacht verabreden!«

Es war die pummelige Braunhaarige, die das sagte, und weil sie offensichtlich kein Blatt vor den Mund nahm, gefiel sie mir. Nach gefühlten zehn Minuten ließ Derek von Alina ab.

»Gute Idee von Emma«, flüsterte Derek in Alinas Ohr, aber doch so laut, dass wir es hören konnten. »Heute Abend um acht bei mir?«

»Ich rufe dich an«, wisperte Alina, die jetzt knallrot vom Knutschen war.

Derek kniff zum Abschied leicht in Alinas Kinn. »Bis später, Darling«, raunte er ihr zu, bevor er sich uns zuwandte. »Macht's gut, Mädels!« Dann stand er grinsend auf und gesellte sich zu einer Jungenclique im hinteren Teil der Cafeteria.

Alina sah auf ihr Handy. »Oh, verdammt, ich muss weg. Hab' total die Zeit vergessen.« Sie lächelte verlegen. »Bis morgen dann. Ciao!«

Wir beobachteten, wie sie ihr Tablett im Geschirrwagen abstellte und die Cafeteria verließ. Derek folgte ihr. Meine kaum angerührten Spaghetti waren inzwischen kalt geworden.

»Das war filmreif«, sagte ich. »Ist der immer so?«

»Ignorier ihn einfach«, erwiderte Emma. »Derek hat gerade extrem einen auf Verführer gemacht, weil du neu bist. Er glaubt, er sei der Größte und Unwiderstehlichste auf Erden. Dabei ist er das größte Arschloch. Und Alina ist dem total verfallen. Da kann man echt die Krise kriegen. Wie weit hat uns Frauen die Emanzipation gebracht? Wenn man sich sowas wie gerade reinziehen muss, könnte man denken, wir stünden noch ganz am Anfang.«

»Also meinst du, er liebst sie gar nicht? Das war alles nur Theater?«

»Derek liebt vor allem sich selbst«, war Emmas Antwort. »Und an deiner Stelle würde ich mich vor ihm in Acht nehmen. Du passt nämlich genau in sein Beuteschema.«

11.

Wir verließen als letzte die Cafeteria. Die Wolken hatten sich aufgelöst, der Himmel war strahlend blau, es waren achtundzwanzig Grad und Emma fragte mich, ob ich nicht Lust hätte, mit zum Baggerloch zu fahren. Dort sei es herrlich, das Wasser ganz klar. Ich erwiderte, dass ich wasserscheu sei und aufgrund meiner hellen Haut sehr schnell einen Sonnenbrand bekäme. Außerdem müsse ich mein Zimmer renovieren, bevor ich überhaupt an Freizeit denken könne.

Zurück im Hotel setzte ich meine Sklavenarbeit an der Tapete fort, riss Stück für Stück von der Wand ab. Es war so mühsam, dass ich mein Vorhaben nach kurzer Zeit bereute, denn an den meisten Stellen klebte sie zu fest. Aufhören war auch nicht mehr möglich, weil sie schlimmer aussah als vorher. Schließlich zeigte mir Viktor, wie ich mit einem großen Pinsel die Wand anzufeuchten hatte, damit sich die aufgeweichte Tapete mit einem Spachtel abkratzen ließ.

Nach zwei Stunden war ich so erschöpft, dass ich den Spachtel entnervt in die Ecke warf. Die Hitze unter dem Dach war nicht auszuhalten. Warum nur hatte ich mich für das Turmzimmer entschieden? In Charlies Erdgeschoss-Wohnung war es angenehm kühl.

Ich fühlte mich schlapp, verschwitzt und beim Anblick des Chaos im Zimmer mit all den abgerissenen Tapetenfetzen, dem Durcheinander und dem Dreck überfiel mich eine unendliche Traurigkeit. Viel lieber wäre ich mit Emma zum Baggerloch gefahren, denn ich war alles andere als wasserscheu. Ich liebte Wasser. Auch Emmas Warnung, ich passe in Dereks Beuteschema, ging mir nicht aus dem Kopf.

Wieder einmal stand ich da und heulte. Früher hätte ich im Traum nicht daran gedacht, meinen Emotionen freien Lauf zu lassen, aber seit dem Unfall war ich ziemlich labil. Nachdem ich mich beruhigt hatte, wusch ich mein Gesicht und schlich die Treppe hinunter, weil ich weder Charlie noch Viktor in meiner Verfassung begegnen wollte. Im Turmzimmer war es vor Hitze nicht mehr auszuhalten. Ich musste raus.

Ich fuhr bis zum Ende der Allee und dann rechts in Richtung Stadt. Nach ungefähr hundert Metern wies ein hölzernes Hinweisschild auf einen Biohof - Erdbeeren, Spargel, Frischgemüse aus kontrolliertem biologischen Anbau. Ich hielt an, nahm den Helm ab und befestigte ihn am Sattel. Der laue Wind blies durch meine Haare, Vögel zwitscherten ihre Lieder in die Sommerluft. Ich fuhr langsam weiter. Der Weg führte durch Wälder und Wirtschaftswege, vorbei an Grünflächen, Maisfeldern und Windrädern. Vor einem geschlossenen Bahnübergang musste ich einen Zug vorbeilassen, bevor es weiterging. Nach einem Kilometer verengte sich der Weg und nach einer Kurve sah ich von weitem den Biohof. Ich verlangsamte mein Tempo, ein kleines Lämmchen stand an einem Zaun. Ich hielt an und ließ mir von der rauen Zunge das Salz von der Handfläche lecken. Hier gab es frisches Gras. Ich riss es ab und hielt es zwischen den Zaun. Zwei andere Schafe kamen hinzu.

Eine Frauenstimme ließ mich aufblicken. Sie sprach Englisch. Ich ließ den Roller an Ort und Stelle stehen und ging vorsichtig näher. Durch die Äste einer Tanne sah ich wenige Meter von mir entfernt einen Jungen mit einem Spaten die Erde eines Beetes auflockern. Fasziniert betrachtete ich die Konturen seiner Muskeln, die sich unter dem eng anliegenden T-Shirt abzeichneten. Lange und doch kräftige Beine steckten in ausgefransten Jeans. Er war groß und schlank, seine Bewegungen fließend, wie der Körper einer Schlange, die sich lautlos und geschmeidig um einen Stamm windet. Noch nie hatte ich einen so schönen Körper gesehen. Sein Gesicht war nicht zu erkennen, weil er mir den Rücken zuwandte. Eine kleine, zierliche Frau stellte ein Tablett mit zwei Gläsern und einer Karaffe Limonade auf einen Tisch, sagte etwas und lachte. Der Junge setzte sich, dieses Mal mit dem Gesicht mir zugewandt. Er hob seinen Blick und sah in meine Richtung.

Ich erschrak so heftig, dass ich augenblicklich die Tannenzweige losließ, in einer Rückwärtsbewegung stolperte und auf den Po fiel. Ich betete, dass der Typ mich nicht bemerkt hatte. Allzu deutlich erschien das Bild unserer ersten flüchtigen Begegnung bei McDonald's vor meinem geistigen Auge, sein panischer Blick.

Doch die Minuten vergingen, ohne dass meine Anwesenheit entdeckt wurde. Was war hier los? Warum wollte ich nicht gesehen werden? Warum zog mich dieser Junge so in seinen Bann? Nach geraumer Zeit spähte ich ein zweites Mal durch das Geäst. Erleichtert atmete ich auf. Er war fort. Schnell schwang ich mich auf den Roller und fuhr zurück.

12.

Am nächsten Tag hatte ich 39 Grad Fieber und alle Symptome einer Sommergrippe. Charlie bestand darauf, dass ich zu Hause blieb. Ausgerechnet zu Beginn des neuen Schuljahres wurde ich krank. Peinlicher ging es nicht.

Nachdem nachts ein heftiger Sturm um das Hotel gefegt war, prasselte jetzt der Regen unaufhörlich gegen die Fensterläden. Ich wälzte mich im Bett herum, wenn auch die Hitze etwas abgeklungen war. Charlie versorgte mich literweise mit Kräutertee. Doch auch am zweiten Tag, einem Samstag, fühlte ich mich so schlapp, dass ich die meiste Zeit verschlief.

So schnell ich mir die Erkältung eingefangen hatte, so schnell verließ sie mich wieder. Abends hatte ich keine Temperatur mehr, ich fühlte mich fit. Mir graute vor der Nacht, in der ich, ausgeschlafen wie ich war, kein Auge zumachen würde. Auf etwas wackeligen Beinen machte ich mich deshalb auf den Weg zu Viktors Bibliothek, um mich mit Lesestoff einzudecken. Sie lag in der ersten Etage und war auch Gästen zugänglich. Ahnungslos öffnete ich die Tür, und fuhr zusammen.

»Oh ... Onkel Viktor«, stammelte ich überrascht. »Ich wollte mir nur ein Buch ausleihen. War hier nicht immer die Bibliothek?«

Das hier war alles andere als eine Bibliothek. Es sah ganz nach einem Arbeitszimmer aus, und Viktor saß mittendrin an einem mit Aktenordnern und Papierkram beladenen Schreibtisch. Hinter ihm an der Wand hing ein ausgestopfter Hirschkopf mit einem riesigen Geweih.

»Du störst nicht, Zoè. Geht es dir besser?«, fragte er freundlich. »Ich wollte jetzt ohnehin Feierabend machen. Willst du etwas Bestimmtes lesen?«

Ich überlegte, dann fiel mir Jane Austen ein, die schon lange auf meiner Wunschliste stand.

»Hast du zufällig Pride & Prejudice?«

»Moment.«

Er ging an sein Bücherregal und strich mit seinem Finger über die Buchrücken. Dann zog er einen Roman heraus und gab ihn mir.

»Ich bin gut sortiert«, grinste er. »Komm, setz dich!«

Vor mir entfaltete sich ein sehr großer Raum mit einer hohen Decke, die mit schönen Stuckelementen dekoriert war. Außer dem Schreibtisch, der von zwei ebenfalls ausgestopften Fasanen auf je einem Sockel flankiert wurde, gab es eine wohnlich gestaltete Ecke mit Couch, Sesseln und einem Fernseher. An den Wänden verteilten sich Viktors Bücherregale.

»Als deine Tante noch lebte, war das tatsächlich die Bibliothek«, sagte Viktor. »Du erinnerst dich vielleicht, dass wir früher im Erdgeschoss wohnten. Aber nach Isabells Tod habe ich unsere Wohnung in Hotelzimmer umgewandelt. Ich alleine brauche nicht viel Platz. Außerdem ist es wirtschaftlicher.«

Meine Tante war zwei Jahre zuvor an einem Schlaganfall gestorben. Noch immer schien Viktor ihr nachzutrauern. Kein Wunder. Ich hatte sie gemocht, eine liebe, fleißige, unscheinbare Frau, deren Anwesenheit man nie bemerkt hatte, aber deren Verlust umso schwerer wog.

»Du vermisst sie sehr, oder?«

»Allerdings«, pflichtete Viktor mir bei. »Sie hat sich um das operative Management gekümmert. In ihrer ruhigen Art hatte sie alles im Griff. Nun, es war vielleicht doch alles ein bisschen viel. Und jetzt sitzt ein einsamer, sentimentaler Mann vor dir, der lieber mit einem Zimmer vorliebnimmt, als auszuziehen. Zu viele Erinnerungen.«

Er sah mich an, blickte durch mich hindurch, in Gedanken weit weg.

»Aber jetzt ist Charlie ja da«, unterbrach ich die plötzlich eintretende Stille.

»Ja«, er grinste, »meine kleine Schwester bringt frischen Wind ins Haus und«, er strich mit der Zunge über seine Lippen, »sie ist eine Meisterin in der Zubereitung von Wildgerichten.«

Viktor hatte sich wieder an seinen Arbeitsplatz gesetzt. Ich war langsam nähergekommen, fasziniert von den Fasanen, die meinen Bewegungen mit ihren Augen zu folgen schienen.

»Hast du die geschossen?« Sachte strich ich mit meinen Fingern über das seidige Gefieder. Es waren wunderschöne Vögel. Wie traurig, dass sie nicht mehr lebendig waren.

»Das waren meine ersten Fasane«, antwortete Viktor. »Ich habe unzählige von ihnen erlegt, mehr als man essen kann. Aber wenn ich alle erlegten Tiere ausstellen würde, sähe es hier aus wie in einem Museum.«

»Hast du den Hirsch auch geschossen?«

Ich stand jetzt vor dem Schreibtisch. Das Hirschgeweih thronte direkt über Viktors Kopf, was gefährlich aber auch lächerlich aussah.

Viktor lachte, und in seinem Lachen klang so viel Stolz mit, dass mir schlecht wurde.

»Dieser Hirsch war mein erstes erlegtes Tier. Ein Rothirsch. Ein Glücksfall und etwas ganz Besonderes. Ich habe ihn geschossen, als ich ein Junge von dreizehn Jahren war. Mit meinem Großvater, einem vorzüglichen Jäger, bin ich damals auf die Pirsch gegangen, als uns dieses Prachtexemplar vor die Flinte kam. Er stand mitten auf einer Lichtung, mit hocherhobenem Haupt, stattlich, stolz und sich seiner strotzenden Kraft bewusst. Mein Großvater reichte mir das Gewehr, nickte mir zu und lächelte mich an. Zögernd übernahm ich es, atmete tief durch, hob an, zielte und schoss.«

Viktors Augen leuchteten. Er hatte die Szene so anschaulich beschrieben, dass ich den Hirsch genau vor mir sah. Mitten aus dem Leben gerissen. Für mich war das nichts weiter als hinterhältiger Mord. Ich presste meine Lippen aufeinander.

Viktor stand auf und zeigte auf das Geweih.

»Ein gerader Zwölfender. Einen Zwölfender zu schießen ist allein schon ein Glücksfall. Aber meistens hat nur eine Geweihstange sechs Sprossen. Dieser hier hat an beiden Geweihstangen sechs Sprossen. Du kannst dir jetzt vielleicht vorstellen, dass mein Schuss in die Jagdgeschichte einging. Ich war schließlich erst dreizehn. Noch heute macht diese Geschichte an den Jägerstammtischen die Runde.«

Und du wurdest berühmt, dachte ich und machte meiner aufkeimenden Wut Luft. Viktors Reaktion war mir in dem Moment egal.

»Sorry, Onkel Viktor. Aber ich finde, einen ahnungslosen Hirsch quasi aus dem Hinterhalt zu ermorden, ist noch schlimmer als das Abschlachten von Stieren in den spanischen Arenen. Die sterben wenigstens im Kampf, obwohl sie sowieso keine Chance haben. Trotzdem ...«

Viktor hob die Hand. »Vorsicht, Zoé, pass auf, was du sagst! Das siehst du vollkommen falsch. Die natürlichen Fressfeinde des Rothirsches, wie zum Beispiel Wölfe, sind in Mitteleuropa weit zurückgegangen. Als Jäger müssen wir an Stelle der großen Raubtiere den Rothirschbestand im Gleichgewicht halten, damit die Schäden im Wald begrenzt werden. Rothirsche schälen nämlich die Bäume, indem sie mit ihren Schneidezähnen im Unterkiefer die Baumrinde erfassen und die Rinde vom Stamm abziehen.«

»Blabla«, schoss es aus mir heraus. »Und wo sind die Wölfe? Tot! Und warum sind sie tot? Weil der Mensch sie ausgerottet hat.«

Ich konnte kaum an mich halten, vor allem, weil ich glaubte, Viktor lache mich aus. Sein Mund zuckte. Er legte eine Hand auf den Mund und räusperte sich.

»Fertig?«, fragte er schließlich und lächelte jetzt doch. »Erstaunlich, wie sehr du deiner Mutter ähnelst. Sie konnte sich früher genauso über diese Themen erhitzen wie du. Wirklich erstaunlich. Wir sollten das Thema wechseln, meinst du nicht?«

»Der Apfel fällt nicht weit vom Stamm, oder wie sagt man?«, antwortete ich schnippisch, hatte dann aber doch das Gefühl, dass ich besser meine Klappe hielt, um es mir mit Viktor nicht zu verscherzen. Doch ehe ich einen versöhnlichen Ton anschlagen konnte, klingelte sein Telefon. Innerhalb weniger Sekunden wurde sein Bluthochdruckgesicht noch dunkler.

»Das ist ungeheuerlich, Reiner«, schnaubte Viktor in den Hörer. »384 Flüchtlinge in unserer kleinen Stadt? Wo sollen die alle hin? Gibt es hier vielleicht Wohnungsleerstand? Sollen wir Zelte aufbauen? Oder die Alten aus ihren Pflegeeinrichtungen werfen, um Platz zu schaffen?«

Er presste den Hörer so eng an sein Ohr, dass ich die Argumentation seines Gesprächspartners nicht verstand, was nicht nötig war, denn aus Viktors Antworten konnte ich mir den Rest zusammenreimen.

»Ich bin ernst, verdammt nochmal. Wie bitte? Die kommen schon in zwei Wochen und du weißt es erst seit gestern? Besteht die Regierung denn nur noch aus Gehirnamputierten?«

Viktors Gesicht war jetzt so rot angelaufen, dass er wahrscheinlich kurz vor einem Herzinfarkt stand. Er machte eine unwirsche Handbewegung in meine Richtung, was bedeutete, ich solle verschwinden. Nichts lieber als das. Ich hatte genug gehört. Wenn fast 400 Flüchtlinge nach Flees kommen sollten, war hier bald mehr los als in meinem geliebten Berlin. Ich hatte ganz bestimmt nichts gegen Flüchtlinge, aber die große Anzahl bereitete mir doch ein mulmiges Gefühl.

13.

Ich verschlang den Roman an zwei Nachmittagen. Wie schön musste romantische Liebe sein! Doch wahre Liebe gab es bestimmt nur in Romanen und Filmen, und immer waren die Helden wie Elizabeth Bennet und Mr. Darcy schöne Menschen, war ja klar.

Bevor ich mich von den düsteren Gedanken niederdrücken ließ, beschloss ich, etwas zu tun. Warum nicht eine Begegnung mit dem merkwürdigen Jungen provozieren? Weshalb hatte er mich bei McDonalds dermaßen panisch angestarrt und sich aus dem Staub gemacht?

Ich zog meine Sportsachen an, kurze weiße Shorts mit passendem Top, und versteckte meine auffälligen Haare unter einem Käppi. Die Turnschuhe waren neu und drückten am kleinen Zeh. Ich musste komplett verrückt sein, mit einer Sportart anzufangen, die ich hasste. Außer Schwimmen hasste ich jede Sportart, weil ich ins Schwitzen geriet und meine Narben zu jucken begannen.

Im Internet hatte ich mir die genaue Lage des Hofes angesehen. Ungefähr zweihundert Meter vor dem Bahnübergang gab es eine Abzweigung, die in einem vier Kilometer großen Bogen um den Hof herumführte und wieder auf die Ausgangsstelle traf. Ich wählte die kurze Route zum Hof, denn wenn ich vier Kilometer hinter mich bringen sollte, sah ich wahrscheinlich aus wie eine matschige Tomate.

Ich versteckte die Vespa hinter einem Busch und schloss sie ab. Die Strecke bis zum Bahnübergang bewältigte ich in leichtem Jogging. Dahinter setzte ich mich auf einen Stein, bis sich mein

Puls normalisiert hatte und die Röte aus meinem Gesicht gewichen war. Schon jetzt tat mein kleiner Zeh von den zu engen Schuhen weh.

Die nächsten zweihundert Meter, die durch einen Wald führten, lief ich in gemächlichem Tempo, um dann, kurz vor dem Biohof, meine Schritte zu beschleunigen. Ich achtete auf Bodenhaftung und ein angemessenes Tempo, als ich den Hof passierte. Der Junge war mit Reparaturarbeiten am Haus beschäftigt, während die Frau ihn mit Getränken und guter Laune versorgte. Ich sah stur auf den Boden, konzentriert auf meine Füße blickend. Aber natürlich bekam ich aus den Augenwinkeln alles mit. Die Frau lachte, wuschelte dem Jungen durch das Haar und summte eine Melodie dazu.

Und dann passierte es. Ich bemerkte das mir entgegen kommende Auto zu spät. Hastig wich ich auf den unebenen Feldweg aus, knickte um und legte mich der Länge nach hin. Ein stechender Schmerz jagte durch meinen Knöchel. Ich schrie auf und hielt mir jammernd das Fußgelenk. Verdammt! Ausgerechnet hier und jetzt! Das Auto fuhr weiter. Sekunden später sah ich die Frau vom Biohof auf mich zueilen, und hinter ihr, mit großem Abstand, den Jungen. Sie beugte sich zu mir hinunter.

»Hast du dich verletzt? Tut es sehr weh?«

»Geht schon«, antwortete ich und spähte zu dem Jungen hinüber, der uns abwartend beobachtete, sich aber keinen Zentimeter von der Stelle bewegte. »Ich bin umgeknickt, aber es ist nicht so schlimm.«

»Verdammte Autofahrer«, schimpfte die Frau. »Keine Rücksicht nehmen sie. Komm, stütz dich auf!« Sie griff unter meine Achseln. Ich war nicht schwer, aber die Frau war zierlich und nicht sehr kräftig.

»Adil! Please, come and help me!«, rief sie dem Jungen zu.

»Schon okay«, keuchte ich und stützte mich auf ihren Arm. »Könnten Sie mir bitte mein Käppi geben?«

Sie hob es vom Boden auf und stülpte es über meinen Kopf.

»Warum joggst du nicht über die Rheinpromenade? Alle Jogger tun das. Es ist viel gesünder und wenn etwas passiert, ist immer jemand da, der helfen kann.«

»Naja, beim Joggen passiert normalerweise nichts, oder? Außer mir vielleicht.«

Die Frau lächelte. »Wo wohnst du denn?«

»Im Hotel von Viktor Gehrmann«, antwortete ich. Der Schmerz hatte nachgelassen. Wahrscheinlich war der Knöchel nur verstaucht. »Er ist mein Onkel. Ich bin mit meiner Mutter hierher gezogen.«

Die Frau zog die Stirn kraus. »Dann bist du die Tochter von Charlie?«

»Ja, ich heiße Zoé.«

»Ich bin Erika Seifert. Du kannst Erika zu mir sagen.« Sie lächelte. »Ich bin früher mit deiner Mutter zusammen zur Schule gegangen. Dann haben wir uns aus den Augen verloren, als sie nach Berlin zog. Bitte bestell ihr herzliche Grüße.«

»Mach' ich.«

Sie sah auf meinen Fuß. »Mein Mann wird dich später nach Hause fahren. Oder Adil begleitet dich ein Stück. Jetzt kommst du erst einmal mit ins Haus, damit wir deinen Knöchel verbinden können.«

Ich humpelte mit ihr zum Haus zurück. Aus der Ferne war das Klingeln der sich schließenden Bahnschranken zu hören, kurz darauf das Herannahen eines Zuges. Ich dachte an den Jungen, der sich offenbar vorgenommen hatte, mir aus dem Weg zu gehen. Adil. Wenigstens wusste ich jetzt seinen Namen. Dass er sich geweigert hatte, mir zu helfen, passte irgendwie nicht. Die meisten Jungen, vor allem Muslime, waren sofort zur Stelle, wenn ein Mädchen in Schwierigkeiten war. So war ich es zumindest aus Berlin gewöhnt. Das war Ehrensache.

Auf einmal war ich mir nicht mehr sicher, ob ich wirklich mit Erika ins Haus wollte. Eine direkte Konfrontation mit einem Typen, der mir aus dem Weg ging, vielleicht sogar Angst vor mir hatte? Wahrscheinlich war er im Haus, denn auf dem Hofgelände war er nicht zu sehen. Ich verlagerte etwas mehr Gewicht auf meinen Fuß.

»Ich kann schon wieder laufen und alleine nach Hause fahren«, sagte ich den Schmerz unterdrückend. »Es ist gar nicht schlimm.«

Erika sah mich zweifelnd an. »Bist du sicher? Zu Fuß?«

»Kein Problem«, erwiderte ich. »Kurz vor der Bahnschranke steht meine Vespa. Bis dahin ist es nicht weit.«

Sie schüttelte den Kopf. »Kommt nicht in Frage. Wenigstens soll dich Adil ein Stück begleiten. Wo steckt er überhaupt? Seit einigen Tagen benimmt er sich so merkwürdig. Adil!«

»Nein, nein, schon gut! Geht schon.«

Als Beweis lief ich einige Schritte, was Erika zu überzeugen schien.

»Vielen Dank für die Hilfe«, sagte ich und reichte ihr die Hand.

»Wie du willst, Zoé. Mach's gut und vergiss nicht, die Grüße auszurichten. Wir müssen uns unbedingt bald wiedersehen. So viele Jahre sind vergangen. Es gibt bestimmt eine Menge zu erzählen.«

»Werde ich tun.« Ich zögerte. »Adil ist nicht dein Sohn, oder? Du hast englisch mit ihm gesprochen.«

Sie schüttelte den Kopf. »Martin und ich haben keine Kinder. Adil kommt aus Syrien. Er ist vor dem Bürgerkrieg geflüchtet.«

»Dann sind schon welche hier?«

»Wie meinst du das?«, fragte Erika verwundert.

Ich erzählte ihr von Viktors Telefonat. »Knapp 400 Flüchtlinge sollen hier untergebracht werden. Mein Onkel findet das allerdings gar nicht lustig. Sie sollen schon in zwei Wochen hier sein.«

»Tatsächlich?«

Erika zog die Stirn kraus, aber im Gegensatz zu Viktor schien sie diese Info nicht besonders aufzuregen. Sie machte einen eher nachdenklichen Eindruck.

»Sag bitte Charlie, dass ich schon heute Nachmittag auf einen Kaffee bei euch vorbeischaue.«

14.

Zurück im Hotel fuhr ich den Rechner hoch. Ich hatte mich nie für Politik interessiert, weil ich das ganze Geschwafel langweilig fand. Während einer Bundestagsdebatte im Reichstag, die wir mit unserem Kurs besucht hatten, war ich sogar eingenickt. Später hatte mir Manuel für zwei Schachteln Rothmans ein Referat geschrieben, das wir im Unterricht vortragen sollten, obwohl er nicht dabei gewesen war. Ich hatte sogar eine zwei minus dafür bekommen. Ich weiß noch, wie Manuel sich schräg gelacht hatte.

»Es kommt nicht darauf an, was die Politiker sagen, sondern wie sie es sagen«, war sein Kommentar dazu. »Es sind alles nur Worthülsen, die auf jedes Thema passen. Hauptsache, es kommt wichtig rüber, ohne dass man sie auf eine bestimmte Äußerung festnageln kann, weil sie schwammig ist.«

Sein Statement hatte mich in meiner Meinung zur Politik bestärkt. Wenn Manuel, der für mich der Klügste in Sachen Geschichte und Politik war, die Aussagen von Politikern als Worthülsen abtat, konnte ich meine Freizeit sinnvoller gestalten. Wobei ich als Hauptverantwortliche für meine politische Unwissenheit Charlie die Schuld gab. Denn Charlie hatte, sooft sie sich von ihrem Blumenladen freimachen konnte, an irgendwelchen Demos teilgenommen. Nur so könne man, wenn überhaupt, die Politik beeinflussen. Das sei wahre Politik, hatte sie immer gesagt. Was in den Nachrichten und Zeitungen gesagt und geschrieben würde, sei alles Mainstream, um die Bürger zu manipulieren und dumm zu halten.

Allerdings hatte ich vom Arabischen Frühling gehört, weil neunzig Prozent meiner Mitschüler vom Albert-Schweitzer-

Gymnasium Migrationshintergrund mit teilweise Wurzeln in den Krisengebieten hatten. Einige hatten sogar Verwandte dort, saßen mit ihren Eltern vorm Fernseher oder am Internet, um die neuesten Entwicklungen mitzubekommen. Hassan, unser Wachschützer aus Marokko, hatte uns erzählt, dass nach einem Aufruf über Facebook tausende Demonstranten für politische Reformen und mehr Demokratie auf die Straße gegangen waren und Leila, eine Syrerin aus der elften Klasse, war zwei Jahre zuvor heulend in die Schule gekommen, weil ihr Cousin wegen einer Graffiti-Sprüherei an der Schulmauer eingesperrt worden war. Ich bekam das alles zwar mit, machte mir aber doch nicht allzu viele Gedanken darüber, weil es zu weit weg für mich war.

Aber jetzt war ich ganz nah dran, viele Flüchtlinge würden nach Flees kommen, wobei ich keine Ahnung hatte, aus welchen Ländern sie geflohen waren. Wahrscheinlich hatte das alles mit dem Arabischen Frühling zu tun. Zumindest gab es schon mal einen Berührungspunkt, und der hieß Adil. Der einzige Junge im Dorf, der mich auf eine geheimnisvolle Art faszinierte und mir gleichzeitig Angst einflößte. Adil kommt aus Syrien. Er ist vor dem Bürgerkrieg geflüchtet, hatte Erika gesagt. Adil. Der Name klang ein wenig wie Aladin und die Wunderlampe.

Versuchsweise gab ich Bürgerkrieg Syrien ins Internet ein. Sofort spuckte es über hunderttausend Einträge aus. Ich klickte auf Bilder und war schockiert. Häuser in Schutt und Asche, dicke schwarze Rauchschwaden von brennenden Autos, Soldaten mit Gewehren gegen Demonstranten, verletzte Kinder. Krass!

Ich versuchte, das Foto von einem weinenden Mann mit seinem toten Baby aus meinem Kopf zu kriegen, klickte mich raus und öffnete meinen E-Mail Account. Im Posteingang erwartete ich die Fotos von der letzten Stufenparty, aber – nichts. Sie hatten mich bereits aus dem Verteiler genommen. So schnell hatten die mich vergessen? Stattdessen eine E-Mail von Kevin:

Gesendet: Samstag, 07. September 2013 um 23:11 Uhr
Von: "Kevin Bruns" <avatar_kevin@yahoo.com>
An: "Zoé Gehrmann" <Zoé1997@hotmail.com>
Betreff: Umschlag

Hi Zoé,
schade, dass du mich letztens nicht sprechen wolltest. Hast du den Umschlag geöffnet? Was hältst du davon? Vielleicht ist es eine saublöde Idee. Vielleicht auch nicht. Bitte melde dich!
Kevin

Du Arsch, dachte ich, und schrieb zurück:

Gesendet: Sonntag, 08. September 2013 um 15:36 Uhr
Von: "Zoé Gehrmann" <Zoe1997@hotmail.com>
An: "Kevin Bruns" <avatar_kevin@yahoo.com>
Betreff: Aw: Umschlag

L.m.a.A.!!!

Kaum hatte ich auf gesendet geklickt, tat mir meine überzogene Reaktion leid. Dass er auch nicht locker ließ! Kevin sollte mich einfach in Ruhe lassen. Auch wenn fast neun Monate seit dem Unglück vergangen waren, konnte ich ihm noch immer nicht verzeihen. Der grüne Umschlag war in Charlies Handschuhfach gut aufgehoben. Dort sollte er bleiben, bis ich es mir anders überlegte. Dann humpelte ich die Treppen hinunter. Mein Knöchel war angeschwollen und schmerzte. Charlie holte einen Erste-Hilfe-Kasten aus dem Schrank, setzte sich mir gegenüber und legte mein Bein auf ihren Schoß.

»Nur eine Zerrung«, sagte sie. »Trotzdem wirst du einige Tage humpeln. Wo bist du denn gewesen?«

Ich erzählte ihr von meinem kleinen Jogging–Ausflug zum Biohof und dem Aufeinandertreffen mit der Bäuerin, verschwieg aber, dass sie einen Flüchtling aufgenommen hatte.

»Bist du von allen guten Geistern verlassen?«, fragte Charlie ärgerlich. »Bei den hohen Temperaturen zu joggen, obwohl du gerade mit einer dicken Erkältung im Bett gelegen hast?«

»Mir geht's schon wieder besser.«

»Ich glaube eher, du willst dir eine Lungenentzündung holen, damit du nicht in die Schule gehen musst, Zoé! Finde dich endlich damit ab, dass Flees dein neues Zuhause ist. Davon abgesehen bist du früher noch nie gejoggt. Du hasst diese Sportart. Also?«

»Ich soll dir schöne Grüße von Erika Seifert bestellen«, sagte ich, ohne auf ihre Vorwürfe einzugehen. »Sie will heute Nachmittag auf einen Kaffee bei uns vorbeikommen.«

»Erika Seifert?«

»Vom Biohof. Ihr seid zusammen zur Schule gegangen.«

Charlie lächelte, während sie die Salbe auf meinem Knöchel verteilte. »Wir haben uns damals aus den Augen verloren. Ich ging nach Berlin und sie zog fort, um Sozialwissenschaften zu studieren. Wer hätte gedacht, dass sie wieder zurück nach Flees kommt.«

»Wahrscheinlich will sie mit dir über die Flüchtlinge reden.«

Charlie zog die Augenbraue hoch, während sie einen Verband um meinen Fuß wickelte. Sie wirkte alles andere als erfreut.

»Viktor regt sich fürchterlich auf, weil der Bürgermeister ihm nichts davon erzählt hat, obwohl ich nicht glaube, dass es etwas geändert hätte.«

»Reiner?«

Sie nickte. »Die beiden sind seit ewigen Zeiten befreundet, obwohl sie oft unterschiedlicher Meinung sind, vor allem in politischen Fragen. Soweit ich weiß, ist Reiner mit neunzehn der SPD beigetreten und engagiert sich seitdem in der Kommunalpolitik.

Bei der letzten Wahl wurde er mit hauchdünner Mehrheit zum Bürgermeister gewählt. Viktor ist CDU-Wähler, aber trotz mancher hitziger Diskussionen über politische Themen haben sich die beiden wohl nie wirklich gestritten. Sie sind zusammen zur Schule gegangen, waren im selben Fußballverein und später im Tennisclub.«

Charlie befestigte den Verband mit einem Klebestreifen und stellte meinen Fuß ab.

»Übrigens, während du unterwegs warst, hat eine Schulfreundin nach dir gefragt. Eine Alina.«

»Echt? Was wollte sie?«

»Sie hat dir die Hausaufgaben vorbeigebracht. Das finde ich sehr nett. Ein hübsches Mädchen. Sehr sympathisch.«

15.

Die Nachricht über die Ankunft der Flüchtlinge hatte sich in der Schule wie ein Flächenbrand verbreitet. Natürlich hatte Derek jedem erzählt, was er von seinem Vater gehört hatte, allerdings schmückte er seine Erzählungen mit seiner maßlosen Phantasie aus. Eine ganze Horde unzivilisierter Kanaken würde in Flees einfallen und das Dorf verwüsten. Manche zeigten ihm den Vogel, andere – vor allem Schüler aus den unteren Klassen – reagierten mit Entsetzen, weil sie sich alles Mögliche ausmalten. Selbst vor Unterrichtsbeginn wollte das Getuschel nicht enden, bis unser Biolehrer ein Machtwort sprach. Man solle nicht über ungelegte Eier reden, war sein einziger Kommentar dazu und nahm mich an die Tafel, um die Photosynthese anhand eines Laubblattes zu erklären. Nach der Stunde hängte sich Frank an mich dran.

»Soll ich deine Tasche tragen? Du humpelst ja. Wie du das alles kannst! Ich finde das echt kompliziert.«

Er wirkte so niedergeschlagen, dass er mir leid tat.

»Kein Problem mit dem Fuß, ist nur ein bisschen gestaucht. Wenn du willst, können wir uns wegen Bio vor der Klausur einmal zusammensetzen.«

Sofort bereute ich meine Hilfsbereitschaft, als sich ein breites Grinsen auf Franks Pickelgesicht ausbreitete.

»Hast du nicht mal Lust, ins Kino zu gehen?« fragte er. »Wir haben sogar ein eigenes Kino in Flees, befindet sich im Kulturtreff. Passen nur fünfzig Leute rein, aber es ist richtig kuschelig und die haben in der letzten Reihe sogar Doppelsitze.«

»Fünfzig Leute? Kann mir kaum vorstellen, dass in einem solchen Minikino gescheite Filme laufen.«

»Du, das glaubst du jetzt nicht«, antwortete Frank, »aber unser Kino ist schon ein paar Mal mit dem Kinoprogrammpreis ausgezeichnet worden. Total coole Filme haben die, auch mit Anspruch und so.«

»Ah, ja.«

»Zur Zeit läuft Walking with the Enemy. Den würde ich unglaublich gern sehen. Hast du nicht Lust, mit mir hinzugehen?«

»Um was geht's denn in dem Film?«

»Also«, begann Frank mitteilungsfreudig, »ein junger Ungar gibt sich als Nazi aus und rettet damit zahlreichen Juden das Leben.«

Ich seufzte. »Wieso holt dieses Thema uns immer wieder ein? In meiner letzten Schule haben wir nichts als die Nazis besprochen. Keine Lust, sorry.«

»Echt jetzt?«

Man konnte Frank die Enttäuschung von seinem Gesicht ablesen. Offenbar hatte er keine Freunde, mit denen er sich verabredete. Ich hatte längst gemerkt, dass ihn die Jungen aus meiner Stufe nicht beachteten. Aber ich fühlte mich nicht für seine Stimmung verantwortlich.

»Vielleicht sind Nazis doch bald wieder ein Thema«, flüsterte er plötzlich. Irritiert sah ich ihn von der Seite an. Er wirkte zerknirscht.

»Wie meinst du das?«

»Naja, wenn jetzt so viele Flüchtlinge kommen, gibt es bestimmt einige Fleeser, die dagegen sind. Ich habe ein bisschen Angst davor, dass unsere Stadt nicht mehr so schön sein wird wie früher, so beschaulich, meine ich.«

»Hm, ja«, pflichtete ich ihm bei, »in Berlin würde man sie gar nicht bemerken, aber in einem Dorf wie Flees, wo jeder den anderen kennt, fallen sie natürlich auf.«

Wir hatten die Cafeteria erreicht und ich sah mich suchend nach einem bekannten Gesicht um. In dem Gewirr aus Köpfen sichtete ich schließlich den blonden Pferdeschwanz von Alina. Sie stand an der Essensausgabe.

»Hey, da ist Alina.« Ich winkte, als sie mit ihrem Tablett in meine Richtung sah und machte Frank deutlich, dass ich etwas Dringendes mit ihr zu besprechen hätte. Falls er gekränkt war, ließ er es sich zumindest nicht anmerken. Ich bestellte eine Portion Nudelauflauf und setzte mich mit Alina an einen freien Tisch.

»Danke für die Hausaufgaben«, sagte ich.

»Habe ich gerne gemacht«, lächelte sie. »Deine Mutter ist sehr nett. Sie hat mir sofort was zu trinken angeboten und mir dein Zimmer gezeigt.«

Beinahe verschluckte ich mich an meinem Auflauf.

»Sie hat was?«

Charlie zeigte irgendwelchen Leuten mein Zimmer? Mein Chaos? Auch wenn Alina in meine Stufe ging, hatte Charlie nicht das Recht, sie in mein Allerheiligstes zu lassen. Ausgerechnet Alina. Sie hatte wahrscheinlich ein Prinzessinnenzimmer, alles pikobello aufgeräumt und perfekt, während sich bei mir außer der abgerissenen Tapete meine gebrauchten Unterhosen der letzten Tage über dem Boden verteilten.

Alina zuckte mit den Schultern. »Naja, sie wollte einfach nachsehen, ob du da bist. Aber du warst nicht in deinem Zimmer, und da habe ich ihr die Sachen in die Hand gedrückt und bin wieder gefahren.«

Verärgert stocherte ich in meinem Auflauf herum. Doch dann sagte Alina:

»Falls du Hilfe bei der Auswahl der Tapete brauchst, sag Bescheid. Ich habe einen guten Geschmack und tapezieren kann ich auch.«

»Echt?«

Mir fiel wieder die Knutschszene mit Derek ein und aufgrund ihrer unterwürfigen Art ihm gegenüber hatte ich Alina als potentielle Freundin längst abgeschrieben. Vielleicht war Alina ihr Verhalten selbst peinlich und sie wollte sich von einer anderen Seite zeigen. Egal. Hauptsache, ich hatte bald ein Zimmer, in dem man es aushalten konnte.

»Abgemacht! Wann kannst du vorbeikommen?«

»Wenn du willst, können wir heute Nachmittag zum Baumarkt fahren und alles kaufen. Dann legen wir los.«

»Okay. Wie lange brauchen wir dafür?«

»Zwei Tage. Einen zum Tapezieren, einen zum Streichen.«

Alina sah mich mit ihren blauen Augen an. Sie strahlten wie das Blau des Himmels an einem wolkenlosen Sommertag. Mein Ärger über Charlie verzog sich. Wir verabredeten uns für zwei Uhr mittags. Alina war schon achtzehn und würde mich mit ihrem Auto abholen.

16.

Der Baumarkt lag etwas außerhalb im Gewerbegebiet. Alina kannte sich aus. Zielstrebig lief sie in die Tapetenabteilung und erklärte mir die Unterschiede zwischen Raufaser, Profil- und Vliestapeten. Ich war fasziniert von der riesigen Farbauswahl und der Möglichkeit, Farben zu mischen. Aber Alinas Einwand, man müsse für eine optimale Entscheidungsfindung einen Streifen Tapete zur Probe streichen und ihn an die Wand halten, brachte uns dann doch in die Abteilung für bedruckte Tapeten. Ich wollte fertig werden und mich keinen Tag länger als nötig mit der Renovierung meines Zimmers beschäftigen.

»Auf jeden Fall hell muss sie sein«, erklärte Alina, »weil dein Zimmer ziemlich düster ist. Schau mal hier!«

Sie zeigte mir eine elfenbeinfarbene Tapete mit Korallenmuster, was nicht übel war, aber zu mädchenhaft wirkte. Schließlich entschied ich mich für eine hellgelbe Vliestapete mit dunkelgelben Wellen und Punkten, was für meinen Geschmack luftig und leicht wirkte. Alina zog die Stirn kraus.

»Bist du sicher, dass du Wellen willst? Das könnte unruhig wirken. Wir können mit einem Muster ins Hotel fahren und sehen, wie sie wirkt. Später kommen wir wieder und entscheiden uns.«

Ich sah auf meine Uhr. Mittlerweile hielten wir uns über eine Stunde im Baumarkt auf.

»Wir nehmen sie«, entschied ich. »Schlimmer als jetzt wird es nicht aussehen und außerdem mag ich Punkte und Wellen.«

Alina lachte. »Okay, es ist dein Zimmer.«

»Krass«, sagte ich am Abend, als wir fertig wurden. »Das sieht echt super aus!«

Ich sah mich in meinem Turmzimmer um und fühlte mich zum ersten Mal wohl. Das Gelb passte farblich zur Holzvertäfelung und brachte etwas Sonne in den Raum. Die Punkte wirkten wie Tupfer oder Wassertropfen im oder über dem Meer. Perfekt.

»Danke, Alina!«, sagte ich. »Du hast mir sehr geholfen! Ohne dich hätte ich das nie zustande gebracht.«

Das war ein wenig gelogen, denn Alina hatte mich die Arbeit überwiegend selbst machen lassen. Zwar zeigte sie mir, wie man Maß nahm, die abgeschnittene Tapete auf dem Tapeziertisch mit Kleister einpinselte und diese dann an der Wand mit einer Bürste glatt strich, aber bald machte ich die Arbeit alleine, während sie mein Zimmer inspizierte und Ratschläge erteilte.

»Die Kanten sind zwar teilweise etwas schief, aber aufgrund des Musters fällt es nicht auf«, sagte ich glücklich.

»Und du kannst stolz sein, dass du Tapezieren gelernt hast«, ergänzte sie und strahlte mich an. »Gehen wir jetzt was essen?«, fragte Alina. »Wir könnten zu Alfredo's. Derek und ich gehen immer dorthin.«

»Klaro, ich lade dich ein.«

17.

Das *Alfredo's* war eine Pizzeria und lag direkt an der Rheinpromenade. Obwohl es fast halb zehn war, war das Lokal noch gut besucht. Wir steuerten auf den letzten freien Tisch am Fenster zu und setzten uns. Adriano Celentanos *Una Festa Sui Prati* spielte im Hintergrund. Ich sah mich um. Die Gäste waren gemischt, einige Erwachsene und Jugendliche aus der Stufe, die ich vom Sehen kannte, aber mit denen ich nichts zu tun hatte.

Wir mussten nicht lange warten, bis ein kleiner, untersetzter Italiener strahlend auf unseren Tisch zusteuerte.

»Das ist Alfredo, der Besitzer«, flüsterte Alina.

»Principessa! Alina! Wo du bist solange gewesen? Ich dich habe vermisst«, grinste er und stellte einen Teller mit Antipasti und geröstetem Baguette mit Knoblauchbutter vor uns hin.

»Wir waren doch erst vor zwei Tagen hier«, erwiderte Alina, »aber ich habe auch viel zu tun, weißt du doch.«

»Si, si. Viel zu tun mit deine amico?« Er lachte laut und in seinen Augen blitzte der Humor. »Dafür du hast eine hübsche Freundin mitgebracht!«

Ich zuckte verlegen die Schultern.

»E come ti chiami? Wie heißt du?«

»Zoé.«

»Zoé! Bella! Und was du möchtest essen?«

»Sie haben nicht zufällig Risotto?« Risotto hatte ich immer mit Kevin bei unserem Lieblingsitaliener am Herrfurthplatz gegessen.

»Certo, Risotto, e tu wie immer eine Insalata Primavera?«, fragte er Alina, die zustimmend nickte.

»Das Essen hier ist nicht sternemäßig, aber ich mag die Atmosphäre«, erklärte Alina, »deshalb halte ich mich immer an meinen Salat, vor allem, wenn es so spät ist. Meistens gehen Derek und ich hier abends noch was essen.«

»Ach so, dann ist das so eine Art Stammpizzeria für euch?«

»Es ist die einzige, deshalb ist es hier auch immer voll. Außerdem hat man tagsüber einen tollen Blick auf den Rhein.«

Ich blickte auf die beleuchtete Promenade, auf der ein Pärchen händchenhaltend spazieren ging. Der Fluss glitzerte, angestrahlt von den Laternen am Ufer, ein romantischer Ort für Liebespaare.

»Liebst du Derek?«, platzte es plötzlich aus mir heraus. Ich hatte nicht vor, Alina mit meiner direkten Frage zu verärgern, aber das Gegenteil geschah. Ihr hübsches Gesicht wurde noch weicher. Ihre Augen verklärten sich und ihre Lippen formten sich zu einem Kuss.

»Ich liebe ihn. Wir sind jetzt seit fast einem Jahr zusammen und ich kann mir gar nicht mehr vorstellen, wie es ohne ihn wäre. Aber das gilt natürlich auch für ihn. Du hast ja letztens mitbekommen, wir er mich geküsst hat.«

Sie kicherte und wurde ein wenig rot. »So ist er, und das mag ich an ihm. Derek zeigt seine Gefühle, egal wo wir gerade sind. Er ist nun einmal sehr offen und schert sich nicht um das Gerede der anderen.«

Mein Handy klingelte. Es war Charlie, die mich bat, nach Hause zu kommen, weil der Wetterbericht einen Sturm vorausgesagt hatte.

»Es wird wirklich heftig, Zoé. Also macht nicht mehr so lange.«

»Ja, ja. Wir kommen, sobald wir gegessen haben«, beruhigte ich sie. »Da kommt schon unser Essen. Bis später.«

»Eine Insalata Primavera für la principessa, eine Risotto für bella signorina«, sagte Alfredo, während er die Teller vor uns abstellte. Er zwinkerte mir zu. »Risotto alla Alfredo. Buon appetito.«

Ich sah auf den ersten Blick, dass Alfredos Risotto ein Zusammengewürfel aus Gemüse, Kräutern, Speck, Zwiebeln und Pilzen war. Vorsichtig probierte ich vom Tellerrand, dann von der Mitte. Statt dass der Reis von außen cremig und von innen bissfest war, schmeckte er überall matschig. Der Geschmack war okay.

»Nicht das, was du erwartet hast, oder?«, fragte Alina, deren Salat weitaus einladender aussah als mein Gericht.

»Das nächste Mal bestelle ich besser auch einen Salat«, murmelte ich enttäuscht, »oder Nudeln. Obwohl ich Nudeln eigentlich nicht mehr sehen kann. In der Cafeteria gibt es ja nichts anderes.«

»Sag' ich doch«, erwiderte Alina. »Aber die Salate sind lecker.«

Sie trank einen Schluck Mineralwasser und sah mich neugierig an. »Und du? Hast du auch einen Freund?«

Ich schüttelte den Kopf. »Nein, bisher ist mir leider noch niemand über den Weg gelaufen, in den ich mich verlieben könnte. Wie ist Derek denn sonst so?«, lenkte ich das Thema wieder auf Derek.

»Er ist süß. Nach außen tut er zwar so, als wolle er andere Mädchen aufreißen, aber in Wahrheit liebt er nur mich. Ich sage nicht viel dazu, damit er später nicht behaupten kann, er habe was verpasst, aber er würde sowieso nie zu weit gehen. Nur flirten und so.«

»Später? Wie meinst du das?«

»Wenn wir verheiratet sind.«

Beinahe verschluckte ich mich an meinem Risotto. Ich hustete, ein Reiskorn hatte sich in meine Luftröhre verirrt.

»Nachdem wir ein Paar wurden«, fuhr Alina fort, »war ziemlich schnell klar, dass wir zusammenbleiben. Ich habe Derek schon als kleines Mädchen angehimmelt. Wir waren zusammen im Kindergarten, in der Musikschule und später auf dem Gymnasium. Aber er hat mich erst wahrgenommen, als ich fünfzehn wurde.«

Alina lachte, so dass ihre schönen weißen Zähne zum Vorschein kamen. »Du weißt schon, als sich mein Busen richtig entwickelt hatte und so. Ich war nämlich ein Spätentwickler.«

»Verstehe.«

»Aber dann hat es noch ein Jahr gedauert, bis wir zusammenkamen, weil Derek eine Freundin hatte. Dann war eigentlich alles klar. Unsere Eltern sind sowieso einverstanden.«

Ich staunte. Offenbar ging das mit dem Heiraten in Flees sehr schnell. Alina schien meine Verwunderung zu bemerken und schob eine Erklärung hinterher.

»Abgesehen von unserer Liebe stimmt auch alles andere. Dereks Vater ist immerhin der Bürgermeister und mein Vater ist ein international sehr gefragter Architekt.«

»Also seid ihr reich?«, bohrte ich nach, weil Alina im Redefluss war und ich jetzt die ganze Story hören wollte.

»Naja, du musst jetzt nicht denken, dass ich überheblich bin, aber uns gehört die Villa an der Bundesstraße, dieses große weiße Haus auf der rechten Seite am Ortseingang.«

»Wo?«

»Du hast das bestimmt schon gesehen, du fährst jeden Tag daran vorbei. Achte beim nächsten Mal einfach darauf. Mein Vater hat unser Haus selbst entworfen.«

Alinas Selbstdarstellung überraschte mich. Ich schob meinen Teller beiseite. Vielleicht lag es am Risotto oder Alinas Gerede hatte mir den Appetit verdorben. Ich wusste sehr genau, welches Haus sie meinte. Gleich am ersten Tag war es mir aufgefallen, eine imposante, zweigeschossige weiße Villa, deren vorgezogener Giebel auf vier Säulen thronte.

»Aber euer Hotel ist auch nicht schlecht«, fuhr Alina fort. »Es ist zwar ein Altbau, aber sehr beeindruckend. Mein Vater hat gesagt, dass solche Häuser heutzutage Schmuckstücke sind. Deine Mutter hat mir einige Zimmer mit den hohen Decken und dem Stuck gezeigt.«

»Sie hat was?«

»Letztens, als ich dir die Hausaufgaben gebracht habe. Naja, ich habe sie gefragt, ob ich mal ein Zimmer von innen sehen kann, weil mein Vater doch Architekt ist und ich mich ein bisschen auskenne. Mein Vater hat dann auch gemeint, dass man viel Geld verdienen kann, wenn man die Gästezimmer zu Eigentumswohnungen zusammenführt und anschließend einzeln verkauft. Luxuswohnungen natürlich. Wenn du möchtest, kann sich mein Vater euer Hotel einmal ansehen und euch beraten.«

»Ähm, Alina, ich glaube nicht, dass mein Onkel das Hotel verkaufen will. Denn darauf läuft es ja hinaus. Er hängt sehr daran.«

»Aber ihr habt doch auch ein Mitspracherecht, deine Mutter zumindest?«

»Hat sie nicht«, antwortete ich. »Nach dem Tod meines Großvaters hat mein Onkel das Hotel übernommen und meiner Mutter ihren Anteil ausbezahlt.«

In Alinas Gehirn schien es zu arbeiten. Ich bereute, ihr einen Einblick in unsere Finanzen gegeben zu haben. Prompt kam die nächste Frage.

»Das war bestimmt ein hoher Anteil, den deine Mutter bekommen hat. Hat sie das alles ausgegeben? Und dein Vater? Was macht der denn so?«

»Weißt du, meine Mutter redet über solche Sachen nicht. Vielleicht hat sie es auf den Kopf gehauen. Sie war nämlich früher ein ziemlicher Wirbelwind. Und mein Vater, keine Ahnung.«

An Jeff hatte ich in den letzten Wochen überhaupt nicht mehr gedacht. Ob sein neuer Song wieder ein Hit geworden war? Hundertpro. Ich hatte seit ewigen Zeiten kein Radio mehr gehört.

»Meine Eltern sind schon lange geschieden und ich habe meinen Vater das letzte Mal gesehen, als ich ungefähr so groß war.«

Zur Demonstration hielt ich meine flache Hand neben die Tischkante. Ich biss mir auf die Lippen, denn im gleichen Moment wurde mir bewusst, dass ich Jeff verleugnete. Keine Frage. Ich schämte mich.

Alina schwieg. Wahrscheinlich betrachtete sie Charlie und mich wie Gestrandete oder Armutsflüchtlinge, die von dem wohltätigen Onkel aufgenommen worden waren, womit sie nicht einmal so falsch lag. Im Stillen wunderte ich mich, dass wieder das Wort Flüchtling durch meinen Kopf kreiste, ein Wort, das früher in meinem Wortschatz nicht vorgekommen war. Aber wahrscheinlich lag das an der neuen Situation in Flees. Und als hätten meine Gedanken die Tischkante übersprungen, begannen zwei Paare am Nebentisch eine hitzige Diskussion über das Thema.

Wir hörten ungewollt eine Weile zu. Als das Wort Angst fiel, beugte Alina sich zu mir und flüsterte:

»Ich mache mir auch schreckliche Sorgen, kann nachts kaum noch schlafen, seitdem ich weiß, dass die alle kommen. Du nicht auch?«

»Ein bisschen, ja.«

»Keiner kann sich mehr auf die Straße trauen, so viele Fremde auf einmal. Die haben ganz andere Sitten als wir, beten fünfmal am Tag und unterdrücken die Frauen. Derek meint, die kommen alle hierher, weil wir ein reiches Industrieland sind. Sie profitieren von unserem Sozialstaat, indem sie sich ihr Leben finanzieren lassen, und später nehmen sie uns noch die Arbeitsplätze weg, wenn sie überhaupt irgendwann arbeiten. Und das alles auf unsere Kosten, denn die Steuern zahlen wir natürlich.«

Ich war zwar ebenfalls skeptisch, weil 400 Flüchtlinge auf einen Schlag für ein Dorf wie Flees krass war, aber die dumpfen Vorurteile aus Alinas Mund regten mich dann doch auf. Frauenunterdrücker? Da konnte sich Alina mit ihrem Macho–Derek in die erste Reihe einreihen. Laut sagte ich:

»Gib mal Bürgerkrieg Syrien in Google ein. Da kannst du sehen, wie viele Gebäude von den Bomben zerstört wurden. Manche Straßen liegen in Schutt und Asche. Die Menschen rennen um ihr Leben und lassen alles zurück: ihre Heimat und auch Familienangehörige, weil die Alten und Schwachen bestimmt nicht die Kraft haben, mitzugehen. Und ganz ohne Geld funktioniert eine Flucht bestimmt auch nicht, was bedeutet, dass die Armen überhaupt keine Chance haben. Also, ich glaube nicht, dass man ohne große Not alles zurück lässt und sich im Angesicht des Todes auch noch Gedanken darüber macht, wie man ein Land wie Deutschland schröpfen kann. Echt nicht, Alina. Die wollen nur raus aus der Hölle, Hauptsache weg, und viele schaffen es wahrscheinlich gar nicht bis nach Deutschland, sondern bleiben in anderen Ländern, die auf dem Weg liegen.«

»Um denen dann die Jobs wegzunehmen, und Ländern wie Griechenland, Ungarn oder Italien geht es wirtschaftlich schlechter als uns. Europa geht sowieso den Bach runter, das meint Derek auch. Dann sollen sie doch in Asien bleiben und sich die Nachbarländer mit ihnen rumschlagen. Was haben wir mit denen zu tun?«

Auf diese Frage hatte ich leider keine Antwort, weil mir der Durchblick fehlte. Mit Alina auf emotionaler Ebene zu diskutieren brachte gar nichts, da mussten Argumente her, die ich nicht hatte.

Mir war die Lust an der Diskussion mit Alina sowieso vergangen und deshalb warf ich einen Blick auf mein Handy. Es war kurz vor elf.

»Lass uns gehen, okay?«

In der Ferne grollte Donner, es war ein schwüler Tag gewesen. Alina stimmte zu und ich bezahlte, was sich komisch anfühlte, jetzt da Alina denken musste, wir seien arm. Aber was interessierte mich das eigentlich? Ein Blitz erhellte den Himmel. Wir rannten zum Parkplatz. Erste Regentropfen fielen herab.

18.

Kaum hatten wir die Bundesstraße erreicht, platschte der Regen wie aus Kübeln auf die Windschutzscheibe von Alinas Auto. Obwohl sie die Scheibenwischer auf die schnellste Stufe gestellt hatte, war die Straße nur schemenhaft erkennbar. Ich war nicht ängstlich, aber da die Sicht sehr eingeschränkt war, wurde ich unruhig.

»Fahr langsamer!«, drängte ich, während ich mich mit beiden Händen am Sitz festkrallte. »Du siehst nichts. Die Scheiben sind total beschlagen.«

»Keine Sorge«, erwiderte Alina, reduzierte aber das Tempo. »Ich fahre nur dreißig Stundenkilometer. Außerdem geht es hier schnurstracks geradeaus. Ich kenne die Strecke.«

Sie beugte sich zu mir herüber zum Handschuhfach, aus dem sie ein Tuch herausholte. Im selben Moment erhellte ein Blitz die Fahrbahn. Noch bevor ich Alina warnen konnte aufzupassen, da sei ein Schatten mit zwei leuchtenden Punkten auf der Straße, knallte es.

»O Scheiße! Du hast da was angefahren!«, stöhnte ich.

»Weiß nicht. Kann sein. War bestimmt nur ein Igel oder so.«

»Halt an!«

»Ich kann nicht anhalten. Wenn wir aussteigen, werden wir klatschnass«, erwiderte sie. »Außerdem sind Blitze gefährlich.«

»Du! Hältst! Jetzt! Auf! Der! Stelle! An!«

Alina gab nach.

Sekunden später ergoss sich der Regen wie ein Wasserfall über mich, aber mehr zu schaffen machte mir der Sturm, der mich um ein Haar von der Straße gefegt hätte. Die Nacht war so schwarz wie ein Tintenfass, die Blitze, welche im Sekundentakt die Straße erhellten, waren meine einzige Orientierung. Ich konzentrierte mich darauf, das angefahrene Tier zu finden, ohne mir Gedanken über die Gefahren eines möglichen Blitzeinschlags zu machen. Ich spürte, dass es noch lebte.

Nach einer gefühlten Ewigkeit erkannte ich einen dunklen Schatten am Straßenrand. Eine Katze. Sie lag auf der Seite, ihr Schwanz zerquetscht. Sie hatte die Augen geschlossen. Ich hielt meinen Finger an ihren Hals, um den Puls zu fühlen und um ganz sicher zu gehen, presste ich mein Ohr an ihr Schnäuzchen. Sie lebte. Ihr Wimmern erinnerte an ein kleines Baby.

Ich schob meine Hände unter ihren Körper und hob sie behutsam hoch, aus Angst, sie könne innere Verletzungen davon getragen haben. Der Weg zurück zum Auto gestaltete sich einfacher, denn Alina hatte immerhin zu meiner besseren Orientierung die Nebelschlussleuchte eingeschaltet.

Tropfnass, blutverschmiert und mit einer halbtoten Katze auf dem Arm riss ich die Beifahrertür auf. Alina starrte mich an, als sei ich ein Zombie.

»Danke fürs Warten«, sagte ich und setzte mich auf den Beifahrersitz.

Alina sagte kein Wort, aber an ihrem Gesichtsausdruck erkannte ich, dass sie mir am liebsten an den Hals gesprungen wäre. Mit verkniffenem Mund fuhr sie zum Hotel, ließ mich aussteigen und fuhr ohne einen Abschiedsgruß davon. Viktor und Charlie erwarteten mich am Eingang. Charlie tobte.

»Verdammt noch mal, Zoé! Ich bin beinahe gestorben vor Angst«, schrie sie. »Ich habe dich x-mal angerufen, aber du bist nicht drangegangen.«

»Mein Akku war leer.«

»Das nächste Mal ... Wie siehst du überhaupt aus? Und was hast du da im Arm?«

Ich ging an den beiden vorbei in den beleuchteten Eingangsbereich des Hotels. Die Katze wimmerte. Ihr Schwanz sah fürchterlich aus.

»Mein Gott! Die arme Katze«, sagte Charlie. »Wo hast du denn die aufgegabelt? Wir müssen die Wunde auswaschen und verbinden. Warte!«

Sie rannte in die Hotelküche und kehrte mit einem Tablett zurück. »Leg sie da drauf.«

»Na, sie wird nicht die einzige sein, die sich heute Nacht verletzt hat«, sagte Viktor. »Beim letzten Sturm sind etliche Dachziegel heruntergefallen und ein Mann wurde beinahe von einem Baum erschlagen.«

Ich hörte zwar, was Viktor sagte, hatte aber nur Augen für die Katze, die bei näherer Betrachtung ein Kater war. Charlie kehrte mit einer Schale Wasser und einem Verband zurück. Mit sicherer Hand wusch sie die Wunde aus und legte den Verband an, während ich dem Kater den Hals kraulte. Es schien ihn zu beruhigen, denn sein Wimmern hatte nachgelassen. Oder er spürte, dass er sich in Sicherheit befand.

»Fertig«, sagte Charlie zufrieden. »Mehr können wir im Moment nicht tun. Morgen gehst du mit ihm zum Tierarzt.«

Ich bestand darauf, ihn mit in mein Zimmer zu nehmen und hob den Kater behutsam hoch. »Hast du etwas, worauf ich ihn legen kann, Onkel Viktor?«

»Moment!« Er ging zum Wäscheschrank und kehrte mit einem großen, flachen Kissen zurück. »Das Kissen ist alt, ist egal, ob es schmutzig wird.«

19.

Ich nannte den Kater Nox, weil ich ihn nachts aufgelesen hatte und sein Fell tiefschwarz war. Ich verliebte mich sofort in ihn und ich glaube, Nox ging es umgekehrt genauso. Denn als ich ihn eine halbe Stunde später mit seinem Kissen zu mir ins Bett holte, hörte sein Wimmern ganz auf und er schnurrte leise, obwohl er bestimmt unter großen Schmerzen litt.

Am nächsten Morgen war ich die Erste vor der Tierarztpraxis. Leider behielt der Tierarzt ihn bei sich, um den zerquetschten Schwanz zu amputieren. Außerdem stellte er einen Rippenbruch bei Nox fest. Der Arme! Ich könne ihn am nächsten Abend wieder mit nach Hause nehmen, sagte der Arzt.

Schweren Herzens machte ich mich auf den Weg zur Schule. Der Sturm hatte fürchterlich gewütet und zahlreiche Äste von den Bäumen gebrochen. Eine Straße war aufgrund eines entwurzelten Baumes gesperrt und eine lange Autoschlange hatte sich vor dem Kreisverkehr gebildet. Ich kam natürlich zu spät, was nicht schlimm war, denn auf dem Weg in die dritte Etage kamen mir etliche Schüler entgegen.

»Versammlung in der Aula«, rief mir Emma entgegen. Sie hakte sich bei mir ein und zog mich die Treppe wieder runter.

»Wieso?«

»Kannst du dir das nicht denken? Dringende Lagebesprechung. Schröder will was zur Flüchtlingssituation sagen.«

Die Aula war bereits so voll, dass wir uns im Mittelgang auf die Treppe setzen mussten. Kurz darauf rauschte unser Direktor, ein hagerer Typ mit strengem Seitenscheitel, am Seitenflügel entlang in Richtung Podium. Das Stimmengewirr war ohrenbetäubend, doch erst als Dr. Schröder ein paar Mal gegen das Mikrofon klopfte, um dessen Funktionalität zu testen, legte sich der Lärm. Sein Blick glitt prüfend über unsere Köpfe und mit einem Mal war es so still, dass man eine Büroklammer auf den Boden hätte fallen hören.

»Liebe Schülerinnen und Schüler der Unter-, Mittel- und Oberstufe«, begann er, »es tut mir leid, dass ihr etwas beengt sitzen müsst, aber die Aula ist normalerweise nicht für die gesamte Schülerschaft ausgerichtet. Damit ihr schnell in eure Klassen zurückkehren könnt, werde ich versuchen, mich kurz fassen.«

Jemand tippte mir auf die Schulter. Ich sah mich um und blickte in Dereks grinsendes Gesicht.

»Der hat uns bestimmt deinetwegen hierher bestellt.«

»Häh?«

Er zwinkerte mir zu. Ich schüttelte verständnislos den Kopf und zeigte ihm einen Vogel. Wenn das eine Anmache sein sollte, war er bei mir an der falschen Adresse. Ich wandte meine Aufmerksamkeit unserem Direktor zu, der über Konflikte in Afrika, Afghanistan, im Irak und vor allem in Syrien sprach. 51 Millionen Menschen seien derzeit auf der Flucht, eine Zahl, die ich mir nicht einmal vorstellen konnte. Innerhalb kürzester Zeit hätte allein der Krieg in Syrien 2,5 Millionen Menschen zur Flucht in die Nachbarstaaten gezwungen und 6,5 Millionen Menschen im Land selbst vertrieben. Allein in Deutschland hätten in diesem Jahr allein 127.000 Menschen Asyl beantragt, das sei dreimal so viel wie in 2012. Und wenn sich die Lage im Nahen Osten nicht befriede, müsse man im darauffolgenden Jahr mit weitaus höheren Zahlen rechnen. Dann ging das Licht aus und auf einer Leinwand erschien eine thematische Karte der Erde zum Thema Krisengebiete, die rot gefärbt waren und von denen aus ziemlich viele Pfeile nach Norden zeigten.

»Die roten Hotspots markieren die Länder, in denen Krieg herrscht«, erklärte Dr. Schröder, »und die Pfeile stellen die Ziele der Migrationsbewegungen dar. Ihr werdet fragen, was interessiert mich das? Was habe ich mit diesen Kriegen zu tun? Nun, wie ihr seht, zeigen die Pfeile überwiegend auf Europa und es sind vor allem Deutschland und Schweden, wohin die meisten Menschen fliehen.«

Er erzählte, dass seit Jahresbeginn mehr als 115.000 Menschen in Deutschland einen Asylantrag gestellt hätten. Das Bundesamt für Migration verteile die Asylbewerber auf die verschiedenen Bundesländer. Die Erstaufnahme-Einrichtungen seien überfüllt, was zu Konflikten zwischen den Bewohnern, die teilweise aus sehr unterschiedlichen Kulturkreisen stammten, führe. Deshalb sei man bemüht, die Flüchtlinge so schnell wie möglich weiter zu verteilen. Für die langfristige Unterbringung seien die Kommunen in Abstimmung mit der Landesregierung zuständig.

»Und so ist Flees nunmehr in der Situation, ebenfalls Flüchtlinge aufnehmen zu müssen. In elf Tagen, also am 21. September, erwarten wir rund 380 Menschen. Bei fünftausend Einwohnern ist das eine nicht unerhebliche Zahl. Ich möchte einmal lobend herausstellen, dass dieser Tage viele in Deutschland damit befasst sind, zu helfen, wo zu helfen ist. Viele Hilfsprojekte sind gestartet, die Empathie ist groß und das, so will ich meinen, wirft ein schönes Licht auf die humanitäre Haltung unseres Landes.«

Dr. Schröder warf einen Blick auf seine Uhr, als habe er es auf einmal eilig. »Auch unsere Schule wird einen Beitrag zur Frage der Unterbringung leisten und ich denke, dieser Beitrag ist relativ gesehen gering und lässt sich mühelos von allen schultern.«

»Wir stellen die Schule zur Verfügung und machen eine Weile Ferien«, rief ein Oberstufenschüler, der mit mir im Biokurs saß, von hinten. »Da passen alle rein und die Sache ist geregelt.«

Der Saal brach in Gelächter aus. Selbst Dr. Schröder grinste, doch dann mahnte er zur Ruhe.

»Der Vorschlag ist nicht einmal abwegig, zumindest geht er in die richtige Richtung. Wir werden vorübergehend für sechs Familien den Schulpavillon zur Verfügung stellen, was bedeutet, dass nachmittags zusätzlicher Unterricht im Hauptgebäude stattfinden wird. Die Oberstufe kennt das bereits, für die Unter- und Mittelstufe wird es eine Umgewöhnung bedeuten.«

Der Pavillon war eine Art Flachdachbungalow in Leichtbauweise. Dort fand zusätzlicher Unterricht statt, weil das Hauptgebäude aus allen Nähten platzte.

War vorher Gelächter zu hören, ertönte jetzt ein Stöhnen durch die Reihen der Aula.

»Ach du Scheiße«, seufzte Emma, »meine Brüder haben nachmittags so viele Termine. Bestimmt muss meine Mutter den Musikunterricht canceln, na, die wird sich freuen.«

»Verdammte Kanaken«, knurrte Derek hinter mir. »Die schaffen schon Unruhe, bevor sie da sind.«

»Ab morgen beginnen die Umbauarbeiten im Pavillon«, sagte Dr. Schröder. »Es ist keine Zeit zu verlieren. Eure Klassen- und Kurslehrer werden euch über die neuen Stundenpläne informieren. Gibt es dazu Fragen?«

Aus allen Ecken ertönten Fragen, die im allgemeinen Tumult untergingen. Schließlich hob der Direktor beschwichtigend die Hände.

»Ruhe! Darf ich um Ruhe bitten! Es scheint doch mehr Fragen zu geben, als ich hier beantworten kann. Ich schlage vor, ihr geht in eure Klassen zurück und besprecht die geänderten Stundenpläne mit euren Lehrern. Vor der Aula liegen Handzettel zur Mitnahme aus. Morgen Abend um zwanzig Uhr findet eine Elternversammlung hier in der Aula statt. Das ist sehr kurzfristig, aber ich hoffe, dass möglichst viele Eltern, vor allem die der unteren Klassen, Zeit haben werden. Außerdem hat der Stadtrat für heute Abend um achtzehn Uhr dreißig zu einer öffentlichen Sitzung im Bürgersaal eingeladen. Es stand groß im Fleeser Anzeiger, aber vielleicht erinnert ihr eure Eltern noch einmal daran. Fürs erste darf ich mich empfehlen, ihr könnt in eure Klassen zurückgehen.«

20.

Die Schließung des Pavillons hatte nur für diejenigen Oberstufenschüler Konsequenzen, die Französisch als Grund- oder Leistungskurs gewählt hatten. Ansonsten betraf der neue Lehrplan hauptsächlich die Unter- und Mittelstufe. Trotzdem war die Diskussion mit Frau Hölscher im Fach Sozialwissenschaften über die geplanten Änderungen heftig. Warum man die Flüchtlinge direkt in der Schule einquartiere, fragte einer. Die wehrlosen Fünft- und Sechstklässler seien doch ein gefundenes Fressen für die Islamisten, meinte Derek, der direkt im Anschluss vorschlug, eine Schülerwehr mit ihm in der Hauptverantwortung zu gründen, auf die Lehrer könne man sich eh nicht verlassen. Frau Hölscher erwiderte, der Einzug in den Pavillon sei eine vorübergehende Lösung, außerdem würde man keine Terroristen, sondern hilfsbedürftige Menschen aufnehmen. Sie hätten traumatische Erlebnisse hinter sich, verdienten Respekt und Verständnis, derartige populistische Äußerungen seien gefährlich. Sie wolle nichts mehr davon hören.

Nach der Stunde eilte sie sichtlich verärgert aus dem Klassenraum. Ich drehte mich zu Derek um, der mit Alina hinter mir saß und tippte an meine Stirn.

»Du redest wie ein Nazi, okay, es sind viele, aber deshalb noch lange keine Terroristen. Ich verstehe, dass Frau Hölscher sauer war.«

»Woher willst du wissen, dass sich keine Terroristen dazwischen mischen? Merkt doch keiner! Selbst wenn nicht, diese Asylschmarotzer sind wie die Maden im Speck. Aber wir sind ja ein Sozialstaat!«

Ich rollte mit den Augen und wandte mich an Alina, denn Dereks hirnlose Stammtischparolen nervten. Sie war damit beschäftigt, ihre Tasche zu packen.

»Wegen gestern«, begann ich, »tut mir leid, wenn ich den Beifahrersitz versaut haben sollte. Die Reinigung bezahle ich natürlich.«

Sie antwortete nicht, presste dafür aber umso mehr ihre Lippen zusammen.

»Was soll ich sonst sagen?«, fragte ich verärgert. »Dem Kater geht's übrigens den Umständen entsprechend gut, wenn man davon absieht, dass sein Schwanz amputiert werden muss.«

Spätestens jetzt erwartete ich ein klitzekleines Zeichen der Erleichterung, ein Lächeln vielleicht, wenigstens ein Kopfnicken, stattdessen fauchte sie mich an:

»Ich habe dir vertraut, dein Zimmer mit dir renoviert und dir alles Mögliche über mich erzählt, und was tust du? Du lügst mich an.«

»Was? Ich?«

»Von wegen, du hast deinen Vater das letzte Mal gesehen, als du klein warst!«, keifte sie so laut, dass sie die Aufmerksamkeit der anderen erregte. »Von wegen, ihr habt kein Geld und werdet von deinem Onkel finanziert. Ihr seid reich und sogar berühmt! Warum erzählst du mir das nicht? Darauf kann man doch stolz sein!«

Für einen Moment verschlug es mir die Sprache. Derek grinste, zog eine Zeitschrift aus seiner Tasche und hielt sie mir provozierend hin. Oh Mann! Jetzt verstand ich, was Derek in der Aula mit der Bemerkung, die Versammlung sei wegen mir, andeuten wollte. Das Foto zeigte mich beim Verlassen des Promihauses in Berlin, in dem Jeff wohnte. Darunter der Text:

Kerr-Tochter Zoé Gehrmann: Zwist mit dem Daddy?

Ich konnte damit leben, nicht fotogen zu sein. Aber die Tatsache, dass ich heulte und tausende oder gar Millionen Haushalte, die *Echo der Frau* lasen, davon Wind bekommen hatten, war unerträglich. Mike, der Reporter, würde was erleben, wenn ich ihn das nächste Mal wieder traf.

»Schaut her«, rief Derek laut in die Klasse, »unsere Zoé ist die Tochter von Jeff Kerr, dem Schlagersänger.«

»Jeff Kerr? Wer ist das denn?«, wollten einige wissen.

»Fragt eure Mütter und Großmütter«, orakelte Derek. *»Ich tanze auch im Regen mit dir* und *Wenn der Himmel voller Geigen hängt*, sind seine größten Hits, echt gut!« Und zu mir gewandt: »Übrigens stehen dir braune Haare genauso gut. Und mit den Tränen siehst du echt süß aus, Zoé.«

Es reichte mir. Alinas pikierten Blick übersehend packte ich schweigend meine Sachen und lief zu meinem nächsten Kurs. In der Mittagspause gesellte ich mich in der Cafeteria zu Frank und Emma, die einen Schokoladenpudding löffelte. Außerhalb des Unterrichts schien sie die meiste Zeit damit beschäftigt zu sein, ihre Pfunde mit Süßigkeiten zu füttern. Drei Aussätzige, die sich gefunden hatten: Pummelchen Emma, Pickelgesicht Frank und ich. Wir überlegten, wie man sechs Familien in den Pavillon mit sechs Klassenräumen stopfen wollte, wo es weder Dusche noch Küche gab. Frank meinte, die einzelnen Räume seien ziemlich groß. Man würde die Wände wahrscheinlich versetzen, dann seien die Räume für die Familien zwar kleiner aber man hätte Platz für Gemeinschaftsduschen, Toiletten und eine Küche. Und dann erzählte ich von meinem Erlebnis des vergangenen Abends.

»Ich hole den Kater morgen ab«, sagte ich abschließend. »Hoffentlich hat er keine Phantomschmerzen, so ohne Schwanz.«

»Glaube ich nicht«, sagte Emma. »Bei Tieren ist das anders als bei Menschen. In der freien Natur verlieren sie im Kampf immer wieder irgendwelche Gliedmaßen und müssen damit klar kommen.«

»Denke ich auch«, stimmte Frank zu. »Aber ich wäre an deiner Stelle jetzt nicht ausgestiegen. Ich mag Katzen, aber... Du bist echt mutig, Zoé.«

»Quatsch, das hat mit Mut nichts zu tun«, stritt ich ab. »Überleg mal, du sitzt im Auto, fährst ein Tier an, und wegen dir muss es vielleicht sterben. Mit dieser Verantwortung könntest du auch nicht leben.«

»Es war doch nicht deine Schuld«, wandte Emma ein und schielte nach Alina, die einige Tische hinter uns mit Derek zusammensaß und ununterbrochen auf ihn einredete. An den Blicken, die sie mir zuwarf, war zu erkennen, dass es um mich ging.

»Ich stelle mir gerade das Gesicht von Alina vor, als du ihren Sitz ruiniert hast«, sagte Emma. »Sie ist ein Snob. Warum sonst, glaubst du, hat sie sich dem Sohn des Bürgermeisters an den Hals geworfen?«

»Vielleicht«, erwiderte ich. »Auf ihre Art liebt Alina ihn. Sie denkt sogar ans Heiraten. Aber so versnobt kann sie wiederum auch nicht sein, denn sie hat mir gestern beim Tapezieren geholfen.«

»Heiraten?«, wiederholte Emma gedehnt. Die Information schien sie verdauen zu müssen, denn eine Weile vergaß sie sogar, zu essen. »Glaub nicht, dass sie dir aus Nächstenliebe geholfen hat«, sagte sie schließlich. »Ihr habt ein Hotel und dein Onkel ist ganz dicke mit Dereks Vater. Er besitzt großen Einfluss.«

»Und ich bin die Tochter von Jeff Kerr«, warf ich ein, weil es nur eine Frage der Zeit war, bis Derek an unseren Tisch kommen würde. »Denkt nicht, dass wir Geld haben. Meine Eltern sind seit ewigen Zeiten geschieden und rein finanziell haben wir nichts davon.«

»Jeff Kerr?«, fragte Emma. »Wer ist das?«

Frank schaute mich verstört an. »Das ist jetzt nicht der mit dem Song *Ich tanze auch im Regen mit dir* oder so ähnlich?«

»Völlig egal, wie der Song heißt, die Titel sind alle austauschbar. Aber genau den Jeff Kerr meine ich. Mein Dad wird als größter Schnulzensänger in die Geschichte eingehen. Noch Fragen?«

Frank starrte mich an, Emma zuckte mit den Schultern und biss in einen Nussriegel.

»Die Songs von meinem Dad sind alles andere als originell oder tiefsinnig«, redete ich weiter. »Sie sind kitschig. Komischerweise hat er eine riesige Fangemeinde. Die Frauen lieben ihn abgöttisch. Er schafft es mit jedem neuen Schlager, in die vorderen Charts zu kommen. Kann ich überhaupt nicht nachvollziehen.«

Frank hatte seine Sprache wieder gefunden. Er strahlte über beide Gesichtshälften. »Ich muss jetzt echt verdauen, dass ich mit der Tochter von Jeff Kerr befreundet bin. Wenn ich das während einer Autofahrt meiner Mutter erzähle, fährt die vor Aufregung gegen einen Baum. Sie hat alle Alben von ihm.«

»Sag ich doch, die Frauen lieben ihn.«

»Du schämst dich also für deinen Dad?«, schaltete sich Emma ein. Sie zerknüllte das Papier vom Nussriegel und zog einen neuen aus ihrer Tasche.

»Ich will nicht über meinen Dad beurteilt werden. Ich bin ich, mit all meinen Stärken und Schwächen. Und schämen? Keine Ahnung, aber seine Texte sind einfach nur peinlich.«

Ein Seitenblick auf Frank ließ mich nachschieben:

»Klaro, die ältere Generation denkt da eventuell anders.«

»Ist doch super, wenn dein Dad Schnulzen singt und damit viele Frauen glücklich macht«, meldete sich Emma zu Wort. »Wahrscheinlich kann er das besonders gut, und du musst dir seine Lieder ja nicht anhören, wenn du nicht willst.«

»Ist jetzt auch nicht wirklich schlecht, wenn man mit seinem Talent reich wird«, warf Frank ein.

»Weiß nicht«, erwiderte ich mit einem Mal etwas deprimiert. »Vielleicht stört es mich, dass neben all den glücklich gemachten Frauen meine eigene Mom auf der Strecke geblieben ist.«

Emma und Frank warfen mir mitfühlende Blicke zu. Mir wurde bewusst, dass ich mir nie Gedanken über Charlies Gefühle als alleinerziehende Mutter gemacht hatte. Jetzt war es raus.

Emma wollte etwas erwidern, doch dann verzog sie verächtlich ihren Mund, als sie Derek auf uns zukommen sah. »Ich glaube, ich mach mich vom Acker.«

»Hi, Mädels«, begrüßte Derek uns, obwohl Frank eindeutig kein Mädel war. In seinem Gesicht spiegelte sich etwas von ich-weiß-etwas-was-du-nicht-weißt. Wahrscheinlich hatte er es bereits der gesamten Schule erzählt.

»Ihr habt nicht zufällig schon die Neuigkeiten über Zoé erfahren?«, fragte er süffisant. »Sie wirkte vorhin etwas zurückhaltend, als das rauskam.«

»Falls du auf Jeff Kerr anspielen solltest«, erwiderte Emma kühl, »sind wir bestens informiert. Übrigens schon viel länger als du. Wir haben schon überlegt, ob er nicht vielleicht Verwendung für dich hat.«

»Verwendung? Als was?«, fragte Derek dämlich.

»Aber Derek! Jetzt stell doch dein Talent nicht unter den Scheffel. Als Schlagzeuger natürlich. Du solltest ihn fragen. Zoé ist bestimmt so nett und stellt einen persönlichen Kontakt zu ihm her. Du hast doch in Sachen Vitamin B die besten Erfahrungen!«

Derek guckte verdutzt. »Ähm, ihr kommt doch am Samstag alle zu unserem Auftritt? Um acht Uhr geht's los.«

»Ach, ihr spielt wieder?«, fragte Emma. »Hatte das gar nicht mitbekommen. Tut mir leid, aber ich bin am Samstag anderweitig verplant.«

Mir fielen die Werbeplakate ein, die an unserer Schule aushingen, aber auf die ich nicht weiter geachtet hatte.

»Du spielst in einer Band?«, fragte ich daher.

»Bingo«, erwiderte Derek, hob seinen Daumen und grinste. *Die Exklusiven Vier* heißt unsere Band und wir sind auf dem besten Weg, die Bühnen der Welt zu erobern. Naja, bis wir so berühmt werden wie dein Vater, dauert es natürlich noch etwas. Wir fangen gerade erst an.«

»Ich geh' dann mal«, sagte Emma. »So viel Selbstbeweihräucherung ist zu viel für mich. Kommst du mit?«

»Ich komme nach«, erwiderte ich, weil ich neugierig geworden war und mehr über Dereks Band erfahren wollte. Er setzte sich auf Emmas leer gewordenen Platz.

»Typisch Emma, nie um eine zickige Bemerkung verlegen. Wahrscheinlich erwartet sie eine persönliche Einladung von mir«, sagte er in sich hinein lächelnd. »Sag mal, was Emma vorhin meinte, ist gar nicht so weit hergeholt. Dein Vater sucht nicht zufällig Verstärkung für sein Orchester?«

Ich schüttelte den Kopf. »In den Liedern meines Dads kommen eigentlich nur Blechbläser, Streicher und Piano zum Einsatz, manchmal auch E-Gitarre. Schlagzeug eher weniger.«

»Dann wird es höchste Zeit, dass dein Dad mich kennen lernt«, zwinkerte Derek mir zu. Ich verdrehte die Augen. Mehr Arroganz war kaum möglich!.

»Erzähl doch mal von deiner Band! Ich habe noch nie von euch gehört.«

Derek lehnte sich geschmeichelt zurück, erzählte, dass *Die Exklusiven Vier* im gesamten Landkreis Flees bekannt seien, aber der Bekanntheitsgrad natürlich noch nicht bis nach Berlin reichen würde. Etliche Auftritte bis zum Frühjahr seien aber bereits in der näheren Umgebung gebucht.

»Vielleicht schaue ich mal vorbei«, sagte ich vage.

»Außerdem findet die Kirmes statt«, meldete sich Frank zu Wort.«

»Kirmes?«, fragte ich gedehnt und fühlte mich wieder einmal daran erinnert, dass ich in einem Kaff lebte. »Hört sich an wie eine Kinderveranstaltung.«

»Nein, überhaupt nicht«, protestierte Frank. »Ich weiß jetzt nicht, wie ihr das in Berlin nennt, aber hier ist die Kirmes ein richtig großes Event mit voll coolen Fahrgeschäften. Ich hab' gelesen, dass die jetzt auch einen Freifallturm haben. Da muss ich unbedingt rauf. Am Samstag kann ich leider nicht, weil wir auf einem runden Geburtstag meiner Oma sind.«

Derek winkte ab, als sei Franks Kommentar ebenso überflüssig wie die Mitnahme eines Regenschirms bei strahlendem Sonnenschein. Ich wandte mich Frank zu und erzählte ihm, dass er unbedingt da rauf müsse, weil der Fall ins Bodenlose so ein irres Gefühl sei. Gleichzeitig merkte ich, dass Derek mich taxierte. Sein Blick wanderte langsam über mein Profil, den Hals hinunter bis zur Brust. Automatisch straffte ich meinen Rücken, um... Ja – um was? Ganz klar, um die Wirkung meines Push-up BH-s unter dem enganliegenden T-Shirt besser zur Geltung zu bringen.

Oh Mann! Warum verursachte sein Ausziehblick ein solches Kribbeln auf meinem Körper? Hatte ich es echt so nötig?

»Wenn du Lust hast, können wir am Sonntag auf die Kirmes, Zoé«, hörte ich Frank sagen.

»Ach ne, Frank, keine Zeit«, erwiderte ich und stand einen Tick zu hastig auf.

»Ich muss jetzt auch los. Macht's gut, Jungs!«

21.

Viktors Laune beim Abendessen war wie immer unerträglich, wenn die Flüchtlinge Thema waren. Charlie versuchte, ihn mit einem Braten ruhig zu stimmen, aber er stocherte lustlos darin herum, bis er schließlich sein Besteck beiseitelegte.

»Mir ist unbegreiflich, warum Reiner die Bürgerversammlung einberufen hat, ohne sich vorher mit mir darüber abzustimmen«, raunzte er. »Was soll das werden? Ist vielleicht eine Unterschriftenaktion gestartet worden, um die Pläne der Bezirksregierung zu stoppen?«

»Warte doch erst einmal ab. Wahrscheinlich hat er einen Text vorbereitet, der ab heute zur Unterschrift ausliegt. Man muss doch erst einmal reden«, erwiderte Charlie.

»Reden, reden«, schnauzte Viktor, »und die Zeit läuft uns davon. In elf Tagen kommen die Busse angerollt, da gibt es nichts mehr zu reden. Es muss gehandelt werden. Ich habe immer gesagt, dass Reiner für diesen Job viel zu unentschlossen ist.«

Charlie räumte schweigend seinen Teller ab. Die angespannte Stimmung wurde unerträglich.

»Morgen ist übrigens eine Infoveranstaltung in der Schule, Mom«, warf ich ein. »Aber du brauchst eigentlich nicht hinzugehen. Schröder hat uns bereits das Nötigste erzählt.«

»Was denn?«

»In den Pavillon sollen Flüchtlinge einziehen und deshalb kann dort kein Unterricht mehr stattfinden. Mich betrifft es nicht, aber die unteren Klassen müssen jetzt teilweise auch nachmittags in die Schule.«

»In den Pavillon? Warum hat mir Reiner nichts davon erzählt?«, schnaubte Viktor. »Und sowas nennt sich Freund?«

Sein Gesicht lief rot an. »Nimm es ihm nicht übel«, versuchte Charlie zu beschwichtigen. »Du musst Privates von Beruflichem trennen. Er wird seine Gründe haben.«

»Auf die Gründe bin ich gespannt«, presste Viktor schmallippig hervor. »Du kommst doch mit zur Bürgerversammlung?«

»Tut mir leid, aber wir erwarten Gäste, die ich einchecken muss.«

Man sah Viktor an, dass er Charlies Entschuldigung nicht annehmen wollte, aus welchen Gründen auch immer. Doch schließlich war es sein Hotel, um das Charlie sich kümmerte. Etwas versöhnlicher fragte er:

»Kann Zoé nicht im Hotel bleiben?«

»Ähm«, meldete ich mich zu Wort, »wenn es dir nichts ausmacht, gehe ich mit dir dahin.«

Ich hatte zwar wenig Lust, den Abend mit meinem übel gelaunten Onkel und aufgeregten Bürgern zu verbringen. Andererseits konnte es nicht schaden, wenn ich aus meinem Dornröschenschlaf erwachte und mitbekam, was um mich herum passierte.

Der Bürgersaal des Rathauses war bis auf den letzten Platz besetzt. Ich überflog die Reihen, schätzte die Anzahl der Sitze grob auf einhundert, und setzte mich neben Viktor auf einen der reservierten Plätze in der ersten Reihe. Der Bürgermeister saß an einem großen Pult vor einem Mikrofon, neben ihm eine junge Frau, Anke Müller, die er als Fachbereichsleiterin Stadtentwicklung und Integration vorstellte. Anders als ich erwartet hatte, wirkte Reiner Reckenfeld sehr sympathisch. Das sollte Dereks Vater sein?

Nach der Begrüßung verlas der Bürgermeister die aktuellen Tagesordnungspunkte, in denen es um kommunale Aufnahme- und Unterbringungspflicht, Wohnraumversorgung, allgemeine Flüchtlingsarbeit und Kosten ging. Langweilige Themen, doch als der Bürgermeister das Wort in die Runde richtete, wurde es interessant:

»Wir stehen vor keiner unlösbaren Aufgabe, liebe Bürgerinnen und Bürger. Es gibt Gemeinden, in denen die Flüchtlingszahlen ein Drittel der Einwohner beträgt, da kommen wir in Flees mit 384 Flüchtlingen auf rund 5000 Einwohner noch gut davon. Aber ich kann natürlich verstehen, dass Sie Ängste haben. Diese Ängste resultieren meines Erachtens aber nur aus fehlender Kenntnis, und deshalb sind wir heute hier versammelt. Ich möchte Sie in den Entscheidungsprozess mit einbinden, leider weiß auch ich erst seit vier Tagen, dass wir Unterbringungsmöglichkeiten schaffen müssen.«

»Wo werden die denn alle untergebracht?«, fragte ein älterer Herr.

»Eine Familie wird in die ehemalige Sparkassenfiliale an der Graumünderstraße einziehen. Sechs Familien kommen im Schulpavillon unter, weil die Umgestaltung der Räume relativ einfach zu bewerkstelligen ist. Das Mobiliar muss entfernt, die Tafeln abgebaut, die Zimmer neu gestrichen und die Toiletten umgebaut werden. Die elektrischen Installationen müssen unter sicherheitsrelevanten Aspekten angepasst werden, und wir brauchen natürlich Duschen sowie eine Küche, die gleichzeitig als Gemeinschaftsraum dienen wird. Die meisten werden in der ehemaligen Kurklinik beherbergt, und zwar solange, bis neue Wohnungen gebaut worden sind oder sich andere Alternativen ergeben. Sanierungsmaßnahmen sind aufgrund der Zeitknappheit nicht möglich, aber für den Übergang ist es ausreichend.«

»Das ist nicht dein Ernst, Reiner!«, rief Viktor dazwischen. »Die Kurklinik befindet sich zwischen Autobahnausfahrt und unserem Hotel. Willst du mich ruinieren?«

Mittlerweile machte ich mir Sorgen um Viktors Blutdruck. »Es tut mir leid, Viktor«, entschuldigte sich Reckenfeld mit einem Schulterzucken. »Es ist nur vorübergehend, und die Kurklinik eignet sich bestens dafür. Ich bin froh, dass wir jedem Flüchtling überhaupt ein Bett anbieten können. Die Alternative wären Zelte oder Obdachlosigkeit. Oder hast du vielleicht eine andere Lösung?«

Hatte er anscheinend nicht, denn statt Viktor meldete sich ein anderer Herr zu Wort:

»Aber Herr Bürgermeister, die ehemalige Kurklinik ist nicht einmal in verschiedene Gebäudekomplexe unterteilt. Verfeindete Volksgruppen ließen sich im Fall der Fälle schwer trennen. Man hört doch immer wieder, dass religiöse Fanatiker aufeinander losgehen.«

»Genau«, rief eine Frau aus der zweiten Reihe. »Wie sieht das überhaupt mit der Polizei aus? Wird die aufgestockt, um uns Bürger zu schützen? Man muss doch damit rechnen, dass Flees jetzt richtig kriminell wird.«

»Also ich bin ja wirklich nicht fremdenfeindlich«, sagte ein Dicker hinter der Frau aus der zweiten Reihe. »Aber was sollen die Leute in der abgelegenen Kurklinik denn den ganzen Tag tun? Rumstrolchen? Dummheiten machen? Ich kann da meiner Vorrednerin nur beipflichten.«

»Die machen dort ihre Krawalle und tragen sie in die Stadt. Es gibt einen Bus, der alle paar Stunden fährt.«

»Und dann begrapschen sie unsere Töchter, die Asylanten haben ja schließlich auch menschliche, also männliche Bedürfnisse.«

»Womöglich sind sogar Schwarzafrikaner dabei, Gott bewahre!«

»Ich kann Ihnen allen nur raten, Schutzvorkehrungen an Ihren Häusern und Wohnungen anzubringen. Ich bin gerade dabei, einen großen Bretterzaun um unser Haus zu bauen. Besser Vorsicht als Nachsicht.«

»Sie tun ja gerade so, als seien alle Asylbewerber kriminell«, meldete sich eine alte Dame zu Wort. »Das sind Menschen wie Sie und ich. Glauben Sie etwa, die haben ihre Länder aus Spaß verlassen? Denken Sie doch nur daran, wie es den deutschen Emigranten vor über siebzig Jahren ergangen ist, weil sie Juden,

Kommunisten, Sozialdemokraten oder einfach Hitler-Gegner waren.«

»Trotzdem muss die Einwanderung doch sozialverträglich sein. Warum so viele auf einmal? Können Sie nicht bewirken, Herr Bürgermeister, dass nur zwanzig, oder dreißig zu uns kommen? Immerhin leben die auch von unseren Steuergeldern.«

»Apropos Geld, unser Haus steht direkt gegenüber vom Pavillon. Gerade habe ich den Grundsteuerbescheid bekommen. Glauben Sie mir, ich hätte übel Lust, bei der Verwaltung anzurufen und die dreißig Prozent Rabatt einzufordern, die mein Haus jetzt weniger wert ist.«

Mittlerweile redeten alle durcheinander. Ein wenig von der Aufregung färbte auf mich ab. Was, wenn wirklich Afrikaner dabei waren? Mit mulmigem Gefühl dachte ich an mein Erlebnis in der Berliner U-Bahn. Andererseits gefiel mir der Einwand der alten Dame, im Krieg seien die Deutschen ebenfalls gezwungen gewesen, ihr Land zu verlassen. Vielleicht sollte man nicht alle über einen Kamm scheren. Überall gab es Menschen mit guten und weniger guten Absichten.

Reckenfeld nickte zu allen Beiträgen, machte sich Notizen und wirkte ein wenig verloren, weil er wie ein Ballon, dem die Luft entwichen war, auf dem Stuhl saß. Doch als der Lärm zu turbulent wurde, straffte er seinen Rücken und klopfte an sein Mikrophon:

»Ich verstehe Ihre Ängste, liebe Bürgerinnen und Bürger, aber lassen Sie sich versichern, dass Vieles von dem, was hier vorgetragen wurde, jeglicher Grundlage entbehrt. Wenn Sie erlauben, möchte ich so gut ich kann, zu den Einwänden Stellung nehmen:

Ich halte die ehemalige Kurklinik für geeignet, gerade weil sie etwas außerhalb von Flees liegt. Nur dort haben die Asylbewerber die Chance, zur Ruhe zu kommen. Sie dürfen nicht vergessen, dass diese Menschen eine traumatisierende Flucht hinter sich haben und aus Krisengebieten stammen. Mit diesen Erlebnissen, gepaart mit der Angst um die Zurückgebliebenen, müssen sie sich in der neuen Umgebung zurechtfinden, zumal sie die Landessprache nicht sprechen. Die Leute sind in den ersten Wochen vor allem mit vielen Formalitäten und medizinischen Untersuchungen beschäftigt. Wir haben dort Krankenschwestern, Psychologen und Sozialarbeiter, die ihnen dabei helfen. Auch Wachleute, die mögliche Krawalle in Keim ersticken, werden wir dort einsetzen.

Afrikaner erwarten wir keine, die Flüchtlinge kommen aus dem Irak, aus Serbien, Afghanistan, Pakistan und Syrien. Auf die Anzahl der ankommenden Flüchtlinge habe ich keinen Einfluss. Sie werden über die Landesaufnahmestellen nach einer festgesetzten Quote den Städten zugewiesen. Es gibt aber, wie gesagt, Kommunen, in denen das Verhältnis Flüchtlinge/Bürger viel dramatischer ist als in Flees. Ich möchte das Wort jetzt an Frau Anke Müller übergeben, die auch noch etwas zur Situation beizutragen hat.«

Es gab weitere Zwischenrufe, doch die adrette Blondine lächelte sie einfach weg.

»Ich möchte mich den Ausführungen des Bürgermeisters anschließen und ihm beipflichten, dass Ängste durch Unwissenheit entstehen. Vielleicht gibt es Bereitwillige unter Ihnen, die ehrenamtlich mithelfen möchten, vielleicht sind Sie Vermieter und überlassen Ihre Wohnung einer geflüchteten Familie? Der Stadt ist sehr daran gelegen, die Flüchtlinge dezentral unterzubringen und übernimmt selbstverständlich die Kosten. Die Stadt wird tagesstrukturierende Angebote wie Sport, ein Internetcafé, das auch als Begegnungsstätte fungieren könnte und Betreuungsmöglichkeiten für die Kinder organisieren. Ehrenamtliche könnten in Ergänzung zu den Sprachkursen zusätzliche Unterstützungsangebote anbieten, wie Hilfe bei Behördengängen, Begleitung bei Arztbesuchen oder Einkäufen. Es gibt unzählige Möglichkeiten, sich einzubringen. Bitte informieren Sie sich über die Website *Flüchtlinge Willkommen am Niederrhein*. Dort erfahren Sie, wo

Hilfe nötig ist, und es werden Stellen genannt, wo ganz bestimmte Sachspenden benötigt werden. Sie finden uns auch auf Facebook, weil wir schnell und unbürokratisch mit dem Bürger kommunizieren möchten. Wir haben das Portal übrigens so eingestellt, dass Sie eigene Posts setzen können. Sollten Sie kein Internet haben, können Sie sich ebenso in eine Liste eintragen, die bereits ausliegt. Es wäre schön, wenn sich jeder Bürger, der etwas zur Integration beitragen möchte, engagiert. Wenn sich möglichst viele Bürger in einer Willkommensinitiative zusammenschließen, schaffen wir beste Voraussetzungen für ein harmonisches Miteinander. Es ist ja nun einmal so, dass wir nichts an der Lage ändern können. Und vielleicht lernen wir sogar von den anderen Mentalitäten und erweitern unseren Horizont. Wir meinen, wenn wir zusammenhalten, schaffen wir das.«

Was Frau Müller sagte, klang vernünftig. Ich notierte mir die Website Flüchtlinge am Niederrhein. Dann konzentrierte ich meine Aufmerksamkeit auf Reckenfeld, der wieder das Wort übernahm:

»Vielen Dank, Frau Müller. Wir haben Tage der offenen Tür eingerichtet, an denen Sie sich zusätzlich informieren können. Sie sollten sich Zeit nehmen und das Angebot wahrnehmen.«

Dieser Bürgermeister war richtig nett, für sein Amt womöglich etwas zu nett. Ob er sich durchsetzen konnte, wenn ihm Gegenwind entgegen blies? Zumindest hatte er erreicht, dass die Anwesenden beruhigter waren, als am Anfang der Sitzung. Nur Viktor regte sich noch mehr auf. Ohne den Bürgermeister eines Blickes zu würdigen, verließ er den Saal.

22.

Wie der Bürgermeister angekündigt hatte, begannen die Umbauarbeiten im Pavillon am nächsten Morgen. Ein Drahtgitter sicherte die Baustelle ab.

Am Samstagabend machte ich mich auf den Weg in die Stadt. Weit vor dem Marktplatz waren die Basstöne von Dereks Band zu hören. Ich parkte die Vespa in einer Seitenstraße und schlenderte langsam über den Platz. Das ganze Dorf schien auf den Beinen zu sein, Eltern mit ihren Kindern, Alte und Jugendliche. Lange Schlangen hatten sich vor den Pommes- und Würstchenbuden gebildet. Aus den Fahrgeschäften erschallte das Gekreisch der Besucher. Ich bahnte mir meinen Weg durch die Menschenmenge und kaufte mir ein Altbier. Einige Minuten blieb ich vor dem Freifallturm stehen, lief schließlich weiter, bis ich eine kleine Bühne erreichte, auf der Dereks Band spielte. Der Sound war eine Mischung aus Hardrock und Pop, nichts außergewöhnlich Mitreißendes, aber auch nicht schlecht. Derek selbst saß etwas im Hintergrund an seinem Schlagzeug, ganz vorne stand eine blonde Sängerin mit mäßiger Stimme, flankiert von zwei E-Gitarristen.

Ich betrachtete Derek, ohne selbst von ihm gesehen zu werden, wenn er hin und wieder aufsah, weil etliche Leute zwischen Bühne und mir standen. Er sah verdammt gut aus, seine dunkelblonden Haare waren zerzaust, sein T-Shirt klebte eng am Körper. Klar, dass Alina ihm verfallen war. Im Grunde kümmerte es mich wenig, dass er arrogant war. Irgendwie übte sein Gehabe einen gewissen Reiz aus und gab mir die Illusion, begehrenswert zu sein, wenn nicht …

Nein! Nicht jetzt! Ich trank mein Glas leer, schüttelte den Gedanken an meine Unvollkommenheit ab und kaufte ein neues Bier, das ich ziemlich schnell hinunter kippte.

Es war heiß und schwül, wie so oft in den Tagen davor. Ich wippte mit dem Fuß den Takt zur Musik und ließ mich wie einige Herumstehende in den Rhythmus fallen. Langsam verlor ich das Gefühl für die Zeit, vielleicht weil ich keinen Alkohol vertragen konnte und das Bier seine Wirkung tat. Und dann kreuzten sich plötzlich meine Blicke mit Dereks. Erschrocken starrte ich ihn an.

»Wieso bist du nicht auf der Bühne? Musst du nicht spielen?«, schrie ich durch den Lärm.

»Jetzt spielen doch die *Schwarzen Hummer*«, schrie er zurück.

»Echt? Ach ja! Wo ist Alina?«

»Jedenfalls nicht hier.«

Vielleicht war das der Grund, weshalb ich mich von Derek antanzen ließ. Zweifellos besaß er ein Gespür für seinen Körper, der sich in rhythmischen, geschmeidigen Bewegungen der Musik anpasste. Unweigerlich ließ ich mich mitziehen. Fasziniert starrte ich auf Derek, sein Körper ein fließender Guss aus geschmeidigen Bewegungen. Mit einer raschen Über-Kopf-Bewegung befreite er sich plötzlich von seinem T-Shirt und schwang es um seinen Nacken. Wie hypnotisiert saugte sich mein Blick an seinem unbehaarten Oberkörper fest, der vom Schweiß glänzte und das rhythmische Spiel seiner Muskeln freigab. Als er schließlich seine Hand nach mir ausstreckte, ließ ich mich zu ihm heranziehen. Sein Geruch stieg mir in die Nase, ein wilder, betörender Duft, und ließ mich kapitulieren. Allen Anstand und Alina vergessend, drängte ich mich an ihn, schlang meine Arme um seinen Nacken und passte meine Bewegungen seinen an. Derek küsste meinen Hals und flüsterte in mein Ohr:

»Lass uns verschwinden.«

Er nahm meine Hand und zog mich vom Platz hinter die Bühne. Meine Knie wurden weich, als er mich gegen einen Pfeiler drückte und sofort zur Sache kam. Oft hatte ich mir vorgestellt, wie es sein würde, das erste Mal geküsst zu werden. In meiner Vorstellung hatte ein Kuss vor allem mit Romantik zu tun, aber Dereks Kuss war hart, fordernd, gierig. Seine Zunge schob sich zwischen meine Lippen, erforschte das Innere meines Mundes. Überrumpelt ließ ich es geschehen, benebelt von Hitze, Alkohol und Neugierde. Doch als ich plötzlich seine Hand unter meinem T-Shirt spürte, packte mich jähes Entsetzen. Die Narben!

»Hör auf!«, keuchte ich, schlug seine Hand weg, drehte meinen Kopf zur Seite und versuchte, ihn weg zu stoßen. Doch anstatt aufzuhören, presste er sich mit seinem gesamten Körpergewicht gegen mich und fasste wieder unter mein T-Shirt. Ich wurde panisch, jammerte, flehte ihn an, das zu lassen, doch er hörte nicht. Mit den Fäusten hämmerte ich auf seinen Rücken ein.

Plötzlich riss jemand Derek von mir.

»Hey!«, schrie Derek, »was soll das?«

Er taumelte zurück, fing sich, und stürzte sich auf den Angreifer. Dieser landete einen Fausthieb gegen sein Kinn. Derek ging zu Boden.

»Are you okay?«

Ich blinzelte, konnte kaum glauben, wer Derek von mir weggerissen hatte. Es war Adil.

23.

Derek stöhnte, rappelte sich auf und hielt sich die blutende Nase. Ich band mein Halstuch los und reichte es ihm. Er riss es mir aus der Hand, wischte sich so gut es ging das Blut ab und stopfte das Tuch in seine Jeans. Dann starrte er Adil an, der in gespannter Körperhaltung ungefähr zwei Meter von ihm entfernt stand.

»Sind die Asis schon hier?«, pöbelte Derek. »Fuck your mother«, fluchte er und stürzte sich auf Adil, der seinem Angriff blitzschnell auswich und ihn mit einem gezielten Tritt in die Magengegend niederstreckte.

»Das sagst du nie wieder, du Hund«, presste Adil auf Englisch hervor. »Ich kämpfe nicht gegen einen Besoffenen. Los! Steh auf und verpiss dich!«

»Das wirst du mir büßen, du verdammter Hurensohn!«

Adil schnaubte und holte aus, um Derek k.o. zu schlagen. Blitzschnell ging ich dazwischen. Adil sprang zurück.

»Hört auf!«, schrie ich. »Was soll diese Scheiße? Derek hau ab! Siehst du nicht, dass du keine Chance hast? Du bist ja total knülle! Aufhören!«

Derek hielt sich den Magen und krümmte sich. Dann kotzte er. »Lass und verschwinden, Zoé«, stieß er anschließend hervor. »Dem Typen zeige ich es ein anderes Mal.«

»Geh mal nach Hause, Derek«, sagte ich und sah ihm nach, bis er torkelnd und »scheiß Ausländer« murmelnd aus unserem Blickfeld verschwand.

»Bist du okay?«, fragte Adil erneut.

Seine Fäuste waren noch immer geballt, seine Augen funkelten wie Feuerwerkskörper.

»Ja, klar. Du kannst dich jetzt entspannen. Nichts passiert. Und es wäre auch nichts passiert. Trotzdem. Danke.«

Ich streckte ihm zum Dank meine Hand hin. Doch er wich zurück und verschränkte die Arme hinter seinem Rücken.

»Was soll das?«, fragte ich verunsichert. »Hast du ein Problem mit mir?«

»Du gehst jetzt besser nach Hause«, antwortete er mit beherrschter Stimme. »Frauen sollten sich nachts nicht allein auf der Straße herumtreiben.«

»Herumtreiben? Geht's noch? Ich treibe mich nicht herum!«

»Ja, das habe ich gesehen.«

»Pah, du blöder ... Du blöder ... Blödmann!«, presste ich hervor, weil mein Gehirn blockiert war und mir nichts besseres einfiel. Ich war wütend, aber mehr auf mich selbst. Gleichzeitig schämte ich mich.

»Trotzdem danke«, sagte ich leise und sah betreten auf den Boden. Als ich ihn ansah, nickte er zögernd und aus einem Impuls heraus machte ich einen Schritt auf ihn zu. Doch bevor ich seine Schultern berührte, packte er meine Handgelenke und hielt mich auf Abstand. Verwirrt schaute ich ihn an. Verwirrt, weil er wahnsinnig schnell reagierte, weil er stark war und weil ich ihm jetzt so nah war. Seine Lippen, so sensibel und sexy, trennten nur wenige Zentimeter von meinem Mund. Ich sah auf, unsere Blicke verfingen sich. Es waren nur einige Millisekunden, in denen sich seine Pupillen weiteten und ich Einblick in etwas bekam, was er vielleicht vor mir verbergen wollte. Eine Mischung aus Angst und Verletzlichkeit. Er schob mich abrupt zurück, straffte seinen Rücken und fragte kühl:

»Kann ich dich allein nach Hause gehen lassen?«

Ich vergaß, was ich soeben gesehen hatte. Verärgert über so viel Arroganz erwiderte ich schnippisch:

»Normalerweise brauche ich keinen Babysitter, ich weiß mir sehr gut selbst zu helfen. Trotzdem danke für deinen Einsatz!«

24.

Die Begegnung mit Adil ging mir nicht aus dem Kopf. Auf seine Frage, ob er mich allein nach Hause gehen lassen könne, hatte ich total überzogen reagiert. Dabei hatte er es doch nur gut gemeint!

Derek ging mir aus dem Weg. Ich betete, dass Alina keinen Wind von der Sache bekam. Es war lächerlich, wie Alina sich um ihn kümmerte. Derek hier, Derek da. Ein paar Tage lief er mit einem Nasenverband herum, was noch lächerlicher war. Er sei von drei Typen in eine Schlägerei verwickelt worden, ließ er verbreiten. Im nüchternen Zuständ hätte er alle k.o. geschlagen, aber da er sturzbesoffen gewesen sei, habe er natürlich keine Chance gehabt.

Alina war seit dem Wochenende ausgesprochen nett zu mir, was vielleicht daran lag, dass ich einen berühmten und reichen Vater hatte. Ich solle nicht nachtragend sein, weil sie sich wegen des Katers so hysterisch verhalten hatte, aber sie habe sich verständlicherweise Sorgen wegen des Unwetters gemacht. Ich nahm ihre Entschuldigung an, erleichtert, offenbar von niemandem außer Adil mit Derek gesehen worden zu sein.

Unterdessen stieg die Spannung in Erwartung der Flüchtlinge. Man spürte es im Supermarkt oder beim Bäcker. Normalerweise redeten die Leute nicht miteinander, wenn sie in der Schlange vor der Kasse warteten, aber jetzt gaben sie sich Ratschläge, wie man sich schützen solle. Hier und da konnte man in den darauffolgenden Tagen tatsächlich einige Hausbesitzer bei der Umzäunung ihrer Grundstücke beobachten. Bei einem Reihenhaus war der Holzzaun so hoch, dass der Blick in den Vorgarten versperrt war.

Wie bescheuert muss man sein, sich freiwillig in ein Gefängnis zu sperren, fragte ich mich. Vom Küchenfenster aus auf die Bretterwand zu starren und das Sonnenlicht abzuhalten, war mehr als schwachsinnig. Wenn wirklich Kriminelle unter den Flüchtlingen sein sollten, ließen sie sich von einem Bretterzaun bestimmt nicht abschrecken. Selbst Alinas Vater blieb nicht untätig. Vor der offenen Einfahrt zur weißen Villa ließ er ein schmiedeeisernes Tor anbringen, was immerhin einigermaßen elegant aussah.

Und dann waren sie plötzlich da. Am zwanzigsten September, also einen Tag vor dem offiziell angekündigten Termin, waren die Flüchtlinge spät abends in ihre Unterkünfte gebracht worden. Viktor bescheinigte dem Bürgermeister eine kluge Informationspolitik, denn da niemand etwas mitbekommen hatte, war die Unterbringung ruhig und reibungslos verlaufen. Natürlich war er trotzdem stinksauer, weil sein Freund ihn nicht eingeweiht hatte.

Von den neuen Bewohnern der Kurklinik bekam man in den ersten Tagen nichts mit. Erst in der zweiten Woche sah man kleine Gruppen von Flüchtlingen an der Rheinpromenade und im Stadtzentrum. Sie blieben unter sich, die Leute starrten durch sie hindurch oder begafften sie. Wie hätte man auch Kontakt knüpfen sollen? Die Älteren sprachen kaum Englisch, geschweige denn Arabisch, die Jüngeren waren zu sehr mit sich selbst beschäftigt.

Den Pavillon hatte man durch einen Maschendrahtzaun abgeriegelt, was aussah, als hielte man Tiere gefangen. Immerhin hatte man einen kleinen Sandkasten und eine Schaukel für die Kinder angelegt, doch in den ersten Tagen wagte sich niemand hinaus. Stattdessen drückten sich einige Kinder an den Fenstern die Nase platt, sooft ich mit Emma und Frank in den Pausen dorthin lief.

Schließlich tat sich doch etwas. Die Tür ging auf. Zwei dunkel gelockte kleine Mädchen mit schwarzen Kulleraugen kamen heraus und näherten sich uns vorsichtig.

»Hi, wer seid ihr denn?«, fragte Emma.

»Sind die süß!«, sagte ich. »Wie heißt ihr denn?«

»Du, ich glaube jetzt nicht, dass die deutsch verstehen«, meinte Frank. »Versuch's doch mal mit englisch.«

»What's your name?«, korrigierte ich mich und strahlte die beiden an. Als wir keine Antwort erhielten, versuchte ich es mit Zeichensprache, zeigte zunächst auf mich, auf Emma, dann auf Frank, während ich unsere Namen nannte.

»And you?«

Die Gesichter der beiden erhellten sich. »Malia.« – »Nila«, flüsterten sie nacheinander, und dann lächelten sie schüchtern.

25.

Wir besuchten Malia und Nila jeden Tag und waren erstaunt, wie schnell sie einige deutsche Worte aufgeschnappt hatten.

»Können wir hinein?«, fragten wir die Sozialarbeiterin, die hin und wieder vor dem Pavillon stand.

»Leider nein«, antwortete sie. »Strikte Anweisung, ihr seid noch nicht volljährig.«

»Muss dieser Zaun sein? Die sind doch Opfer und keine Verbrecher!«

»Genau«, erklärte die Frau, »dieser Zaun dient als Schutz vor möglichen Angriffen. Ihr glaubt gar nicht, wie feindselig manche Leute eingestellt sind, vor allem manche Jugendliche, man glaubt es kaum. Aber lieb, dass ihr fragt. Den Bewohnern geht es gut, sie haben alles was sie brauchen.«

Diese Antwort war nicht sehr befriedigend, aber da wir nicht hinein konnten, brachten wir Süßigkeiten und einige Stofftiere mit, die wir in einem unbeobachteten Moment über den Zaun warfen. Bald drängelten sich auch andere Kinder am Zaun, wenn sie uns sahen.

Die Klausurtermine rückten näher. Frank bat mich, mit ihm Bio zu lernen und Emma schloss sich an, weil wir mittlerweile ständig zusammenhingen und weil ich ihr einige Tipps zur Englischlektüre geben konnte. Obwohl das Blödsinn war, denn sie war die Beste aus der gesamten Stufe, stand in allen Fächern eins. Im Gegenzug bat ich sie, mit mir Sozialwissenschaften durchzugehen. Frank war anhänglich geworden wie Kaugummi, aber er entpuppte sich als As in Geschichte und deshalb ließ ich mir so gut es ging nicht anmerken, dass er nervte. Bei jeder Gelegenheit ballerte er mir Geschichtszahlen um die Ohren, die ich trotzdem nicht behielt. Ich lebte im Hier und Jetzt. Warum sollte ich mir Ereignisse merken, die längst vergangen waren?

»Du musst dir Eselsbrücken bauen«, sagte er einmal zu mir. »Das hat mir schon in der Unterstufe geholfen. Manche Ereignisse vergisst du dann nie. Ich weiß zum Beispiel immer noch, was 333 vor Christus passierte.«

Er sah mich fragend an, so als ob er eine Antwort erwartete.

»Lass mal, Frank«, seufzte ich. »Irgendwas mit den Römern?«

Er schüttelte den Kopf. »333 stießen die Heere von Darius III und Alexander dem Großen bei Issos aufeinander. Darius wurde von Alexander geschlagen.«

»Sag ich doch, irgendwas mit den Römern.«

»Mensch, Zoé. Darius war Perser und Alexander Makedonier.«

»Make- was?«

»Grieche. Merk dir einfach: Drei, drei, drei, bei Issos Keilerei.«

»Okay«, sagte ich, »das klingt schon besser. Könnte sein, dass ich mir das merke. »Du willst mir nicht trotzdem während der Klausur Messages über dein Handy schicken? In Berlin haben wir das immer so gemacht.«

Frank verdrehte die Augen. »In Berlin ging das vielleicht, aber hier müssen wir unsere Handys ausmachen. Das weißt du doch. Davon abgesehen bist du doch nicht blöd. Du hast nur die falsche Einstellung.«

Ich seufzte, weil ich doch blöd war und jedes Mal, wenn wir in der Schulbibliothek saßen, an der riesigen Menge Stoff verzweifelte. Und dann stieß Alina einige Tage später zu uns, als ich mit Emma und Frank zusammensaß. Sie sah sich suchend um und als sie uns entdeckte, steuerte sie mit energischen Schritten auf uns zu. Ihr Gesicht war fleckig, ihr Mund schmal und ich wusste, meine Stunde hatte geschlagen.

»Was ist das?«, zischte sie.

Sie warf ein Halstuch auf den Tisch. Es war natürlich meins, welches sonst, und bevor sie ihrer Wut Luft machen konnte, reagierte ich.

»Mein Halstuch«, antwortete ich gelassen.

»Wie bitteschön kommt dein Halstuch in Dereks Wäscheschrank?«

Ich sah, wie Emmas Kinnlade herunterklappte und Frank unruhig auf seinem Stuhl hin- und her rutschte.

»Hat Derek dir nichts erzählt?«, erwiderte ich betont ruhig. »Du weißt doch, dass er verprügelt wurde. War ja nicht zu übersehen. Naja, ich war an dem Abend auch auf der Kirmes. Und da kam er mir entgegen getaumelt. Was macht man in so einem Fall? Ich hab' ihm mein Tuch gegeben, weil er blutete wie ein Schwein.«

»Das soll ich dir glauben?«, kiekste Alina mit weinerlicher Stimme. »Du hast sogar mit ihm getanzt. Jawohl. Das hat Ann-Kathrin, die Sängerin von der anderen Band, mir erzählt.«

Ich biss mir auf die Lippen. Wenn die Sängerin uns nur beim Tanzen beobachtet hatte, wusste sie immerhin nicht, was hinter der Bühne geschehen war, oder?

»Genau! Wir haben locker zusammen getanzt so wie alle anderen und irgendwann später wurde er in diese Schlägerei verwickelt. Keine Ahnung, wie das passierte. Auf jeden Fall habe ich ihm dann mein Tuch geliehen.«

»Du tust so, als ob du Derek nicht ausstehen kannst. Aber in Wahrheit willst du ihn mir ausspannen. Wie kannst du ihm dein Halstuch geben, das er mit seinem Blut verschmiert?«

Erleichtert darüber, dass Alina sich auf das Tuch konzentrierte, antwortete ich:

»Ein Taschentuch hatte ich nicht dabei, sorry. Wäre es dir lieber gewesen, ich hätte mein T-Shirt ausgezogen, um sein Blut zu stillen?«

»Du ...«

»Alina«, stoppte ich sie. »Ich habe zig Halstücher zu Hause, auf eins mehr oder weniger kommt es mir nicht an. Und wenn du dich daran erinnerst, habe ich mir auch keinen Kopf um meine Klamotten gemacht, als ich Nox gerettet habe. Also, reg dich ab!«

Sie kniff ihre Augen zusammen. In ihrem Kopf arbeitete es. Ich blieb ruhig, denn ich war nahe genug an der Wahrheit geblieben. Dass ich einen entscheidenden Teil der Geschichte verschwiegen hatte, musste ja niemand wissen.

»Alina«, mischte Emma sich ein. »Jetzt setz dich mal und entspann dich. Du kannst Zoé noch dankbar sein, dass sie erste Hilfe geleistet hat.«

»Finde ich auch«, gab Frank seinen Senf dazu. »Ich wäre dankbar, wenn mir jemand geholfen hätte. Stell dir vor, Zoé wäre nicht dagewesen und Derek hätte noch mehr Blut verloren. Sowas geht echt schnell. Als ich ein kleiner Junge war, ist meine Mutter mal mit mir auf dem Arm auf Pflastersteinen ausgerutscht und ich bin mit dem Hinterkopf voll auf den harten Boden geknallt. Das Blut sprudelte nur so heraus. Wäre das nicht in der Nähe eines Krankenhauses passiert und das Loch nicht sofort genäht worden, säße ich jetzt bestimmt nicht hier. Seht ihr? Hier!«

Er drehte seinen Kopf, schob die Haare beiseite und präsentierte eine fingerbreite Narbe.

»Du spinnst ja«, zeterte Alina. »Als ob man das vergleichen könnte.« Und zu mir gewandt:

»Wieso hat Derek dir dein Halstuch nicht zurückgegeben und versteckt es in seinem Wäscheschrank?«

Ich zuckte mit den Schultern. »Das musst du ihn fragen. Vielleicht hat es seine Mutter dort deponiert, weil sie dachte, dass es dir gehört. Ich für meinen Teil hab total vergessen, danach zu fragen. Wie gesagt, ich habe genug davon.«

»Also ... Du ... Ich ...«, stammelte sie und wischte sich über die Augen. »Du blöde Kuh!«

Als sie weg war, grinste Emma.

»So, und jetzt erzähl uns mal, was wirklich passiert ist.«

Erst als Frank sich verabschiedet hatte, erzählte ich Emma in aller Ausführlichkeit von meinem Erlebnis mit Derek.

»Du hast mit ihm rumgeknutscht?«, fragte sie ungläubig.

»Nicht wirklich, es ging alles so schnell. Ich war ziemlich betrunken und eigentlich wollte ich das gar nicht. Als ich das merkte, hab ich mich gewehrt, und dann kam Adil mir zu Hilfe.«

»Wer ist Adil?«

Ich erzählte ihr von dem Flüchtling, der sich mit Derek eine Schlägerei geliefert hatte und sich seit unserer ersten Begegnung einfach nur merkwürdig benahm.

Emmas Augen wurden noch größer.

»Ich weiß nicht«, flüsterte ich, »irgendwas stimmt nicht mit ihm.« Ich suchte Emmas Blick. »Sehe ich aus wie ein Ungeheuer?«

Meine Narben waren für niemanden sichtbar. Deshalb wurde ich nicht schlau aus dem Verhalten des Jungen.

Emma lachte auf. »Quatsch, du bist richtig hübsch. Warum sonst würde sich Derek an dich ranmachen?«

Sie kniff ihren Mund zusammen und schüttelte den Kopf. Einen Moment sah sie unglaublich wütend aus.

»Ich habe dir doch gesagt, dass du in sein Beuteschema passt. Am besten hältst du ihn auf Distanz.«

»Nichts lieber als das. Wie gesagt, ich war betrunken.«

Emma nickte. »Was deinen Flüchtling betrifft, da kann ich mir vorstellen, dass er irgendein Trauma hat.« Sie holte eine Packung ihrer unvermeidlichen Twix aus der Tasche.

»Willst du auch einen?«

»Danke.«

Kauend saßen wir uns gegenüber. Ich liebte Schokolade, aber Emma schoss in Bezug auf Süßigkeiten den Vogel ab. Kein Wunder, dass sie übergewichtig war. Dabei hatte sie eine sehr feinporige, glatte Haut und dicke Locken, die weich auf ihre Schultern fielen.

»Weißt du was?«, sagte Emma plötzlich. »Wenn du Zeit hast, gehen wir zu mir nach Hause und ich zeige dir etwas.«
»Eine Überraschung?«
»Eher eine Lektion in Sachen Derek.«

26.

Emma wohnte mit ihrer Familie in einem Flachdachbungalow in der Stadtmitte, ruhig gelegen in einer Seitenstraße mit hübschem Vorgarten. Schräg gegenüber befand sich die ehemalige Sparkassen-Filiale, in die jetzt eine Flüchtlingsfamilie aus Serbien eingezogen war. »Eine Mutter mit sechs Kindern«, erklärte Emma.

»Wow! Sechs Kinder?«, pfiff ich durch die Zähne. »Gibt es auch einen Vater dazu?«

Emma schüttelte den Kopf. »Haben wir noch nicht gesehen. Von unserem Küchenfenster aus sehen wir schließlich, wer dort ein und aus geht. Die Mutter ist ziemlich dick, vielleicht sogar schwanger? Keine Ahnung. Und die Kinder sind vom Alter her wie die Orgelpfeifen, ungefähr zwischen drei und fünfzehn Jahren.«

Sie grinste. »Nein, wir sitzen nicht ständig am Fenster und beobachten die Leute, wie du jetzt vielleicht denkst. Aber zum Frühstück und Abendessen sitzen wir natürlich in der Küche und ob man will oder nicht, man bekommt mit, was gegenüber passiert.«

»Klaro«, entgegnete ich schulterzuckend und folgte Emma in den lichtdurchfluteten Eingang des Hauses.

»Meine Mom ist bestimmt im Garten. Da ist sie immer. Vor allem jetzt im Herbst, um die Pflanzen zu schneiden. Mom? Bist du da?«

»Witzig«, erwiderte ich. »Meine Mutter ist Floristin. Sie würde sich am liebsten auch den ganzen Tag im Garten aufhalten.«

Ich folgte Emma ins Wohnzimmer, einem elegant eingerichteten Raum, der trotzdem gemütlich wirkte. Eine dekorative Vase erregte meine Aufmerksamkeit. Ich fragte Emma danach.

»Das ist eine Balustervase aus China, um 1900«, erklärte Emma. »Mein Vater ist Chirurg. Er ist häufig weltweit auf irgendwelchen Kongressen, und diese Vase hier hat er mal meiner Mutter mitgebracht. Sie hat über 1000 Euro gekostet. Wahrscheinlich hatte mein Vater ein schlechtes Gewissen, weil er ständig unterwegs ist.«

Sie schob die Wohnzimmertür auf und zeigte auf zwei Fußball spielende Jungen. Sie waren jünger als wir, vielleicht vierzehn oder fünfzehn.

»Und das sind meine beiden Zwillingsbrüder Tim und Tom«, erklärte Emma.

»Hi«, riefen sie nur, ohne ihr Spiel zu unterbrechen.

»Hi«, grüßte ich zurück.

Das Grundstück war nicht zu vergleichen mit dem Garten hinter unserem Hotel, sehr viel kleiner, dafür aber genauso gepflegt wie der Vorgarten. Emmas Mutter hockte vor einem Beet, wo sie mit dem Einpflanzen von Blumenzwiebeln beschäftigt war. Sie war sehr schlank und hatte dunkle, kurz geschnittene Haare. Äußerlich passte sie überhaupt nicht zu Emma. Ich hatte sie mir als rundliche kleine Frau vorgestellt. Als sie uns kommen sah, erhob sie sich.

»Hallo, mein Schatz«, begrüßte sie ihre Tochter mit einem Kuss auf die Wange. Sie zog ihre Gartenhandschuhe aus und reichte mir die Hand.

»Du bist bestimmt die Zoé, von der Emma mir erzählt hat?«

Ihre Augen waren braun und sanft. Aber das Auffälligste war der wache, offene Blick, mit dem sie mich begrüßte. Diese Frau war bestimmt sehr intelligent.

»Freut mich, Sie kennen zu lernen«, sagte ich.

»Ich mich auch«, erwiderte sie lachend. »Wollt ihr zusammen lernen, Emma?«

»Nein, nur ein bisschen reden. Wir sind in meinem Zimmer. Bis später, Mom!«

Wir gingen in die Küche, hoch modern und mit allen möglichen Gerätschaften ausgestattet, wo Emma uns mit einer Sahne-Nuss-Torte versorgte. Ich war noch satt vom Twix, sagte aber nicht nein. Erst als Emma mir ein zweites Stück auf den Teller legen wollte, kapitulierte ich.

»Wie kannst du so viel in dich hineinstopften?«, fragte ich ungläubig. »Den ganzen Tag sehe ich dich Schokolade essen, dann zwei Stücke Kuchen. In meinem Magen ist gar nicht so viel Platz.«

»Ich brauche das«, seufzte Emma, nahm ihren Teller und führte mich in ihr Zimmer. Ihre Regale waren vollgestopft mit Büchern. Als ich alle *Harry Potter* Bände und sowohl *Die Tribute von Panem* Reihe und die *Twilight*-Saga entdeckte, stieß ich einen entzückten Schrei aus. Aber das war nicht alles. In den Regalen drängelten sich Romane britischer und amerikanischer Autoren aus dem achtzehnten bis zwanzigsten Jahrhundert, außerdem Goethe und Schiller. Und schließlich besaß sie die gesamte *Was ist was* Reihe. Kein Wunder, dass Emma so viel wusste.

»Ich bin mit diesen Was ist was Büchern groß geworden«, sagte Emma, weil sie meine Überraschung bemerkt hatte. »Mom hat uns daraus vorgelesen, noch bevor wir in die Schule kamen. Wir waren so an sie gewöhnt, dass wir später selbst darin gelesen haben.«

»Dann seid ihr alle ziemlich klug«, sagte ich ehrfürchtig.

»Ach was. Meine Mom ist klug«, korrigierte mich Emma. »Aber wie so viele Frauen hat sie nichts aus ihrer Intelligenz gemacht.«

»Wieso?«

Emma zog ein Fotoalbum heraus und setzte sich damit auf ihr Bett. »Weil aus ihr eine große Wissenschaftlerin geworden wäre. Sie hat Physik studiert, als sie meinen Vater kennen lernte. Da war sie im dritten Semester und hatte sogar einen Praktikumsplatz im Max-Planck-Institut ergattert, weil sie so gute Noten hatte. Weißt du, wie schwierig das ist? Und dann wurde sie schwanger mit mir. Den Rest kannst du dir denken. Sie unterbrach ihr Studium, um es später wieder aufzunehmen. Aber dann kamen meine Brüder. Zwillinge. Eine Wiederaufnahme ihres Studiums war damit natürlich erledigt.«

»Konnten sich deine Eltern keinen Babysitter leisten?«, fragte ich.

»Wie denn? Mein Vater hatte ein Stipendium für sein Medizinstudium bekommen. Damit reichte es gerade mal für eine kleine Wohnung. Mom konnte mit uns Kleinen ja nicht mehr arbeiten.«

Sie seufzte. »Sie redet sich ein, dass sie ein schönes Leben führt. Was soll denn das? Den ganzen Tag die Blumen angucken und darauf warten, dass der liebe Mann nach Hause kommt. Dabei glaube ich nicht einmal, dass er ihr treu ist, ehrlich. Aber sie würde nie irgendwelche Zweifel anmelden, weil sie dann ihr Leben in Frage stellen müsste. Mittlerweile glaubt sie selbst daran, dass sie glücklich ist. Dabei hat sie ihr Talent verschwendet und das Leben meines Vaters gelebt. Ich mag meinen Vater, aber ein Leben wie das von Mom werde ich auf gar keinen Fall führen. Wozu gibt es Verhütungsmittel? Ich werde erst dann Kinder in die Welt setzen, wenn ich zu Ende studiert habe und einige Jahre im Job gewesen bin. Von einem Mann werde ich mich nie abhängig machen. Außerdem wäre mir ein Leben als Nur-Hausfrau viel zu öde.«

Emma saß mit gesenktem Kopf auf ihrem Bett. So hatte ich sie noch nie erlebt. Die vorlaute, starke Emma, die zu allem und jedem etwas zu sagen hatte, wirkte auf einmal wie eine verlorene Tochter. Doch plötzlich sah sie mich an und grinste.

»Vergiss meinen Gefühlsausbruch! Mom tut mir leid, aber es ist nun einmal wie es ist. Komm, ich zeig dir was!«

Ich setzte mich zu ihr aufs Bett. Emma blätterte durch ihr Fotoalbum und zeigte schließlich auf ein Bild mit einem sehr schönen Mädchen.

»Wow! Die ist total hübsch. Deine Cousine?«

»Trägst du Scheuklappen oder bist du blind? So sehr kann ich mich doch nicht verändert haben?«

Ich sah genauer hin. »Das bist du? Sorry, Emma, aber auf diesem Bild bist du sowas von schlank. Ich hätte dich wirklich kaum wiedererkannt. Wie alt ist das Foto?«

»Ein Jahr, vielleicht vierzehn Monate. Aber nicht älter.«

Ich überlegte, was Emma dazu getrieben hatte, so viel Gewicht zuzulegen, als sie weiter blätterte. Noch bevor sie auf ein Bild zeigen konnte, hatte ich es schon gesehen.

»Das ist nicht dein Ernst!«, stieß ich aus.

»Glaubst du, ich zeig dir das zum Spaß? Du kannst jetzt wieder Luft holen, Zoé!«

Total perplex starrte ich auf das Paar, das sich eng umschlungen hielt. Ein Liebespaar.

Emma und Derek.

Ich sagte lange nichts, weil ich diese Erkenntnis verdauen musste. Wie konnte sich ein Mädchen wie Emma mit einem Typen wie Derek einlassen? Einem schleimigen, alles besser wissenden, blendenden, geilen, Möchte-Gern-Supermann-Arschloch wie ihn? Aber dann fiel mir ein, dass ich auch schwach geworden war. Das war natürlich nicht vergleichbar, ich war betrunken gewesen. Oder doch? Küssen konnte er auf jeden Fall, zumindest rein technisch gesehen, denn ich hatte keine Vergleichsmöglichkeiten.

»Wir waren ein knappes Jahr zusammen«, sagte Emma in meine Gedanken hinein. »Du wirst es nicht glauben, aber ich war richtig in ihn verschossen. Dann ließ er mich fallen wie eine heiße Kartoffel, weil Alina ihm schöne Augen machte.«

»Aha.« Jetzt war klar, warum sie sich mit Derek immer anzickte und nicht gut auf Alina zu sprechen war. Ich besah noch einmal das Foto. Emma war wirklich nicht wieder zu erkennen.

»Mein Vater ist zwar ein angesehener Mann und uns geht es finanziell sehr gut. Aber richtig reich sind wir nicht, im Gegensatz zu Alinas Familie.«

»Und weil du immer noch in ihn verknallt bist, haust du dir die Süßigkeiten rein?«

Emma biss auf ihrer Unterlippe herum. »Anfangs habe ich vielleicht aus Frust und aus Liebeskummer und Eifersucht damit angefangen«, sagte sie leise, »und später, weil ich mich selbst nicht mehr leiden konnte. Paradox, was? Derek ist mir heute so gleichgültig wie eine Fliege an der Wand. Ich wollte dich nur warnen, Zoé, weil du mir wichtig bist. Als du mir die Story von der Kirmes erzählt hast, dachte ich nur, oh nein, soll dieses Schwein nicht auch noch dich unglücklich machen. Dein Onkel hat die besten Beziehungen in der Stadt, und dein Vater ist Millionär, noch dazu Musiker, mit dessen Hilfe er vielleicht als Schlagzeuger berühmt würde. Du wärst eine Traumpartie für ihn. Derek wird nicht locker lassen, bis er dich soweit hat. Und dann wirst du es bereuen und vielleicht magersüchtig werden. Du bist eher der Typ für sowas.«

Ich lachte auf. »Keine Sorge. Derek ist bestimmt der Letzte, für den ich mich zu Tode hungern würde.«

Emma antwortete nicht.

»Du bist mit deinem Aussehen also nicht zufrieden?«, fragte ich ruhig.

»Zufrieden? Ich hasse mich!«

Sie sah mich traurig an, eine sensible Emma unter rauer Schale. Ich wusste nicht, was ich sagen sollte. Aus einem Impuls heraus ging ich zum Fenster ans Tageslicht. Langsam zog ich mein Sweatshirt aus. Darunter trug ich ein Unterhemd und darunter meinen BH. Mit einem Ruck streifte ich das Hemd ab und ließ es zu Boden fallen.

Emmas Augen weiteten sich. Füllten sich mit Tränen. Ihre Lippen zitterten. Dann fiel sie mir um den Hals.

27.

Mittlerweile war es Ende September und die Tage waren kühler geworden. Von meinem Fenster aus schaute ich sehnsüchtig auf das türkisfarben schimmernde Wasser von Viktors Swimmingpool. Es war eine der letzten Gelegenheiten, wenigstens einmal in den Pool zu springen.

Ich betrachtete den aus Mosaiksteinen gestalteten Poseidon am Boden des Pools, der majestätisch seinen Dreizack in der Hand hielt und mich herauszufordern schien. Nicht ein einziges Mal war ich schwimmen gewesen. Selbst in Berlin hatte ich mich nicht mehr im Badeanzug oder Bikini an den Wannsee getraut, aus Angst, von den Leuten angegafft zu werden.

Gäste waren keine im Garten. Normalerweise drehten sie frühmorgens vor dem Frühstück ihre Runden und saßen nach dem Mittagessen bei Kaffee und Kuchen auf der Terrasse. Aber um diese Zeit des Tages, am späten Nachmittag, war es zu kühl dafür und die Gäste machten sich für das Abendessen fertig.

Ich zögerte noch einen Augenblick. Dann schüttelte ich alle Wenns und Abers ab. Kurz entschlossen zog ich meinen Bikini an, warf den Bademantel über und lief die Treppe hinunter in den Garten. Eine leichte, kühle Brise wehte durch meine Haare. Testhalber steckte ich einen Fuß in das Wasser, dessen spiegelglatte Oberfläche sich sofort zu kräuseln begann. Es war wärmer als die Außentemperatur, denn Viktor hatte die Heizung noch nicht abgeschaltet. Ein Sonnenstrahl zwängte sich durch die Wolken, verfing sich in den Mosaiksteinen und brachte sie zum Leuchten. So kam es mir jedenfalls vor. Ich holte tief Luft, fühlte mich glücklich, sah mich ein letztes Mal um, bevor ich den Bademantel auf die Fliesen fallen ließ und mit einem Kopfsprung ins Wasser sprang. Herrlich kühl schmiegte es sich um meinen Körper, als ich mit kräftigen Arm- und Beinbewegungen bis zum gegenüberliegenden Beckenrand tauchte. Ich holte Luft und tauchte auf den Grund, betastete die Mosaiksteine mit meinen Händen, schwamm an die Oberfläche, um im nächsten Moment wieder abzutauchen. Ich liebte es, zu tauchen, konnte lange die Luft anhalten und bewegte mich deshalb mehr unter als über Wasser.

Das Gefühl für Raum und Zeit hatte ich verloren, so sehr fühlte ich mich in meinem Element. Schließlich tauchte ich an der Stelle auf, an der ich meinen Bademantel abgelegt hatte. Mit einem prüfenden Blick vergewisserte ich mich, dass ich alleine war. Dann stieß ich mich vom Boden ab, vollführte eine halbe Drehung und landete in Sitzposition auf dem Beckenrand. Schnell stand ich auf, griff nach meinem Bademantel und zog ihn über.

Ein knackendes Geräusch lenkte meinen Blick auf die Büsche am Gartenzutritt. Im nächsten Moment hörte ich Schritte, die sich hastig entfernten.

28.

Nox hatte sich zu einem prächtigen Kater entwickelt. Er war das schönste, eigenwilligste und sensibelste Wesen auf Erden. Ich war davon überzeugt, dass uns eine Seelenverwandtschaft verband.

Der Baum vor meinem Fenster hing voller Walnüsse. Ab und zu turnte ein Eichhörnchen durch das Geäst. Ich versuchte es anzulocken, aber leider war es zu scheu. Vielleicht lag das auch an Nox, der den Walnussbaum als Leiter benutzte, um ein- und aus zu spazieren, denn ich ließ mein Fenster für ihn immer einen Spalt geöffnet. Dass er vom Fenstersims bis zum Baum zwei Meter zu überwinden hatte, schien für ihn trotz seines Stummelschwanzes kein Problem zu sein. Elegant wie ein Panther stieß er sich vom Sims ab und landete sicher im Baum. Nox schien einen sechsten Sinn für meine Stimmungsschwankungen zu haben, die mich seit meinem Poolerlebnis noch mehr befielen. Wer hatte sich in unseren Garten geschlichen und mich beobachtet?

Wenn ich nachts schlecht träumte und mich im Bett herumwälzte, legte Nox sich auf meinen Rücken oder Bauch, umhüllte mich mit seiner Wärme und schnurrte so lange, bis ich weiterschlief. Er liebte es, im Badezimmer auf dem Wannenrand zu sitzen und mir beim Anziehen zuzusehen. Wenn er dann wie ein Hund seinen Kopf schief legte und miaute, war es, als wollte er mich aufmuntern, weil ich wegen der Narben so hässlich aussah. Willkommen im Club der Außenseiter, dachte ich dann, was mich wiederum ein wenig tröstete.

»Was gefällt dir besser, Nox? Orange, schwarz oder braun?«, fragte ich ihn eines Nachmittags, als ich kritisch meine Haare begutachtete. Das Orange war so weit herausgewachsen, dass ich wie eine gescheckte Orangenborste, wie Charlie es nannte, aussah, denn am Ansatz war meine braune Naturhaarfarbe nachgewachsen, was gar nicht ging. Jeff hatte mir zweihundert Euro auf mein Taschengeldkonto überwiesen. Nach der Schule hatte ich verschiedene Packungen Haarfärbemittel gekauft und stand nun vor der Qual der Wahl.

»Knallig rot oder Kupfer?«, fragte ich und hielt die entsprechenden Packungen vor seine Schnurrhaare, was keine Reaktion in ihm hervorrief.

»Samtig braun mit Kastanieneffekt oder sonnig braun?«

Wieder reagierte er nicht.

»Okay. Was hältst du von schwarz brilliant?«

Nichts.

»Schwarz magical?«

Jetzt schnurrte er, und es war ein so tiefes und wohliges Schnurren, dass die Entscheidung gefällt war. Also schwarz wie Magie. Schwarz wie die Nacht. Schwarz wie Nox.

Drei Stunden später stand ich bei McDonalds an der Theke. Ab und zu kam ich mit Emma und Frank hierher, wenn es in der Cafeteria wieder einmal nur Nudeln gab. Es waren ganz gewöhnliche McDonalds-Besuche. Wir bestellten unsere Hamburger und Pommes, setzten uns an einen freien Tisch und hingen dort ab, bis wir zur nächsten Unterrichtsstunde mussten. Allerdings gab es immer weniger Gelegenheiten, einen freien Tisch zu ergattern, denn viele Flüchtlinge hatten McDonald's zu ihrem Haupt-Restaurant bestimmt.

Das Mädchen an der Kasse lächelte freundlich. Es war dasselbe wie bei meinem allerersten Besuch. Wie beim ersten Mal stellte es die Frage: »Was willst du?«

Es war nur ein Gefühl. Und wie um mir selbst zu bestätigen, dass doch alles ganz normal war, drehte ich mich um.

Dann der Schock!

Oliven mit Kakao. Adil starrte mich an. Augenblicklich schoss Adrenalin durch meine Adern. Sein Blick erinnerte mich an glühende Pfeile. Ich zuckte zurück, schluckte, versuchte, meine Gedanken zu ordnen, überlegte – nein, überlegen konnte ich nicht. Ich war nicht ich selbst. Plötzlich entspannte er sich.

Und dann lächelte er.

29.

»Hallo? Träumst du?«

»Was?«

»Deine Bestellung!«

»Ach ja, einen ... Eine Pommes rot–weiß und eine Cola«, stammelte ich.

Eine gefühlte Ewigkeit verbrachte das Mädchen damit, meine Bestellung zusammen zu suchen. Was war hier los? Ich hatte die kurzen Begegnungen mit diesem Typen so gut wie möglich aus meinem Gedächtnis gestrichen, doch kaum tauchte er auf, brachte er mich aus der Fassung. Ich wagte nicht, mich noch einmal umzudrehen. Das Mädchen tippte meine Bestellung in die Kasse ein.

»Drei Euro achtundzwanzig«, sagte sie.

Ich kramte mein Portemonnaie hervor, öffnete es und suchte mit zitternden Fingern das Kleingeld zusammen. Es passierte, was passieren musste. Mir fiel eine Euromünze auf den Boden. Fluchend bückte ich mich, um sie aufzuheben.

»Stimmt so«, hörte ich eine männliche Stimme.

Verdutzt guckte ich hoch. Adil trug mein Tablett wortlos an seinen Tisch. Ich erhob mich und starrte ihm unschlüssig hinterher.

Willst du warten, bis deine Pommes kalt sind?, schien sein Blick zu fragen. Langsam setzte ich mich in Bewegung und blieb zögernd an seinem Platz stehen. Er machte eine Handbewegung in Richtung Stuhl.

»Soll ich dir den Stuhl zurechtrücken oder geht es auch alleine?«, fragte er mit einem süffisanten Lächeln.

»Nein, danke«, sagte ich steif. Langsam fand ich wieder zu mir selbst.

»Ich bin emanzipiert. Sowas brauche ich nicht und bei McDonalds schon gar nicht«, antwortete ich schnippisch.

»Schön. Worauf wartest du?«

Er tunkte einen Chicken McNugget in die Soße, ohne mich aus den Augen zu lassen. Sein Blick war wachsam, wenigstens nicht mehr panisch, und schließlich folgte ich seiner Aufforderung, weil ich nicht ewig herumstehen konnte.

»Danke für die Einladung«, quetschte ich heraus. »Wär' nicht nötig gewesen. Trotzdem danke.«

»Gern geschehen, Zoé.«

Wow! Meinen Namen kannte er natürlich von Erika. Etwas in der Art, wie er ihn aussprach, ließ mir einen Schauer über den Rücken laufen.

»Du hast deine Haare gefärbt«, stellte er zutreffend fest.

Ich konzentrierte mich darauf, das Ketchup-Tütchen aufzureißen, während ich sehr wohl bemerkte, dass er mich eingehend musterte.

»Was dagegen?«, antwortete ich schroff, lenkte aber direkt ein: »Genau genommen habe ich sie umgefärbt. Von orange auf schwarz magical. Meine natürliche Haarfarbe ist braun. Hast du ein Problem damit? Du hast doch ein Problem mit mir, warum sonst hast du dich die letzten Male so merkwürdig benommen, beinahe als würde ich dir Angst einjagen?«

Ich redete mich um Kopf und Kragen, aber auf dieses undurchschaubare Verhalten, erst wegrennen, dann einladen, konnte ich mir keinen Reim machen.

»Problem?«, antwortete mein Gegenüber kühl. »Nur die Schwachen haben Probleme. Ich suche im Allgemeinen nach Lösungen.«

»Ah ja«, erwiderte ich und wunderte mich über gar nichts mehr. Dieser Typ war echt seltsam.

Ich schüttelte den Kopf. »Du scheinst ein echter Philosoph zu sein, oder? Egal. Gibt man dort, wo du herkommst, immer so komische Antworten?«

In seinem schmalen Gesicht deutete sich ein Lächeln an. Es war etwas schief, aber – oder vielleicht gerade deshalb – so unglaublich sexy, dass ich mir auf die Lippen biss.

»Was glaubst du denn, woher ich komme?«

Ich betrachtete seinen weichen Mund über dem festen Kinn, der so schön lächeln konnte, das schwarze, kurz geschnittene Haar, das seine eng anliegenden Ohren freigab, die schlanke Nase, die unvergleichlichen Augen mit den langen Wimpern. Er hielt meinem Blick stand, sah mich jetzt direkt an, und ich verlor mich in diesem Wirrwarr aus Neugierde, Erstaunen – und Angst. Irritiert sah ich weg.

»Äh, irgendwo aus dem Orient, nehme ich an. Vielleicht Irak?«, stammelte ich, obwohl ich die Antwort natürlich wusste. Aber das sollte er nicht merken und denken, dass ich mit meinem Fast–Volltreffer eine Granate in Geographie war.

»Heiß.«

»Jordanien?«

»Immer noch heiß. Aber knapp verfehlt ist auch daneben. Aller guten Dinge sind drei. Du hast noch einen Versuch.«

Ich zog meine Stirn kraus, so als durchforstete ich mein kluges Gehirn nach der richtigen Antwort.

»Ein kleiner Tipp vielleicht?«, fragte ich, weil das Ratespiel begann, mir Spaß zu machen.

»Nördlich von Jordanien.«

Ich lehnte mich zurück, verschränkte die Arme über meiner Brust und sah ihn siegessicher an.

»Jetzt hast du dich verraten. Schade. Dann kann es ja nur Syrien sein, stimmt's, oder habe ich recht?«

Ich triumphierte. Adil grinste. Ich war mir nicht sicher, ob sein Grinsen die Anerkennung für meinen Treffer war oder ob er mich veräppelte. Schon im nächsten Moment erhielt ich eine kalte Dusche.

»Ich bin Palästinenser. Entweder bist du eine sehr gute Schauspielerin oder du hast ein schlechtes Gedächtnis. Zufällig weiß ich, dass Erika dir gesagt hat, dass ich aus Syrien komme.«

»Oh«, erwiderte ich ertappt und spürte sofort, dass ich rot anlief. »Hat sie das?«

»Hat sie. Und sie hat dir auch erzählt, dass ich geflohen bin.«

»Tatsächlich?«

»Sein Gesicht verdunkelte sich. »In Syrien ist Bürgerkrieg. Vielleicht hast du davon gehört?«

»Klaro. Ich sehe oder höre jeden Tag Nachrichten.«

Er nickte. »Dann weißt du auch, dass viele Menschen versuchen, zu fliehen. Erika und ihr Mann haben mir geholfen. Sie sind wundervolle Menschen. Ich werde nie vergessen, was sie für mich getan haben.«

»Ich kenne Erika nicht wirklich, hab' nur einmal mit ihr gesprochen. Du weißt schon. Und ihren Mann kenne ich gar nicht.«

Mein Hunger war wie weggeblasen. Ich bekam keinen Bissen mehr hinunter. Da waren tausend Fragen, die durch meinen Kopf schwirrten, aber nicht eine davon bewies, dass ich politisch informiert war. Und jetzt saß ich einem Adil gegenüber, der vielleicht zwei oder drei Jahre älter war als ich, mir aber durch sein Auftreten das Gefühl gab, ein naives, kleines Mädchen zu sein.

Um mich aus der unangenehmen Situation heraus zu winden, zog ich mein Handy aus der Tasche und guckte auf die Uhr.

»Verdammt, ich habe total die Zeit vergessen. Ich muss zu einem dringenden Termin mit meiner Mom. Tut mir leid, aber ich muss jetzt los.«

Er nickte. »Hast du was zu schreiben dabei?«

»Nein, wieso?«

Er holte ebenfalls sein Handy hervor. »Dann gib mir bitte deine Nummer. Ich schicke dir meine. Nur für den Fall, dass du wieder in Schwierigkeiten gerätst und Hilfe brauchst. Du kannst mich jederzeit anrufen.«

30.

Dass ich mit Charlie einen Termin hatte, war nicht einmal gelogen. Es gäbe etwas zu feiern, hatte sie gesagt. Allerdings hätte ich mit Adil mehr Zeit verbringen können, weil ich erst zum Abendessen in ihrer Wohnung sein sollte. Aber ich war dermaßen durcheinander, dass ich mich lieber aus dem Staub gemacht hatte, um meinen Achterbahn fahrenden Gefühlen Herr zu werden. Zwei Stunden später fühlte ich mich wieder halbwegs normal.

Charlie empfing mich in glänzender Laune. Lange hatte ich sie nicht mehr so glücklich gesehen. Sie trug ein hellblaues Kleid, das ihren hellen Teint unterstrich und ihre Augen strahlen ließ. Ich drückte sie und sah verwundert auf den mit Kerzen festlich gedeckten Tisch.

»Fasaaan?«, fragte ich gedehnt mit Blick auf den Braten. Viktor, der bereits Platz genommen hatte, schnalzte mit der Zunge.

»Setz dich doch, Zoé. Ich kann es kaum erwarten, zuzugreifen.«

»Äh ... Ihr seid mir nicht böse, wenn ich kein totes Tier esse? Du weißt doch, Mom, dass ich sowas nicht in den Mund nehme.«

»Ist mir bekannt, Zoé. Deshalb habe ich auch eine Extraportion Rotkohl und Knödel für dich gekocht.«

»Lieb, danke«, seufzte ich. »Aber ich komme gerade von McDonald's. Hab' eigentlich gar keinen Hunger.«

»Zoé!« Charlie machte einen so enttäuschten Gesichtsausdruck, dass ich mich setzte.

»Okay, was gibt es denn zu feiern? Warum so festlich?«

»Wir feiern eine Premiere«, erklärte Viktor, »denn ab Sonntag wird deine Mutter das Restaurant neu eröffnen, mit Fasan als Hauptgericht. Dafür bekommt sie Unterstützung von einem

Koch, den wir eingestellt haben. Es hat sich eine zwanzigköpfige Reisegesellschaft aus Holland angekündigt. Hoffen wir nur, dass sie nicht wieder kehrt macht, wenn sie an der Kurklinik vorbeifährt. Die Asylanten lungern jetzt schon am Straßenrand herum. Fehlte noch, dass sie geschlossen in unser Hotel marschieren und das Restaurant belagern.«

»Übertreibst du nicht etwas, Viktor? Die Menschen sind keine hungrigen Wölfe, die unsere Küche plündern. Sie werden mit Nahrungsmitteln und Getränken versorgt. Und sie lungern auch nicht am Straßenrand herum, sondern warten auf den Bus. Leider, das weiß ich von Erika, hat der Bus sie letztens stehen gelassen und ist einfach an ihnen vorbei gefahren. Ich befürchte, das war nicht das erste und letzte Mal.«

»Herrgott nochmal, Charlotte! Es ist mir egal, auf wen sie warten. Tatsache ist, dass sie dort warten, und wenn sie von der öffentlichen Buslinie stehen gelassen werden, ist das ein Grund mehr, weshalb ich unbedingt mit Reiner sprechen muss. Er soll ein Busunternehmen beauftragen, das die Leute einmal täglich direkt von der Klinik in die Stadt und zurück bringt. Sollen sie dort den Marktplatz bevölkern, das ist mir egal, Hauptsache hier, so nah am Hotel, verschwinden sie von der Bildfläche.«

Über das Festmahl hatte sich eine bedrohliche Stimmung gelegt. Schweigend tranchierte Charlie den Fasan und legte Viktor ein Stück auf dessen Teller.

»Delikat, Charlotte«, brummte Viktor versöhnlich, nachdem er sich ein Stück Fleisch in den Mund geschoben hatte. »Mit Fasan ist das immer so eine Sache. Oft ist er zu trocken, aber dieser hier schmeckt vorzüglich. Zart, würzig, mit der besonderen Note Wild. Perfekt!«

Nachdem ich Charlie beim Aufräumen der Küche geholfen hatte, ging ich in mein Zimmer und fuhr meinen Laptop hoch.

Ganz sicher würde ich Adil wieder begegnen. Und beim nächsten Mal wollte ich vorbereitet sein.

Noch einmal gab ich Bürgerkrieg Syrien in die Suchmaschine ein. Im Internet wimmelte es von Berichten über den Krieg. Ich las querbeet aus verschiedenen Pressequellen. Es gab so viele Informationen, die ich nicht verstand, geschweige denn behalten konnte. Aber drei Dinge waren klar: Das Ganze hatte mit dem Arabischen Frühling zwei Jahre zuvor begonnen. Es ging um Kämpfe zwischen der Regierung und Kämpfern verschiedener Oppositionsgruppen, wobei bei den Oppositionellen unter anderen immer wieder der Name FSA – Freie Syrische Armee – auftauchte. Dann gab es noch die Islamisten, die sowohl die Opposition als auch die Regierung bekämpften. Hier waren anscheinend die Al Nusra-Front und der ISIS – Islamischer Staat in Syrien – vorherrschend. Viele Menschen waren auf der Flucht.

Dann klickte ich mich auf die Bilder, die sich seit meiner ersten Suche vervielfacht hatten. Ein kleines verlassenes Mädchen mit Teddy im Arm stand verloren vor einem zerbombten Haus. Sie weinte nicht, sondern blickte ins Leere. Und dieser Ausdruck war so traurig, dass sich ein dicker Pfropf in meinem Hals festsetzte.

Zwei Stunden verbrachte ich vor den Internetseiten, bis mein Kopf schwirrte und ich genug hatte. Schließlich rief ich mein Postfach auf. Jeff hatte geschrieben. Seine Nachricht war schon eine Woche alt, was daran lag, dass ich nur noch selten in meine E-Mails ging. Alle Welt kommunizierte über WhatsApp.

Überrascht las ich:

> Gesendet: Mittwoch, 25. September 2013 um 0:31 Uhr
> Von: "Jeff Kerr" <jeffkerr@yahoo.com>
> An: "Zoé Gehrmann" <Zoe1997@hotmail.com>
> Betreff: miss you

Hi sweetheart,
hey, lange nichts von dir gehört. Ich vermisse dich, Herzchen. Warum meldest du dich nicht? Lebst du noch? Hast du deinen Dad vergessen? ☹☹☹
Weißt du was, Süße. Habe nochmal nachgedacht und ich finde, du hast recht. Ehe du auf dem Land versauerst, kommst du zu mir, okay? Was hältst du davon?
Elena ist ausgezogen ☺
Also???
Love you! Kisses and hugs
Dad

Das musste ich erst einmal verdauen. Diese Nachricht haute mich glatt um. Jeff wollte, dass ich in seine Penthauswohnung zog? Meinte er das ernst oder war das ein Scherz? Und Elena? Hatte sie ihm den Laufpass gegeben und deshalb bemitleidete Jeff sich zur Zeit selbst, weil er sich einsam fühlte? Eher nicht. Die Weiber liefen in Scharen hinter ihm her und deshalb klopfte die nächste bestimmt schon an seine Tür. Oder hatte er mit ihr Schluss gemacht, weil er Platz für mich schaffen wollte?

Ich konnte mir keinen Reim darauf machen. Schließlich tendierte ich zu Möglichkeit zwei. Vielleicht vermisste er mich wirklich und seine schroffe Ablehnung auf meine Bitte, bei ihm einziehen zu dürfen, tat ihm leid. Aber – und das verursachte mir erst recht Kopfschmerzen – wollte ich überhaupt noch zurück nach Berlin?

Je mehr ich über seine Mail nachdachte, desto wütender wurde ich. Hätte er mir das nicht früher sagen können? Warum jetzt, wo mir der geheimnisvolle Adil durch den Kopf spukte?

War Adil der einzige Grund? Vielleicht auch Frank oder Emma? Frank nervte zwar total, aber er erinnerte mich an Kevin, der mir immer das Gefühl gegeben hatte, etwas Besonderes zu sein, auch wenn Frank nichts von meinen Narben wusste. Aber es würde zu ihm passen, dass ihm das überhaupt nichts ausmachte. Und mit Emma, die mir von Anfang an mit ihrer Direktheit imponiert hatte, fühlte ich mich seit dem Nachmittag bei ihr erst recht verbunden. Es reichte, dass ich Dilara verloren hatte, jetzt nicht auch noch Emma.

Völlig durcheinander starrte ich aus dem Fenster auf den Walnussbaum, dessen Blätter sich langsam dunkel färbten. Wie immer wenn ich in Gedanken war, strich Nox schnurrend um meine Beine. Ich hob ihn hoch und vergrub meine Nase in seinem seidigen Fell.

»Und du? Mein schwarzer Racker? Willst du in der schicken Wohnung von Jeff leben? Raus kannst du dann nämlich nicht mehr. In Berlin zwischen Millionen Autos nach Mäusen jagen? Geht gar nicht! Was ist, wenn du nicht aufpasst und angefahren wirst?«

Mir wurde ganz schlecht bei dem Gedanken. Nox leckte mit seiner rauen Zunge über meine Finger. Dann hielt er inne und schüttelte sich. Es war wie ein nein, das kannst du mir nicht antun!

Ich seufzte. Warum jetzt? Warum nicht früher, als ich noch täglich WhatsApp-Messages mit Dilara hin- und hergeschickt hatte. Ewig hatte ich nichts mehr von ihr gehört.

Einige Minuten schwelgte ich im Selbstmitleid. Wenn ich in mich hineinhorchte war Dilara diejenige, die ich am meisten vermisste, und vielleicht wartete sie so auf ein Lebenszeichen von mir wie ich von ihr, denn schließlich hatte ich mich bei ihr auch nicht mehr gemeldet. Da war mir mein verletzter Stolz im Weg. Wie konnte man auch schon mit siebzehn ans Heiraten denken, mir gegenüber aber so tun, als sei nichts. Andererseits war die Vorstellung, sie vielleicht nie wieder zu sehen, unerträglich. Ich wägte alle Pros und Contras ab und fasste einen Entschluss: Wenn Dilara auf meinen Anruf zickig reagieren sollte, war es endgültig aus. Aber wenn sie mich ebenfalls vermisste, würde ich nach Berlin gehen. Ganz klar. Adil hin oder her.

Ich scrollte über meine Kontakte und drückte mit zwei schnellen Klicks auf die Nummer. Plötzlich starrte ich auf mein Handy. Scheiße! Dilara war unter Adil abgespeichert. Aus Versehen hatte ich seine Nummer gedrückt. Oh Mann! Sofort drückte ich auf den roten Hörer, aber es war zu spät. Er konnte sehen, dass ich seine Nummer gewählt hatte.

Es dauerte nur wenige Sekunden, bis er zurückrief.

»Hello! Das ging schnell. Brennt es irgendwo?«

Ich biss mir auf die Lippen. »Nein, nirgends. War ein Versehen. Sorry. Ich wollte dich gar nicht anrufen.«

Er antwortete nicht. Ich presste den Hörer fest an mein Ohr, aber von seiner Seite kam kein Laut über die Lippen.

»Also ... Da du schon dran bist«, stammelte ich unbeholfen, nur um etwas zu sagen, »der Termin mit meiner Mom hat geklappt. Es gab ein feierliches Essen, weil wir demnächst unser Restaurant eröffnen. Ich wohne in einem Hotel, weißt du?«

Meine Hand mit dem Handy begann zu schwitzen. Ich redete so dummes Zeug, dass ich am liebsten aufgelegt hätte, was noch peinlicher war.

»Da musst du bestimmt sehr viel helfen«, sagte er.

»Gar nicht, nur ab und zu.«

»An den Wochenenden?«

»Bis jetzt noch nicht«, erwiderte ich. »Vielleicht später einmal, wenn es meiner Mom zu viel wird. Diesen Samstagabend will ich sowieso ins Kino gehen.«

Was laberte ich denn da? Ich wusste nicht einmal, ob ein gescheiter Film lief.

Wieder antwortete Adil nicht. Ich hörte nur seinen Atem.

»Also, bis dann mal«, sagte er schließlich.

»Äh, bis dann ... Und entschuldige, dass ich versehentlich deine Nummer gedrückt habe.«

»Schon okay. Ich ... Also dann. Pass auf dich auf!«

Weg war er. Ich starrte auf das Display und wünschte mich in den Erdboden. Verkorkster konnte ein Gespräch nicht laufen. Bestimmt dachte er jetzt von mir, ich sei eine dumme, naive Pute.

Ich verschränkte die Arme hinter meinem Kopf und wartete darauf, dass mein Puls in seinen normalen Rhythmus zurückfand. Dilara mochte ich jetzt auch nicht mehr anrufen. Meine Gefühlsausbrüche Adil gegenüber waren alles andere als normal. Würde er mir wieder über den Weg laufen? Hoffte ich, ihn wiederzusehen? Also nicht nach Berlin?

Die Antwort auf Jeffs Mail musste warten.

31.

Am Samstagabend fand ich mich tatsächlich vor dem Kino wieder, auch wenn ich nicht wusste, was überhaupt lief.

»Hello Zoé, wie geht's?«, ertönte es plötzlich hinter mir.

Ich schnellte herum. »Adil? Was machst du hier?«

»Wahrscheinlich dasselbe wie du. Ins Kino gehen.«

»Das ist ja eine Überraschung. In welchen Film willst du denn?«

Er stellte sich neben mich und vertiefte sich in die Plakate. Ich versuchte, ruhig zu atmen.

»Kannst du was empfehlen?«, fragte er.

Ich nagte an meiner Unterlippe. Es lief rein gar nichts. In Kino 1 ein Liebesfilm, der bei der Vorstellung, Adil neben mir sitzen zu haben, von vornherein ausschied. In Kino 2 lief ein bescheuerter Animationsfilm, aber süß und unverfänglich.

»Keinohrhase und Zweiohrküken?«

»Warum nicht?«, erwiderte Adil zwinkernd und ging zur Kasse. Ich folgte ihm.

»Dieses Mal lade ich dich ein«, sagte ich und zückte mein Portemonnaie.

Adil schüttelte lächelnd den Kopf. »Kommt nicht in Frage. Auch wenn du emanzipiert bist.«

Das war natürlich eine Anspielung auf meine Bemerkung bei McDonalds. Orientalische Jungen bezahlten immer, egal wie viel oder wenig Geld sie in der Tasche hatten. Dilara hatte mir mal erzählt, dass ein deutscher Junge bei einer Türkin durchs Raster fiel, wenn er das Mädchen bezahlen ließ. Ich hatte das nie nachvollziehen können. Aber jetzt verstand ich Dilara. Es ging nicht nur um Emanzipation. Es hatte auch mit Respekt dem Mädchen gegenüber zu tun.

Adil drückte mir eine Tüte Popcorn und eine Cola in die Hände. »Gehen wir!«

»Hast du überhaupt etwas verstanden?«, fragte ich ihn nach der Vorstellung.

»Ich verstehe fast alles«, erwiderte Adil auf Deutsch.

»Hey!«

Er lächelte. »Bin ja schon fünf Monate hier.«

»Du sprichst beinahe perfekt«, antwortete ich überrascht. »Warum hast du mit mir nur Englisch geredet?«

Er zog seine schöne Stirn kraus und wiegte seinen Kopf hin und her. »Ich schimpfe besser auf Englisch und Arabisch, weil ich mich nicht konzentrieren muss. Auch in schweren Situationen spreche ich nicht gerne Deutsch.«

Ich bohrte nicht weiter, weil er wahrscheinlich auf die Begegnung mit Derek und die anschließende Prügelei anspielte, was unangenehm genug war. Trotzdem musste ich lachen.

»Es heißt schwierig und nicht schwer. Du redest zwar noch etwas gestelzt, aber richtig gut«, beeilte ich mich zu sagen. Außerdem hast du einen schönen Akzent.«

»Schön?«

»Ja. Ich mag es, wie du das R rollst.«

Er sah mich kritisch an, drängte aber dann zum Ausgang.

»Hast du Hunger?«, fragte er.

Wir waren bereits draußen, doch bevor ich antworten konnte, liefen Derek und Alina an uns vorbei. Derek zuckte zusammen, als er uns sah. Alina drehte demonstrativ ihren Kopf zur Seite.

Derek stutzte, als er Adil sah. Sein Blick glitt verwundert zwischen uns beiden hin und her, bis er an mir kleben blieb. Dann hatte er sich im Griff. Ein spöttisches Grinsen flog über sein Gesicht.

»Wen haben wir denn da? Du scheinst es mit der Auswahl deiner Freunde nicht sehr genau zu nehmen, Zoé. Ehrlich gesagt, enttäuschst du mich. Ich hätte anderes erwartet.«

»Ach ja? Richtig! Bei Nacht sind alle Katzen grau, oder wie war das?«, antwortete ich patzig. »Sonst hätte ich letztens auf der Kirmes wahrscheinlich bemerkt, dass ein Arsch versucht, sich an mich ranzumachen.«

Wenn ich wütend war, verlor ich leider immer meine Beherrschung, und dann war meine Zunge schneller als mein Gehirn. Alina starrte mich entgeistert an. Ich verfluchte mich. Derek ging nicht auf meine Bemerkung ein, aber ich sah, wie er vor Zorn rot anlief.

»I didn't understand«, sagte Adil.

Derek löste sich aus Alinas Umklammerung, machte einen Schritt auf Adil zu und baute sich bedrohlich vor ihm auf.

»Erklär deinem Beduinen, dass er sich dahin verpissen soll, wo er hergekommen ist. Jetzt schnappen diese scheiß Asis schon unsere Mädchen weg.«

Adil, der neben mir stand, wirkte gelassen, aber ich bemerkte, dass er sofort eine gespannte Körperhaltung annahm. Mit einem Arm schob er mich hinter sich.

»What did you say?«

»Fuck your mother, du Heuschreckenfresser!«

Bevor Adil reagieren konnte, packte ich seine Ellenbogen von hinten und zog ihn zurück. Nicht noch eine Schlägerei! Im selben Moment landete Derek einen Faustschlag mitten in Adils Gesicht. Adil taumelte, verlor das Gleichgewicht und fiel fast auf mich drauf. Schaulustige hatten sich um die Balgerei versammelt, einer rief: »Zeig es ihm, Derek!« Wie bitte? Wer hatte denn angefangen? Ich hörte Alinas Kreischen, während sie versuchte, Derek wegzuziehen. Und ich bemühte mich, Adil am Boden zu halten, was nicht gelang. Er schubste mich zur Seite. Doch bevor er sich aufgerappelt hatte und auf Derek losgehen konnte, sprang ich dazwischen.

»Hast du sie nicht mehr alle?«, schrie ich Derek an.

»Jetzt sind wir quitt!«, presste Derek wütend, immer noch mit geballten Fäusten, hervor. Ich erschrak über so viel Hass in seinem Gesichtsausdruck. Das konnte doch nicht sein! Nur wegen der bescheuerten Prügelei auf der Kirmes? Alina hörte nicht auf, auf ihn einzureden. Schließlich gab Derek nach.

Ich drehte mich zu Adil um und erschrak abermals. Nicht, weil seine Nase blutete, sondern weil er mich wutschäumend ansah. Seine Wut war so greifbar, dass sie mir eine Kältewelle durch den Körper spülte.

Er ließ mich stehen und lief davon. Ich rannte hinterher, brüllte seinen Namen, doch er reagierte nicht. Adil war schnell, aber ich verlor ihn nicht aus den Augen, auch wenn ich am Ende nur noch seinen schwarzen Haarschopf in der Ferne ausmachen konnte. Als er zum Rhein abbog, verlangsamte ich mein Tempo. Außer Atem schnappte ich nach Luft.

An der Promenade holte ich ihn trotzdem ein. Mit verschränkten Armen stand er am Ufer und starrte auf das Wasser. Ich tippte auf seine Schulter.

»Adil?«

Er fuhr herum. Statt Wut erkannte ich tiefe Verzweiflung. Und noch etwas sah ich. Er zitterte am ganzen Körper.

»Tu das nie wieder!«, presste er hervor. »Wenn ich kämpfen will, dann kämpfe ich, und niemand hält mich davon ab.«

»Aber ich wollte doch nur …«

»Niemand!«, schrie er. Er packte meine Schultern und schüttelte mich. »Und wenn ich den anderen tot schlage. Du hältst dich da raus!«

»Ja, ja. Ist gut. Beruhige dich!«

Ich war fassungslos, konnte nicht begreifen, was Dereks Faustschlag in ihm ausgelöst hatte. Bestimmt tat es weh, aber so schlimm konnte es wiederum auch nicht sein, denn seine Nase hatte aufgehört zu bluten.

Er ließ von mir ab und begrub sein Gesicht in den Händen. Einen Moment befürchtete ich, er würde anfangen zu heulen.

»Adil!«

Ich berührte seinen Arm, doch er stieß mich so heftig weg, dass ich stolperte und gegen eine Laterne prallte. Er zögerte. Ich rappelte mich auf. Dann lief er weg, die Promenade entlang, immer geradeaus. Unsicher, ob ich ihm folgen sollte oder nicht, verharrte ich am Laternenmast. Als er sich weit entfernt auf eine Bank setzte, ging ich ihm langsam hinterher.

»Darf ich?«, fragte ich vorsichtig, als ich die Bank erreicht hatte.

Ich bekam keine Antwort. Er hatte seinen Kopf in die Hände gestützt und starrte auf den Boden. Ich setzte mich neben ihn.

»Es tut mir leid, Adil«, sagte ich. »Ich wollte doch nur, dass ihr nicht wieder aneinander geratet. Wenn ich gewusst hätte, wie weit Derek geht, hätte ich mich nicht eingemischt.«

Die Laternen an der Promenade leuchteten auf, es begann zu dämmern. Ich knüpfte meine Jacke zu und verschränkte die Arme über der Brust. Mir war kalt.

»Der hat es doch nur darauf angelegt, weil seine Alina dabei war«, redete ich weiter. »Für ihn war das so eine Art Revanche, weil er nicht auf sich sitzen lassen konnte, dass er dir beim letzten Mal unterlegen war. Jetzt seid ihr quitt. Das hat Derek ja auch selbst gesagt.«

Adil antwortete nicht und ich plapperte weiter. Dummes Zeug über Rivalität, Eifersucht, Stolz, gekränkte Eitelkeit und Macho-Gehabe. Er ließ mich reden und starrte weiterhin Löcher in den Boden. Irgendwann fiel mir nichts mehr ein, und so saßen wir eine ganze Weile stumm nebeneinander. Plötzlich begann Adil zu reden. Er sprach Englisch, seine Stimme war so leise, dass ich mich zu ihm beugen musste, um ihn zu verstehen.

»Es war ein Dienstag, fünf Uhr nachmittags, als ich zu meinem Koranlehrer ging. Zweimal in der Woche ging ich zu ihm, immer dienstags und freitags. Ich klingelte an seiner Tür, aber er öffnete nicht. Mein Lehrer ging nie aus dem Haus, wenn er Schüler erwartete. Er war zuverlässig, aber das Leben in Damaskus war gefährlich geworden und ich machte mir Sorgen. Ich klingelte noch einmal, hämmerte gegen die Tür, rief seinen Namen. Endlich öffnete er, befahl mir, sofort nach Hause zu gehen, die Militärpolizei könne jeden Moment da sein, sie würden ihn einziehen, als Kanonenfutter in den vordersten Reihen, ich solle mich in Sicherheit bringen. Rahim wollte die Tür zuschlagen, aber ich stellte meinen Fuß dazwischen und verschaffte mir Zutritt. Ich wollte ihn einfach nicht alleine lassen. In seinem Wohnzimmer war alles durcheinander. Hektisch riss er ein Buch nach dem anderen aus dem Regal, blätterte durch die Seiten, schmiss sie auf den Boden. Meine Dokumente!, flüsterte er wieder und wieder. Verdammt! Wo habe ich sie bloß hingetan? Mach, dass du wegkommst, Adil! Hau ab! Ich verstand nichts, sagte nur, die Dokumente seien egal, Hauptsache, sie kriegten ihn nicht. Aber er ... Er hörte nicht, suchte weiter, und ich stand einfach da. Endlich fand er sie. Und dann klingelte es. Los, unters Bett!, befahl er. Kaum lag ich drunter, traten sie die Haustür ein. Sie waren zu viert, befahlen ihm, mitzukommen, doch Rahim weigerte sich. Da packten sie ihn, schleppten ihn zur Tür. Ich schrie von meinem Versteck aus Lasst ihn los! Einer zog mich unter dem Bett hervor, ein zweiter hielt meine Arme hinter dem Rücken fest und der erste schlug mir mit der Faust in den Magen, zweimal, dreimal, viermal. Sie stießen mich gegen die Wand, ich krümmte mich vor Schmerzen, bekam noch mit, wie mein Lehrer sich wehrte. Rahim war jung, erst 28, und stark. Und dann fiel ein Schuss und ...«

Adils Stimme brach. Er bedeckte sein Gesicht mit beiden Händen. Fassungslos schaute ich auf seinen zitternden Körper. Er schluchzte. Ich kämpfte mit den Tränen. Was sollte ich sagen? Behutsam strich ich über seinen Rücken.

»Ich fand ihn vor der Haustür. Sie hatten ihm eine Kugel durch den Kopf gejagt. Ich konnte nichts mehr tun.«

Es dauerte einige Minuten, bis Adil sich wieder im Griff hatte. Wir sprachen nicht. Jedes Wort, das ich mir zurechtlegte, wirkte unpassend. Also sagte ich nichts, sondern streichelte einfach weiter über seinen Rücken, bis das Zittern aufhörte. Als wir uns schließlich aufmachten, um zurück zum Kino zu laufen, hakte ich mich wie selbstverständlich bei ihm ein. Er ließ es geschehen, drückte sogar meinen Arm leicht an seinen Körper.

Als wir das Kino erreichten, lächelte er mich entschuldigend an.

»Vergiss meinen Gefühlsausbruch, okay? Ich rufe dich in den nächsten Tagen an.«

Ich schloss meine Vespa auf. »Wie kommst du nach Hause?«

»Mit dem Bus. So, wie ich hergekommen bin.«

Ich schüttelte den Kopf. »Ich glaube nicht, dass jetzt noch Busse fahren. Komm! Setz dich hinten drauf, ich bringe dich zurück.«

Er schien unschlüssig. »Ich fahre, okay?«

Ich nickte nur, überrascht über mich selbst, weil ich ihn unter normalen Umständen nie hätte fahren lassen, von wegen Frau am Steuer und Gleichberechtigung. Aber mich hinter ihn zu setzen bedeutete auch, dass ich mich irgendwo festhalten musste.

Sachte berührte ich seine Hüfte, als wir losfuhren, verstärkte jedoch schnell den Druck, als wir einige Meter hinter uns gelassen hatten. Auf halber Strecke wurde ich mutiger. Ich schlang meine Arme um seinen Bauch, legte meinen Kopf auf seinen Rücken und schmiegte mich an ihn. Zwanzig Minuten später hielten wir vor Erikas Hof.

»Willst du noch mit reinkommen?«, fragte Adil. »Erika ist zu Hause.«

Er wirkte erschöpft, seine Einladung deshalb eher höflicher Natur. Ich wollte ablehnen, doch in dem Moment öffnete sich die Haustür. Erika und ... Charlie!

»Zoé!«, rief Charlie, als sie mich erkannte. »Was machst du hier?«

»Ich habe Adil nach Hause gebracht. Wir waren im Kino und ab neun Uhr fahren in diesem Kaff keine Busse mehr.«

»Adil?«

Die beiden Frauen kamen näher. »Du bist Adil aus Syrien?«, fragte Charlie auf Englisch und reichte ihm die Hand. »Hi, ich bin Charlotte, Zoés Mutter.«

»Hello, nice to meet you«, erwiderte Adil etwas steif und lächelte. Anstatt das Gespräch fortzuführen, betrachtete Charlie ihn, für meinen Geschmack einen Tick zu lange.

»Du kannst ruhig Deutsch mit ihm sprechen, Charlie. Adil spricht es schon sehr gut«, ergriff Erika das Wort. Sie lachte und drückte anerkennend Adils Schultern. »Obwohl er erst seit einem halben Jahr hier ist.«

»Herzlichen Glückwunsch«, sagte Charlie. »Wie hast du denn so schnell Deutsch gelernt?«

Adil errötete. »Am Anfang habe ich die Hauptschule besucht. Dort war ich zwei Monate und ich habe dort viel Deutsch gelernt. Ich habe gute Lehrer. Jetzt bin ich auf einer Gesamtschule im Nachbarort. Ich bin jetzt auf gymnasialem Niveau. Nächstes Jahr gehe ich in die Oberstufe. Aber meine beste Lehrerin ist Erika. Wir lernen jeden Tag.«

Ich grinste, weil ich mich freute, dass er die Feuerprobe offenbar bestanden hatte. Und ich war stolz, weil ich in Berlin niemanden kannte, der wie Adil in nur einem halben Jahr Deutsch so gut gelernt hatte.

»Charlie wollte sich zwar gerade verabschieden«, sagte Erika. »Aber vielleicht wollt ihr doch noch auf eine Tasse Tee hereinkommen?«

»Danke, Erika, wir müssen nach Hause«, antwortete Charlie. »Demnächst werden wir genügend Gelegenheiten haben, Erinnerungen auszutauschen, das Gemüse kaufe ich nur noch bei dir. Ich freue mich.«

Wir verabschiedeten uns. Ich stieg auf meinen Roller. Charlie öffnete die Autotür.

»Bis gleich, Zoé. Komm bitte in meine Wohnung, bevor du in dein Zimmer gehst«, rief sie mir zu. »Ich möchte noch kurz mit dir reden.«

32.

Charlie saß in ihrem kleinen Wohnzimmer, das sie mit ein paar ausgesuchten Möbeln sehr geschmackvoll eingerichtet hatte. Sie hatte Tee gekocht und einen Teller mit belegten Broten auf den Tisch gestellt. Auf dem Weg nach Hause hatte ich bereits darüber nachgedacht, was Charlie mit mir besprechen wollte. Normalerweise redeten wir, wenn uns danach war. Eine vorherige Ankündigung versprach nichts Gutes. Zu deutlich erinnerte ich mich an die Vorankündigung des letzten Gespräches, in dem es um den Umzug nach Flees gegangen war.

Doch als ich sie lieb lächelnd auf der Couch sitzen sah, wischte ich mein komisches Bauchgefühl beiseite.

»Komm«, forderte Charlie mich auf, »setz dich zu mir. Wir haben ja kaum noch Zeit füreinander. Ich bin den ganzen Tag mit dem Hotel beschäftigt und wenn ich in meiner Wohnung bin, bist du in der Schule oder verkriechst dich in deinem Zimmer.«

»Stimmt wohl«, seufzte ich, »aber die Wohnung wäre sowieso zu klein für uns beide. Du siehst mich doch zum Frühstück und zum Abendessen. Meistens jedenfalls.«

Ich kuschelte mich neben sie und sog ihren blumigen Parfümduft ein.

»Hast du dich gut eingelebt?«, fragte Charlie und strich über meine Haare. »Hast du Freunde gefunden? Erzähl mal!«

»Es ist okay, nicht ganz so schlimm, wie ich gedacht hatte«, erwiderte ich. »Und Freunde, ja, die habe ich auch gefunden.«

»Diese Alina, die dir neulich die Hausaufgaben gebracht hat? Mit der hast du wohl weniger zu tun? Ich habe sie nicht mehr hier gesehen.«

»Stimmt. Wir verstehen uns nicht besonders, aber da gibt es Emma und Frank, mit denen ich einige Kurse zusammen habe. Wir hängen öfter zusammen ab und gehen hin und wieder zu McDonald's. Die Cafeteria kannst du nämlich vergessen. Außer Nudeln gibt es nur Nudeln.«

Charlie lachte. »Nudeln in allen Variationen? Na, bei McDonald's hast du doch außer Pommes auch keine Auswahl. Hamburger isst du ja nicht. Willst du dir dein Essen nicht mitnehmen? Vielleicht können sie das in der Cafeteria für dich in der Mikrowelle aufwärmen. Ich koche gern etwas für dich oder du nimmst das Essen vom Abend zuvor mit.«

»Lass mal, Mom «, antwortete ich. »Es reicht, wenn ich abends gesund esse. Extrawürste brauche ich nicht. Kein Problem. Wie war denn eigentlich dein Premierenessen am Sonntag?«

Charlie lächelte. »Alles hat prima geklappt, obwohl es sehr stressig war. Ich bin mir nicht sicher, ob ich den Anforderungen auf Dauer gewachsen bin. Schauen wir mal. Es wäre schon eine große Hilfe, wenn du beim nächsten Mal aushelfen könntest. Was meinst du?«

»Klaro, kein Problem. Ist es das, was du mit mir besprechen wolltest?« Ich griff nach einem Brot mit Käse und sah sie erwartungsvoll an.

Charlie schüttelte den Kopf. »Ja und nein. Ob du uns bei der nächsten größeren Veranstaltung helfen kannst, wollte ich dich schon fragen. Aber ...« Sie stockte.

»Ja?«

Charlie drehte sich zu mir. »Dieser Junge, Adil, magst du ihn?«

Daher wehte also der Wind!

»Wieso fragst du? Ich kenne ihn kaum, weiß gerade einmal, dass er ein Flüchtling ist und bei Erika lebt. Wahrscheinlich weißt du mehr über ihn als ich, du hast dich doch mit Erika unterhalten.«

»Er ist ein hübscher, intelligenter Junge.«

»Na, und?«

»Ich denke, er ist wahrscheinlich der Typ, in den man sich als Mädchen verlieben könnte, nicht wahr?«

Ich antwortete nicht sofort, sondern kaute mein Brot und dachte darüber nach, dass Charlie den Nagel auf den Kopf getroffen hatte.

»Weiß nicht. Vielleicht.«

Charlie nahm meine Hand und tätschelte sie.

»Habe ich dir eigentlich schon einmal von früher erzählt?«, fragte sie plötzlich.

Beinahe erschrocken zog ich meine Hand zurück, setzte mich quer zur Couch und sah sie an. War jetzt der Augenblick gekommen, in dem Charlie mir von ihrer wilden Jugend erzählte?

»Nein, hast du nicht.«

Sie strich mir eine Locke aus der Stirn und seufzte. Ein dunkler Schatten legte sich auf ihr schönes Gesicht.

»Ich war damals zwanzig«, begann sie. »Damals hatte ich meine Ausbildung zur Floristin abgeschlossen und weil ich vor meinem Arbeitsantritt unbedingt noch einmal Urlaub machen wollte, flog ich nach Tunesien. Dort lernte ich Nizar kennen. Er war Arabischlehrer an einer Sprachschule, sprach aber fließend Französisch wie viele gebildete Tunesier. Um es kurz zu machen, ich verliebte mich in ihn.«

»Wow!«

Charlie zuckte mit den Schultern. »Er liebte mich auch, oder zumindest glaubte ich das. Warum auch nicht? Ich war jung und hübsch. Ich verfiel seinem Charme und den schönen Worten, er könne sich den Himmel ohne Sterne vorstellen, das Meer ohne Wasser, doch nicht ein Leben ohne mich. Ich liebte ihn so sehr, dass ich meinen Urlaub verlängerte und dafür sogar meine Arbeitsstelle in Deutschland kündigte.«

»Krass! Da muss es aber heftig zwischen euch geknallt haben.«

»Hat es. In dieser Zeit zog ich zu ihm und seiner Familie, die mich sehr herzlich aufnahm. Damals wusste ich nicht, dass in Tunesien traditionell Beziehungen beginnen, indem eine Frau einem Mann von der Familie oder Freunden empfohlen wird. Erst wenn der Mann zum Vater der Frau gegangen ist und die Heiratsverhandlungen beginnen, erfolgt die Verlobung. Danach kann sich das Paar treffen, allerdings unter der Aufsicht eines Familienmitgliedes, bis es schließlich heiratet.«

»Dann habt ihr in wilder Ehe zusammen gelebt?«

»Ja. Für mich war das normal. Welche Frau heiratet schon einen Mann, bevor sie nicht mit ihm zusammen gezogen ist und ihn richtig kennen gelernt hat? Aber in muslimischen Ländern ist das nicht möglich. Es widerspricht der Tradition, einfach in das Haus des Mannes zu ziehen, ohne verheiratet zu sein. Aus Sicht der Familie handelt es sich deshalb um eine in höchstem Maße unehrenhafte Beziehung. Aber das wusste ich damals nicht.«

»Du sagtest doch, die Familie hat dich herzlich aufgenommen?«

»Das tat sie. Ich brachte mich auch ein, wo ich konnte, half Nizars Mutter beim Einkaufen, Putzen und Kochen. Aber ich merkte erst später, dass sie die Beziehung zwischen mir und Nizar als Bezness betrachtete. Bezness ist aus dem Englischen Business abgeleitet und bezieht sich auf das Vorspielen von Liebesgefühlen mit dem Ziel, finanzielle oder sachliche Zuwendungen zu bekommen oder einen Aufenthalt in Europa zu erlangen, und ich hatte dummerweise davon erzählt, dass mir ein Erbe bevorstand. Du weißt schon, mein Anteil am Hotel. Nizar hätte studieren können, weil er ein Stipendium bekommen hatte, aber die Familie selbst besaß nicht viel. Und so belauschte ich eines Tages ungewollt ein Gespräch, in dem die Familie Nizar sagte, sie hätte meinen Einzug toleriert, weil sie davon ausgegangen sei, er habe sich wegen Bezness mit mir eingelassen.«

»Oweia! Die sprechen doch Arabisch in Tunesien, oder nicht? Hast du etwa Arabisch gelernt?«, unterbrach ich Charlie.

»Nein, außer shukran, was danke bedeutet und bahe back, ich liebe dich, wusste ich kein Wort. Aber sie sprachen hin und wieder Französisch, und das beherrsche ich, wie du weißt, ziemlich gut.«

»Und dann?«, fragte ich und trank einen Schluck Tee. Mein Hals war vor Anspannung ganz trocken.

»Ich maß dem Gespräch keine Bedeutung bei, weil Nizar seiner Familie erklärte, dass er mich wirklich liebe und alles andere unwichtig sei. Wir erlebten sehr romantische Wochen, gingen stundenlang Hand in Hand am Strand spazieren, redeten über Gott und die Welt und machten Pläne für die Zukunft. Am letzten Abend vor meiner endgültigen Abreise machte er mir einen Heiratsantrag.«

Ich dachte darüber nach, was Charlie mir vorher erzählt hatte und fragte: »Ohne bei Großpapa um deine Hand anzuhalten?«

»Wie hätte er das tun sollen?«, fragte Charlie. »Großpapa war weit weg in Deutschland und ich war im Begriff, Tunesien zu verlassen. Nizar wollte mein Wort, mein Versprechen, dass ich zu ihm gehörte, alles andere würde sich später ergeben, und so sagte ich natürlich ja.«

»Aber ihr habt nicht geheiratet, oder doch? Hast du nicht gedacht, er will dich nur heiraten, weil sich seine Familie einen finanziellen Vorteil erhoffte?«

Charlie schüttelte den Kopf. »Wir liebten uns und seine Gefühle mir gegenüber schienen echt zu sein. Man kann einem anderen Menschen natürlich Gefühle vorgaukeln, aber es gibt Situationen, in denen jeder Mensch sein wahres Gesicht zeigt. Deshalb war ich mir sicher, dass er es ernst meint. Zumindest anfangs dachte ich so. Als ich wieder in Deutschland war und die Dokumente für unsere Heirat beantragte, erkrankte Nizars Mutter plötzlich an Krebs. Er schrieb mir, dass er die Kosten für die Chemotherapie nicht aufbringen könne. Ich schickte ihm das Geld, denn dein Onkel Viktor hatte mir meinen Anteil überwiesen. Nizar entschuldigte sich tausendmal dafür, mich um Geld bitten zu müssen, aber ich sei seine einzige Rettung.«

Hier stoppte Charlie in ihrer Erzählung. Ihre Stirn umwölkte sich. Nach einigen Minuten, in denen ich meinen Gedanken nachhing, sagte ich:

»Das war gelogen, stimmt's? Seine Mutter war gar nicht krank.«

Charlies Blick verlor sich ins Leere. »Ich weiß es nicht. Zwei weitere Male schickte ich ihm Geld, weil er darum bat. Dann brach die Verbindung ab. Ich hörte nichts mehr von ihm, keine Anrufe, keine Briefe, nichts.«

»Und das Geld war auch futsch«, flüsterte ich. »Wie viel war es denn?«

»In Tunesien zahlt man in Dinar und damals gab es bei uns noch die Deutsche Mark. Umgerechnet auf heute waren es ungefähr fünfzehntausend Euro.«

Ich glaubte, meinen Ohren nicht zu trauen.

»Fünfzehntausend Euro? Wahnsinn! Da musst du echt verknallt gewesen sein! Wie konntest du ihm nur so viel Geld schicken, ohne sicher zu sein, dass seine Story mit der kranken Mutter überhaupt stimmt? Und ihr wart nicht einmal verheiratet!«

»Das frage ich mich heute auch. Aber Liebe macht bekanntlich blind. Einige Monate später, nachdem ich nichts mehr von Nizar gehört hatte, lernte ich deinen Vater kennen.«

»Als er noch in verqualmten Kneipen sang und kein Geld verdiente, stimmt's?«

Charlie nickte, schien plötzlich in Gedanken weit weg.

»Übrigens musst du wissen«, sagte sie plötzlich, »dass ich Jeff auch geliebt habe. Denke bitte nicht, er sei eine Art Lückenbüßer gewesen.«

»Nein, schon klar, kein Problem.«

Ich starrte auf das Teelicht unter der Kanne, das etwas flackerte, obwohl kein Fenster geöffnet war und es nicht zog. Wahrscheinlich hatte Charlie diesen Nizar zumindest ein kleines bisschen mehr geliebt als Jeff. Konnte man sich überhaupt so kurz hintereinander verlieben? Oder sogar zwei Männer gleichzeitig lieben? So ganz glaubte ich ihren Beteuerungen nicht.

Charlie schreckte mich aus meinen Gedanken auf.

»Ich habe dir nie von Nizar erzählt, weil es sich nicht ergeben hat und auch nicht wichtig war. Aber als ich dich heute mit dem Flüchtlingsjungen zusammen sah, habe ich erkannt, dass die Zeit reif dafür ist. Wie gesagt, er ist ohne Zweifel sehr attraktiv. Aber bevor du dich da in irgendetwas hineinstürzt, solltest du wissen, dass eine Beziehung zu einem Muslim mit vielen Problemen verbunden ist. Bitte triff dich nicht mehr mit ihm.«

Ich sah Charlie entgeistert an.

»Sorry, mag ja sein, dass du schlechte Erfahrungen gemacht hast, aber erstens habe ich keine Beziehung zu Adil, und zweitens war ich in Berlin schon immer mit Muslimen befreundet, und du hattest nie etwas dagegen. Mach dir einfach keine Sorgen, okay?«

Ich war vollkommen irritiert. Ausgerechnet Charlie, meine weltoffene Mutter, machte mir Vorhaltungen, mit wem ich auszugehen hatte und mit wem nicht. »Ich glaube dir, dass du noch nichts mit diesem Jungen angefangen hast«, hielt Charlie mich zurück. »Und die Betonung liegt auf noch. Verstehst du nicht? Ich mache mir Sorgen, oder besser, ich würde mir Sorgen machen, wenn du etwas mit ihm anfangen würdest. Gefühle lassen sich steuern. Und wenn du mit ihm bislang nur im Kino gewesen bist, ist es okay. Aber das sollte reichen. Ich weiß, dass du in einem Alter bist, in dem du dir einen Freund wünschst. Aber es gibt gewiss genügend andere junge Männer aus Flees, mit denen du dich anfreunden kannst.«

Bei Charlie hakte es völlig aus. Ich konnte kaum fassen, was für einen Unsinn sie redete.

»Du meinst, er ist auf Geld aus, was ich nicht habe?«

»Ich rede nicht von Geld. Aber er stammt aus einem fremden Kulturkreis, Zoé. Beziehungen zwischen Christinnen und Muslimen enden meistens in einer großen Enttäuschung, weil die Erwartungen unterschiedlich sind. Und dann ist er auch noch Palästinenser.«

Ich erinnerte mich, das Wort von Adil gehört zu haben. »Ist es schlecht, Palästinenser zu sein?«, wollte ich wissen.

»Es ist problematisch«, erwiderte sie. »Die Palästinenser wurden nach dem zweiten Weltkrieg aus Palästina, dem heutigen Israel, vertrieben. Sie flohen in die angrenzenden Staaten, wo sie mehr schlecht als recht geduldet sind. Seit Jahrzehnten kämpfen sie für einen eigenen Staat, auch mit militanten Mitteln. Zu recht oder nicht, das sei mal dahingestellt. Ich will dir nur ersparen, dass du eventuell so leiden wirst, wie ich damals.«

Ich schüttelte heftig den Kopf. »Adil ist bestimmt nicht militant. Abgesehen davon will sowieso niemand mit mir gehen. Mag er Christ oder Muslim oder Buddhist oder was weiß ich sein. Selbst der beknackteste Typ aus Flees würde mich nicht zur Freundin haben wollen. Jeder würde sich ekeln, sobald er meine Narben sieht. Also, was soll's? Das bisschen Spaß, wenn ich mal mit Adil ins Kino gehe, kannst du mir ruhig gönnen. Und überhaupt: Hast du mit Jeff vielleicht bessere Erfahrungen gemacht?«

»Lass deinen Vater aus dem Spiel«, seufzte Charlie. »Das kann man nicht vergleichen.«

»Und wieso nicht? Er ist doch Christ und kein Muslim. Und trotzdem hat er dich betrogen. Zwar nicht um Geld, dafür mit anderen Frauen, was ich viel schlimmer finde. Sowas geht an das Selbstwertgefühl. An die Seele.«

Ich hielt inne, als ich Charlies verletzten Gesichtsausdruck bemerkte.

»Entschuldigung, ich wollte das eigentlich nicht sagen«, versuchte ich zu beschwichtigen. »Ehrlich nicht. Aber es ist doch so.«

Plötzlich füllten sich Charlies Augen mit Tränen. Fassungslos starrte ich sie an.

»Du liebst ihn immer noch? Nach all den Jahren?«

Charlie schüttelte heftig den Kopf.

»Nein, Zoé, ganz bestimmt nicht. Meine Liebe hörte auf, als ich erkannte, dass er sich im Grunde nie für mich interessiert hat. Ich war gut, solange ich ihn beklatschte. Jeff braucht stetige Bewunderung von außen, um sein Selbstbewusstsein in Takt zu halten, und eine Ehe ist nun einmal irgendwann Alltag. Er wird sich immer wieder neue Frauen suchen, die ihn anhimmeln. Und mich hat er dann für seine außerehelichen Affären sogar verantwortlich gemacht. Schuld sind immer die anderen, also in dem Fall ich. Und wer schuldig ist, hat nicht einmal Mitgefühl verdient.«

Sie wischte sich mit der Handfläche über die Augen und lächelte matt.

»Entschuldige, Schatz. Jetzt mute ich dir auch noch meine Gefühlsausbrüche zu. Wahrscheinlich bin ich einsam und ein wenig überarbeitet.«

Sie tätschelte mein Knie und mir wurde zum ersten Mal bewusst, dass ich nach Jeff nie einen Mann an Charlies Seite gesehen hatte. Dabei war sie so hübsch, noch gar nicht alt! Hatte sie denn kein Bedürfnis nach Liebe, oder war ihr in all den Jahren nie jemand begegnet, der sie interessierte?

»Ich wollte dir einfach sagen«, hatte Charlie sich wieder im Griff, »dass Erika mir Einiges über den Jungen erzählt hat. Er ist gefährlich! Es ist besser, du lässt die Finger von ihm!«

33.

Zu meiner Überraschung steckte ich aber emotional bereits zu tief drin, um die Finger von Adil zu lassen. Charlies Äußerung, er sei gefährlich, nahm ich außerdem nicht ernst. Mir ging durch den Kopf, was Adil mir über sein Erlebnis mit dem Koranlehrer erzählt hatte. Vielleicht war er traumatisiert. Aber gefährlich? Niemals! Er hatte sein Leben für Rahim riskiert. Mich hatte die Geschichte tief beeindruckt.

Die nächste Bombe platzte am Freitag darauf in der Schule. Neue Flüchtlinge waren im Anmarsch. Verkünder dieser Neuigkeit war Derek, der sie aus erster Quelle weiter erzählte.

»Meine Mutter kriegt die Krise, weil mein Alter nicht in der Lage ist, Tacheles zu reden. Jetzt kommen nochmal fünfundzwanzig Jugendliche. Ich scheiß auf alle Kanaken!«

»Dein Vater kann nichts dafür«, sagte ich. »Oder redet ihr nicht miteinander? Es gibt einen Schlüssel, nach dem die Flüchtlinge auf die Städte verteilt werden.«

Derek schnellte zu mir herum. Seine Augen verengten sich. »Du sei mal ganz ruhig, Zoé. Du bist die Allerschlimmste. Machst noch selbst mit einem Kanaken rum. Nein, danke.«

Er würgte Schleim aus seiner Kehle und spuckte ihn auf den Schulhof. Heiße Wut stieg in mir auf.

»Du Arschloch!«, schrie ich. »Was glaubst du, wer du bist?«

Emma zog mich zurück, weil ich drauf und dran war, gewalttätig zu werden.

»Du laberst einen solchen Mist, Derek, dass einem schlecht wird. Warum gehst du mit deinen Stammtischparolen nicht direkt zum *Goldenen Hirschen*? Da gibt es genügend Gehirnamputierte, die dir wahrscheinlich auch noch zuhören.«

»Super Emma, du bist wieder bestens informiert. Tatsächlich ist der *Goldene Hirsch* unser neues Stammlokal, in dem wir uns mit Gleichgesinnten aus den Nachbardörfern treffen. Bist herzlich eingeladen. Am siebten November starten wir übrigens unsere erste Demo, um die Nomaden ein bisschen aufzumischen.«

Er pfiff verächtlich durch die Zähne und gesellte sich zu seiner Clique. Emma und ich blieben ratlos zurück.

»Dagegen müssen wir was unternehmen«, sagte Emma. »Wenn die am Pavillon vorbeimarschieren, bekommen die Familien, vor allem die Kinder, eine Heidenangst.«

»Du hast recht, aber was können wir tun?«

»Dein Onkel sollte sich an den Bürgermeister hängen«, schlug Emma vor. »Wenn nicht Dereks Vater, wer sollte sonst etwas dagegen tun können?«

Viktor musste da sein, denn sein Auto stand vor der Tür, aber er war weder in seinem privaten Bereich noch in Charlies Wohnung. Endlich fand ich ihn im Bad eines Hotelzimmers.

»Wenn du deine Mutter siehst, sag ihr bitte, sie soll im Baumarkt eine neue Halterung mit 25 mm Durchmesser für die Dusche kaufen. Sie ist abgebrochen. Ich habe keine Zeit, muss sofort zum Bürgermeister.«

»Das trifft sich gut, Onkel Viktor. Kannst du ihn bei der Gelegenheit fragen, ob er etwas gegen die Demo gegen Flüchtlinge unternehmen kann? Sie soll am siebten November stattfinden. Sein beknackter Sohn hat sowas in der Richtung erwähnt.«

Viktor ließ von der Dusche ab und drehte sich zu mir um. Allein das Wort Flüchtling reichte aus, um ihn auf hundertachtzig zu bringen.

»Ich wünschte, Reiners Frau Margarete wäre Bürgermeisterin«, schnaubte er. »Die hat wenigstens Mumm in den Knochen.

Demo? Ich hoffe, es finden Hunderte von Demos statt. Vielleicht passiert dann endlich mal was.«

Er trat einen Schritt auf mich zu, so dass der Abstand zwischen uns bedrohlich klein wurde. Ich wich zurück.

»Weißt du überhaupt, was die Asylanten in der Kurklinik angerichtet haben? Die letzte Reisegruppe hat durchblicken lassen, dass es mit der Idylle bei uns nicht mehr weit her ist. Über Booking.com kam die Bemerkung mit dem entsprechenden Punktabzug, der Marktplatz habe sich leider zu einem islamischen Treffpunkt entwickelt. Und jetzt kommt Reiner auf die glorreiche Idee, mir diese jugendlichen Flüchtlinge ins Hotel setzen zu wollen. Aber, das kann ich dir sagen: Entweder kommt ihn das teuer zu stehen oder nur über meine Leiche.«

34.

Am nächsten Morgen schlief ich aus. Mein Magen knurrte, denn ich hatte den Abend davor nichts gegessen.

Im Restaurant war das Frühstückspersonal mit dem Abdecken der Tische beschäftigt. Ich nahm mir eine Schale Müsli und setzte mich neben das Radio, das den ganzen Tag in gedämpfter Lautstärke lief. Mit meinen Gedanken war ich weit weg in Berlin. Ich stellte mir vor, wie es sein würde, meine alten Freunde wieder zu treffen. Wie sie mir um den Hals fielen und mir versicherten, wie schrecklich mich alle vermisst hatten. Und dann spielten sie plötzlich Jeffs Uralt-Hit *Lass uns Hand in Hand spazieren geh'n.*

Charlie kam ins Restaurant und in einer Reflexbewegung drehte ich das Radio noch leiser. Doch da außer mir niemand mehr frühstückte, besann ich mich und drehte es wieder laut. Ich sah, wie Charlie zusammen zuckte, sich im nächsten Moment im Griff hatte und mir ein fröhliches »Guten Morgen Schatz« und »Machst du das Radio bitte etwas leiser!« zurief. »Ich muss mit dem Koch die Besorgungen für morgen besprechen.«

»Klaro, kein Problem«, erwiderte ich, wartete aber, bis die Schnulze vorbei war. Dann brachte ich meine leere Müslischale in die Küche.

»Du hast doch nichts dagegen, wenn ich in der zweiten Ferienwoche zu Jeff fahre?«

»Überhaupt nicht, Zoé. Finde ich gut. Könntest du für mich schnell zu Erika fahren? Oder, nein, ich fahre am besten selbst.«

»Was brauchst du?«

Sie schaute mich unentschlossen an. »2 Köpfe Eisbergsalat, 2 Gurken, 2 Pfund Tomaten und 1 Bündel Petersilie. Aber beeil dich! Du weißt ja, Mittagessen ist von zwölf bis vierzehn Uhr.«

Ich nahm das Geld, das sie mir in die Hand drückte, rannte nach oben in mein Zimmer und wechselte meinen Rolli gegen einen Pullover, der mir besonders gut stand. Vorsichtshalber schmierte ich mir etwas Make-up ins Gesicht, weil meine Wangen gerötet waren und ich mich blass besser fand. Dann schnappte ich mir meine Jacke und lief leichtfüßig nach unten.

»Wie gesagt, beeil dich!«, rief Charlie mir hinterher.

Meine Trübsal war verflogen und auf einmal war ich richtig happy, dass Jeff in der ersten Woche keine Zeit für mich hatte. Als ich den Biohof erreichte, fand ich Erika mit Kunden in ihrem kleinen Laden, in dem sie ihr Gemüse verkaufte. Ich wartete, bis ich an der Reihe war und verlangte nach den Lebensmitteln, die Charlie mir aufgetragen hatte. Dann stand ich unschlüssig herum.

»Möchtest du zu Adil?«, fragte sie?

»Ist er da?«

»Nein, er ist im Wald unterwegs. Aber komm doch mit rein. Für ein Glas Saft hast du gewiss Zeit. Oder möchtest du lieber einen Kaffee?«

»Viel Zeit habe ich nicht. Aber ein Kaffee wäre okay. Mit viel Milch, bitte.«

Wir gingen ins Haus und standen direkt in der Wohnküche, einem gemütlichen, im Landhausstil eingerichteten Raum. Erika bat mich, auf der Eckbank am Esstisch Platz zu nehmen.

»Bei uns spielt sich das Leben zum größten Teil in der Küche ab«, lachte sie. »Sie ist groß, immer warm und von hier aus sehe ich, wenn Kunden in unseren Laden kommen.«

»Und dein Mann? Hilft er dir im Laden?«

»Wenn er mal da ist, natürlich. Martin ist freier Journalist und Filmemacher. Er ist häufig für Dokumentationen im Ausland unterwegs. Das macht aber nichts. Wir haben den Laden nur zweimal in der Woche geöffnet. Das reicht, um Eier, Schafsmilch, unser Gemüse und eingekochte Marmelade zu verkaufen. Es macht mir Spaß, ist aber lediglich ein Nebenverdienst. Komm! Iss doch ein paar Kekse. Selbst gebacken.«

Sie schob mir einen Teller mit Gebäck hin, goss uns beiden Kaffee ein und setzte sich mir gegenüber.

»Hat dein Onkel sich wieder beruhigt?«, fragte sie. »Charlie sagte, er regt sich fürchterlich auf, weil der Bürgermeister ihn gebeten hat, jugendliche Flüchtlinge aufzunehmen.«

»Er ist mit der Zange nicht anzupacken, aber zum Glück kann ich ihm aus dem Weg gehen, im Gegensatz zu Charlie. Sie hat viel mehr unter seinen Launen zu leiden.«

Ich nahm einen Schokoladenkeks, der irre schokoladig schmeckte. Erika lächelte und obwohl ich ihr nur zweimal flüchtig begegnet war, hatte ich das Gefühl, sie seit ewigen Zeiten zu kennen.

»Adil meint, dass er euch viel zu verdanken hat«, sagte ich deshalb.

»Wahrscheinlich spielt er auf unser Schmuggelabenteuer an.«

»Schmuggelabenteuer?«

»Wir haben ihn aus Ungarn nach Deutschland geschmuggelt«, erklärte Erika. »Martin hat vor vier Jahren eine Dokumentation über Damaskus gedreht. Ausnahmsweise habe ich ihn begleitet. Ich bin Sozialarbeiterin, und mich interessierte ein Jugendhilfeprojekt, das von Kollegen in einem Lager initiiert worden war.«

»Dort habt ihr Adil getroffen?«

»Hin und wieder organisierte Martin ein Fußballspiel unter den Jugendlichen, und so lernten wir Adil näher kennen. Deutschland war für ihn der FC Bayern München, er kannte die Namen aller Spieler und sagte häufig, eines Tages käme er hierher, um die Spieler einmal live in der Münchener Allianz-Arena zu sehen. Niemand konnte da ahnen, dass sein Traum von

Deutschland so bald Wirklichkeit werden würde, allerdings anders als erwartet.«

Erika wurde nachdenklich, als sie fortfuhr: »Ein Jahr später begann der Arabische Frühling mit den Demonstrationen in Tunesien, die einen Flächenbrand auslösten und schließlich auch Syrien erreichten. Martin und ich sprachen häufig darüber, wie es den Menschen, die wir während unseres Aufenthaltes dort ins Herz geschlossen hatten, ging. Vor einem halben Jahr bekamen wir dann Adils Anruf. Ich stand gerade im Laden und bediente einen Kunden. Anfangs wusste ich überhaupt nicht, wer dran war, die Stimme wirkte sehr erwachsen. Das war nicht mehr der unbeschwerte Junge, den ich kannte. Er erzählte, er sei in Ungarn, in der Nähe von Budapest in einem Lager für minderjährige Flüchtlinge. Ob wir ihn da raus holen könnten.«

»Und da seid ihr hingefahren!«

Erika trank einen Schluck Kaffee und fuhr fort:

»Im Gegensatz zu Martin hatte ich Angst, die Polizei könnte uns erwischen. Für mich waren Schmuggler Kriminelle, und jetzt sollten wir selber zu Schmugglern werden?«

So genau verstand ich nicht, was Erika meinte und deshalb hakte ich nach.

»Die Städte in den Krisengebieten werden zerbombt und die Menschen sterben«, erklärte Erika traurig. »Manche bleiben zurück, warten auf den Tod oder greifen selbst zu den Waffen und schließen sich Rebellen an. Doch die meisten fliehen in der Hoffnung, ihr Leben retten zu können. Hunderttausende sind auf der Flucht, aber sie können nicht einfach in ein Flugzeug steigen und sich in Sicherheit bringen. Sie bekommen keine Visa. Deshalb nehmen sie die notwendigsten Habseligkeiten, vor allem Dokumente und Geld mit, um den gefährlichen Weg über Land und das Mittelmeer zu wagen. Ihr Ziel ist Europa. Dabei helfen ihnen die Schmuggler. Sie pferchen sie in Lastwagen, schleusen sie an

Grenzen und Militärkontrollen vorbei und laden sie auf klapprige Schiffe und Schlauchboote.«

»Schlauchboote?«

»Du hast richtig gehört. Diese Kähne und Boote sind überladen mit Menschen. In stürmischer See oft nicht mehr manövrierfähig. Etliche Boote sind bereits im Mittelmeer gekentert und die Menschen ertrunken. Und dafür bezahlen die Flüchtlinge an die Schmuggler viel Geld.«

»Für die Hoffnung, am Leben zu bleiben«, sagte ich nachdenklich. »Denn wenn sie blieben, würden sie sowieso sterben.«

»Genau. So ist das immer. Aus der Not des einen profitiert der andere. Man kann das sehen, wie man will. Aber für die Flüchtlinge sind diese Menschenschmuggler die einzige Chance. Europa versucht, diesen Schmugglern das Handwerk zu legen. In Österreich wird man für Fluchthilfe mit einer Geldstrafe von bis zu fünftausend Euro und einer Haftstrafe von bis zu fünf Jahren bestraft. Deshalb hatte ich Angst, wir würden auffliegen. Außerdem blieb noch die Frage, wie wir ihn aus dem Lager holen sollten. Einfach hineinspazieren und sagen, wir nehmen mal eben den Adil mit?«

An dieser Stelle grinste Erika. Ich war überrascht, wie viel Power und Mut diese kleine Frau besaß. Ungeduldig drängelte ich sie, weiter zu erzählen.

»Ich machte die ganze Nacht kein Auge zu. Martin sah das viel entspannter. Er ist wohl mehr der Abenteurer. Wir diskutierten über die rechtlichen Konsequenzen und schließlich beruhigte ich mich mit dem Gedanken, dass wir kein Geld von dem Jungen nehmen würden und einfach nur menschlich handelten. Außerdem mussten sie uns erst einmal erwischen. Aber der entscheidende Punkt für unseren Entschluss, ihn aus dem Lager zu holen, war der Gedanke, wie wir uns fühlen würden, wenn wir nichts taten. Sollten wir ihn seinem Schicksal überlassen? Das kam überhaupt nicht in Frage.«

Ein Klingeln lenkte meine Aufmerksamkeit auf mein Handy. Charlie hatte geschrieben: »Wo bleibst du?!?«

Ich schrieb zurück: »Komme gleich« und wandte mich wieder Erika zu. »Und dann? Wie ging es weiter? Ihr seid also nach Ungarn gefahren?«

»Wir fahren einen Ford Kombi mit genügend Ladefläche. Wir nahmen zwei Federbetten mit, unter denen sich Adil verstecken sollte, und davor schoben wir unsere Koffer und das andere Reisegepäck. Wir wollten wie Touristen aussehen. Nachmittags legten wir uns etwas hin und abends fuhren wir los, um am nächsten Morgen da zu sein. Es war noch dunkel, als wir ankamen. Vor dem Camp stand ein Wachhäuschen, aber es war leer. Wir parkten den Ford etwas abseits und schlichen uns zum Zaun. Über die Facebook-App, die wir uns auf das Handy geladen hatten, hielten wir Kontakt zu Adil. Er wusste die ganze Zeit, wo wir waren, und als wir vor dem Zaun standen, wartete er bereits und schlüpfte durch ein Loch hindurch.

»So einfach?«, fragte ich ungläubig.

»Wir konnten selbst kaum fassen, dass es ohne Komplikationen klappte. Schnell liefen wir zum Auto und erst einige Kilometer später verstauten wir Adil auf der Ladefläche. An der Grenze zu Österreich bekam ich es richtig mit der Angst zu tun. In der EU gibt es eigentlich schon lange keine Grenzkontrollen mehr, aber das hat sich ja geändert. Und tatsächlich hielt uns ein Polizist an, überprüfte unsere Pässe und wünschte uns eine gute Weiterfahrt, nachdem Martin ihm erzählt hatte, wir kämen aus dem Urlaub vom Plattensee. Aber ich war schweißgebadet vor Angst. Ich dachte, der Polizist sieht jeden Schweißtropfen an mir und wird misstrauisch. Aber schließlich ließ er uns weiterfahren.«

»Wow! Da habt ihr Glück gehabt.«

Erika lächelte. »Manchmal braucht der Mensch auch Glück. Der Rest war ein Kinderspiel. An der Grenze zu Deutschland gab es keinen Grenzposten. Wir fuhren einfach durch. Spät abends kamen wir todmüde zu Hause an. Du kannst mir glauben, in diesen zwei Tagen habe ich mindestens zwei Kilo abgenommen.«

Sie griff nach der Kanne und sah mich fragend an. »Noch Kaffee?«

Mir war klar, dass ich keine Zeit mehr hatte. Aber wann hätte ich wieder Gelegenheit, mit Erika so offen zu reden? Erikas Geschichte war viel wichtiger als ein blöder Salat. Deshalb ignorierte ich den Klingelton, der nur eine weitere Message von Charlie bedeuten konnte.

»Eine halbe Tasse, bitte.«

Ich goss Milch hinterher und aß noch einen Keks. »Wie alt ist Adil eigentlich? Er ist doch bestimmt schon achtzehn oder neunzehn?«

Erika schüttelte den Kopf. »Er ist erst siebzehn, ein minderjähriger Flüchtling.«

»Siebzehn?« Ich konnte es kaum glauben.

»Er wirkt älter, ich weiß«, sagte Erika. »Aber es ist auch sein Glück, dass er noch nicht volljährig ist. Für Minderjährige gelten andere Bestimmungen als für erwachsene Flüchtlinge, für die das übliche asylrechtliche Verfahren gilt. Wenn Minderjährige von der Bundespolizei irgendwo aufgegriffen werden, muss sofort das zuständige Jugendamt benachrichtigt werden. Der Gesetzgeber hat ihnen damit ein besonderes Schutzbedürfnis zuerkannt.

»Und das Jugendamt kümmert sich um junge Flüchtlinge?«

Erika nickte. »Das Jugendamt leitet in einem sogenannten Clearingverfahren einen Hilfeplan ein, in dem Identität, Familiensituation, Gesundheitszustand, Fluchtgeschichte und persönliche Interessen und Perspektiven zur Sprache kommen. Vor allem muss das genaue Alter festgestellt werden, denn meistens haben die Jugendlichen keine Papiere, mit denen sie sich ausweisen können.«

»Und wer bestimmt das?«, fragte ich. »Manche Jugendlichen sehen doch viel älter aus, so wie Adil.«

»Das Amtsgericht. Dazu werden unabhängige Experten, wie Psychologen, Kinderärzte oder Ethnologen befragt.«

»Und wie war das bei Adil?«

»Er hatte seinen Pass verloren. Deshalb musste er diese Tortur auch über sich ergehen lassen. Letztlich konnten wir aber das Gericht überzeugen, dass er noch keine achtzehn ist, weil wir ihn kannten.«

»Glück gehabt. Er könnte auch glatt für neunzehn durchgehen.«

Erika nickte wieder. »Als wir ihn in Syrien kennen lernten, war er ein fröhlicher Junge. Seine schrecklichen Erfahrungen haben ihn um Jahre reifen lassen. Er ist erwachsener als viele Erwachsene, die nichts erlebt haben. Bei vielen ist das so. Aber ich bin glücklich, dass ich nach langem hin und her als Vormund bestellt wurde und er bei uns leben kann. In den ersten zwei Monaten musste Adil im Clearinghaus dreißig Kilometer von hier entfernt wohnen, dann kam er zu uns.«

Sie seufzte. »Nach der Dublin–Verordnung ist das EU-Land für Flüchtlinge zuständig, in dem sie zuerst von den Behörden erfasst wurden, und das ist Ungarn. Aber weil er minderjährig ist, konnte ich durchsetzen, dass er hier bleibt. Ich hoffe, wir können ihm auch helfen, wenn er volljährig ist.«

»Wann wird er denn achtzehn?«

»Im Juni.«

Das war in acht Monaten. Bis dahin floss noch viel Wasser den Rhein hinunter und es konnte eine Menge passieren. Zum Guten oder zum Schlechten.

»Hat er dir von seinem Koranlehrer erzählt?«, fragte ich.

»Ja. Ein schreckliches Erlebnis. Ich ...«

Sie zögerte. Auf einmal traten Tränen in ihre Augen. Überrascht griff ich nach ihrer Hand.

»Erika! Was ist?«

»Nichts«, sie schüttelte den Kopf und zog ihre Hand zurück. »Es ist nur, ich mache mir Sorgen um Adil. Er sagt immer wieder, er sei es nicht wert, dass wir ihm geholfen haben und... Ach, ich möchte nicht darüber sprechen.«

Sie strich sich über die Augen und lächelte. Mein Handy klingelte. Ich ging dran und sagte unwillig: »Bin sofort da«, ohne Charlie die Gelegenheit zu geben, etwas zu erwidern. Dann drückte ich sie weg.

»Ich muss gehen. Charlie ist sauer, weil ich nicht sofort zurück gefahren bin.«

»Das tut mir leid. Ich wollte dich nicht aufhalten. Sie hat mit dem Hotel bestimmt viel zu tun. Sie ist sehr schmal geworden, finde ich. Grüß' sie bitte von mir.«

»Mach' ich«, sagte ich und stand auf. Lieber wäre ich bei Erika geblieben, ich hatte noch so viele Fragen. Aber mittlerweile hatte ich den Bogen überspannt.

Als ich den Hof betrat, kam Adil mir entgegen. Mit einem Zusammentreffen hatte ich nicht mehr gerechnet. Ich wurde sofort nervös.

»Hi, habe nur was eingekauft. Woher kommst du?«, fragte ich auf das Fernglas deutend, das um seinen Hals baumelte.

Er verzog seinen Mund zu diesem entzückenden, schiefen Lächeln. »Vom Hochsitz. Wenn du Lust hast, gehen wir einmal gemeinsam dorthin.«

»Morgen?«

»Warum nicht? Aber du musst früh aufstehen. Um viertel nach fünf mache ich mich auf den Weg. Spätestens.«

»Werde meinen Wecker stellen«, sagte ich und stolperte zu meiner Vespa.

35.

Charlie war so wütend, wie ich sie selten zuvor erlebt hatte. Ihr blasses Gesicht war von roten Flecken übersät.

»Was glaubst du denn, wer du bist?«, herrschte sie mich mit kaum unterdrückter Wut an. »Ich sitz hier auf heißen Kohlen, weil du mit meiner Bestellung nicht zurück kommst und muss mich bei meinen Gästen entschuldigen, weil uns der Salat ausgegangen ist. Um Himmels willen, wie sieht das denn aus?«

»Sorry, habe total die Zeit vergessen. Ich verstehe auch, dass du sauer bist. Aber ich war voll in ein Gespräch mit Erika vertieft.«

»Du willst mir weißmachen, dass Erika dich so sehr fasziniert hat? Wolltest du nicht sagen, du hast dich von diesem Adil nicht losreißen können?«

»Häh? Du unterstellst mir, dass ich lüge?« In mir kochte es nun auch. »Frag' doch Erika!«

»Und dann beantwortest du meine Nachrichten nicht«, fuhr Charlie wütend fort, »drückst meinen Anruf am Ende auch noch weg? Was sind das für Sitten? Mein liebes Fräulein, ich habe weiß Gott genug mit dem Hotel zu tun. Es läuft nicht von alleine. Während dein Onkel mit seiner Übellaunigkeit die Luft verpestet, muss ich mich um die Buchungsportale kümmern, E-Mails beantworten, das Telefon bedienen, die Gäste ein- und auschecken, das Personal einteilen, die Zimmer checken, die Speisekarten zusammenstellen, einkaufen, darauf achten, dass in der Küche alles rund läuft, mich um die Vorbuchhaltung kümmern und auch noch zum Baumarkt fahren, um abgebrochene Duschhalterungen zu kaufen. Ich lasse dich mit all dem in Ruhe, weil mir wichtig ist, dass du dich auf die Schule konzentrierst und ein gutes Abitur machst. Wenn ich dich also ein einziges Mal bitte, mir ausnahmsweise etwas Gemüse zu besorgen, darf ich doch wohl erwarten, dass das funktioniert?«

»Klaro, wie gesagt, tut mir auch leid, aber ...«

»Zur Strafe machst du fünf Doppelzimmer und ein Einzelzimmer neu. Ich habe unser housekeeping nach Hause geschickt, weil du heute diese Arbeit übernimmst und zwar sofort! Die Bleibe-Zimmer sind schon gereinigt. Wir erwarten bis achtzehn Uhr elf neue Gäste. Aber wie du weißt, können sie jederzeit anreisen. Wo der Generalschlüssel ist, sollte dir bekannt sein.«

Betreten sah ich auf den Boden. Sechs Zimmer für Anreisegäste neu zu machen bedeutete mindestens drei Stunden Arbeit. Und da ich keine Übung hatte, wahrscheinlich länger. Ich drücke mich gewiss nicht vor Arbeit. Oft genug hatte ich Charlie geholfen, an manchen Samstagen ihre Blumen auf dem Markt zu verkaufen. Das war anstrengend, palettenweise mussten die Blumen hin- und her transportiert und der Stand auf- und abgebaut werden. Nicht zu vergessen die Zeit, die man im Freien verbrachte und sich die Beine in den Bauch stand. Im Herbst konnte es empfindlich kalt werden und im Sommer entsprechend heiß. Nie hatte ich gemeckert, oder meistens nicht. Aber für meinen Onkel und sein Scheiß-Hotel schuften? Das ging eigentlich gar nicht!

Widerwillig zog ich mir ein Paar Latexhandschuhe über und stopfte meine Kopfhörer in die Ohren. Mit Musik ließ es sich leichter arbeiten. Nach vier Stunden war ich endlich mit dem letzten Zimmer fertig. Ich zupfte die Gardinen zurecht, überprüfte noch einmal, ob alle Utensilien vorhanden waren und die Fernbedienung des Fernsehers sowie alle Lampen funktionierten. Ich rechnete damit, dass Charlie meine Zimmer besonders streng überprüfen würde und den Triumpf, etwas an meiner Arbeit aussetzen zu können, missgönnte ich ihr.

»Sind die Zimmer alle fertig?«, fragte sie nach getaner Arbeit.

»Yes, Ma'am!«, antwortete ich grinsend. »Du kannst die Zimmer checken. Dreck weg, Staub weg, Teppiche gesaugt, Armaturen poliert, Betten bezogen, frische Handtücher hingelegt, Minibar aufgefüllt, alles perfekt. Bin ich jetzt entlassen?«

Charlie lächelte versöhnlich. »Prima, dass wir uns so gut verstehen!«

36.

Um halb fünf klingelte mein Wecker, fünf Minuten später mein Handy. Vorsichtshalber hatte ich mich doppelt abgesichert, um auf gar keinen Fall zu verschlafen. Ich musste komplett verrückt sein, mich auf ein Abenteuer mitten in der Nacht einzulassen. Ich war alles andere als eine Frühaufsteherin, liebte langes Ausschlafen an den Wochenenden und während der Ferien. Dass ich ausnahmsweise schon beim ersten Klingeln hellwach war, sollte etwas heißen.

Nox hatte sich neben mein Kissen gekuschelt. Er hob einmal schläfrig den Kopf, rollte sich aber wieder zusammen, ohne sich von meiner Aktivität stören zu lassen. Ich sprang auf, duschte ausgiebig und benutzte zum Haarewaschen mein neues Vanilleshampoo mit Conditioner und Glanzeffekt. Ewig überlegte ich, was ich anziehen sollte. Laut der Wettervorhersage im Internet sollte es sonnig aber kühl werden. Lieber einen warmen Pullover oder mein langärmeliges Lieblings-T-Shirt, das Türkisfarbene mit grünen Streifen und weißen Tupfern? Ich entschied mich für mein Lieblingsoutfit, denn immerhin trug ich meine Jeansjacke drüber, das musste reichen.

Leise schlich ich mich auf Strümpfen die Treppe hinunter. Ich musste in mich hinein grinsen, weil Charlie mich dazu genötigt hatte, mir die knarrenden Stufen zu merken. Bisher hatte ich mir keinen Kopf darum gemacht, aber nach ihrer Sorge wegen Adil war sie nun selbst schuld, dass ich sie nicht mehr über alle Freizeitaktivitäten informierte. Von oben aus gesehen waren die dritte, zwanzigste, vierundzwanzigste und dreißigste Stufe verräterisch. Ich ließ sie aus und ging unbemerkt an Charlies

Wohnung vorbei. Erst vor der Tür zog ich meine Joggingschuhe an.

Die Vespa machte einen höllischen Lärm, also schob ich sie die gesamte Allee hinunter, bis ich die Bundesstraße erreichte. Erleichtert, dass mich niemand bemerkt hatte, ließ ich erst dort den Motor an und fuhr los.

Adil erwartete mich bereits vor dem Biohof. Er trug einen Rucksack, an dem er eine dicke Plastikrolle befestigt hatte. Für ein Picknick? Um seinen Hals baumelte ein Fernglas, in der Hand hielt er eine Taschenlampe.

»Hi«, begrüßte ich ihn, erleichtert, dass es dunkel war und er meine Aufregung nicht sehen konnte. »Fahren oder laufen wir?«

»Wir laufen«, erwiderte er lächelnd. »Ich hätte nicht gedacht, dass du so früh aus den Federn kommst.«

»Ein Kinderspiel für mich«, antwortete ich ebenso auf Englisch. Obwohl er gut Deutsch gelernt hatte, blieb Englisch die Sprache, in der wir uns unterhielten. »Ich bin Frühaufsteherin. Verstehe auch gar nicht, dass manche Leute so lange schlafen können.«

»Schön. Dann bist du sicherlich auch fit und es macht dir nichts aus, wenn wir ungefähr drei Kilometer laufen?«

»Klaro«, erwiderte ich. Du weißt doch, dass ich jogge. Drei Kilometer sind ein Witz.«

Der Lichtstrahl seiner Taschenlampe fiel auf meine Schuhe.

»Du bist sicher, dass du trockene Füße behältst? Im Wald ist es okay, aber wir gehen auch durch feuchte Wiesen. Kann sein, dass wir auch einen matschigen Acker überqueren müssen.«

»Kein Problem«, erwiderte ich. Ändern konnte ich es sowieso nicht mehr.

»Dann komm! Am besten redest du jetzt nicht so viel. Ich weiß nicht, ob du schon mal früh morgens im Wald unterwegs warst. Um diese Zeit steckt er voller Geräusche.«

»Als Frau allein nachts im Wald?«, neckte ich ihn, erhielt aber keine Antwort. Ich schob meinen Roller auf den Hof und folgte ihm. Mit seiner Taschenlampe beleuchtete Adil den Weg, was notwendig war, denn ohne Straßenlaternen war es noch stockfinster. Schweigend liefen wir nebeneinander oder hintereinander her, je nach Breite des Feldweges. Ich hielt mich an seine Anweisung, meinen Mund zu halten, aber nur, weil ich mich auf meine Schritte konzentrierte. Trotzdem passierte es zweimal, dass ich stolperte.

»Hey«, rief Adil jedes Mal und griff unter meinen Arm. »Du musst genau hinsehen, wo du lang läufst.«

»Sorry, ich pass jetzt auf«, entschuldigte ich mich, obwohl ich mit der Aussicht, von Adil aufgefangen zu werden, am liebsten weitere hundert Male gestolpert wäre. Außerdem drückten meine Joggingschuhe immer noch und allmählich kroch die Kälte durch meine dünnen Klamotten.

Wir waren schon längere Zeit im Wald, als Adil plötzlich meinen Arm berührte. »Pst!«

»Ich bin doch stumm wie ein Lamm!«

Hatte ich bisher keinen Laut vernommen, hörte ich es jetzt ganz deutlich. Es knarrte, raschelte und pfiff. Dann ein Kreischen und der Ruf einer Eule. Der Wald war nicht einfach schwarz und leer. Er war unglaublich laut. Irgendwoher hörten wir ein Schmatzen. Mir war unheimlich.

»Das könnten Wildschweine sein«, flüsterte Adil. »Still!«

»Ich bin die ganze Zeit still. Hast du irgend einen Laut von mir gehört?«

Wir blieben stehen und lauschten. Ich starrte angestrengt in die Richtung, aus der das Schmatzen kam. Meine Augen hatten sich zwar an die Dunkelheit gewöhnt, trotzdem sah ich nur schemenhaft dunkle Umrisse eines ziemlich großen Wildschweins. Scheiße! Ich klammerte mich an Adils Arm, weil mir ganz flau im Magen wurde. Wildschweine konnten aggressiv werden, vor allem wenn sie wie dieses hier auch noch Junge hatte. Die Kleinen waren dicht hinter ihrer Mutter und wühlten sich durchs Laub. Nach endlosen Minuten drehten sie endlich ab und verschwanden zwischen den Bäumen.

»Das war knapp«, sagte Adil ruhig. »Der Wind stand günstig und sie haben uns nicht gewittert. Wundert mich, dass es um diese Jahreszeit Frischlinge gibt. Normalerweise werfen die Bachen zwischen Februar und April.«

»Aber nur, wenn es kein Überangebot an Nahrung gibt«, vollendete ich seinen Satz. »Hier gibt es so viele Eicheln und Bucheckern, dass sie das ganze Jahr über Junge bekommen können.«

Mit Pflanzen und Tieren kannte ich mich dank Charlie aus, da konnte mir niemand etwas vormachen. Ich tat so, als bemerkte ich Adils überraschten Blick nicht.

»Warum kennst du dich so gut mit Wildschweinen aus?«, fragte ich. »Gibt es in Syrien auch welche?«

»Nicht in den Steppen, aber in den Bergregionen.«

Er zögerte. »Bei euch ist alles so grün. Jetzt ist es zu kalt. Aber im Sommer würde ich gerne einmal im Wald übernachten. Auf einer Isomatte im Schlafsack. Kannst du noch laufen? Es ist nicht mehr weit.«

»Kein Problem«, antwortete ich. Wie bescheuert war das denn? Im Wald schlafen? Mir war kalt und ich sehnte mich nach meinem warmen Bett. Mittlerweile waren wir über zwei Stunden unterwegs. Es dämmerte und als wir eine Lichtung erreichten, ging am Horizont die Sonne auf. Ich musste zweimal hinsehen, denn als Stadtkind hatte ich nie zuvor Rehe in freier Natur erlebt. Eine Ricke mit ihrem Kitz grasten auf der Lichtung.

»Bambi«, kam es überrascht aus mir heraus und ich lachte Adil an. »Es ist schön. Der Sonnenaufgang, die Rehe. Danke, dass du mich mitgenommen hast. Kommst du öfter hierher?«

»Sooft ich kann. Dort drüben ist der Hochsitz. Endstation. Du hast es geschafft.«

Endlich! Zwar hatten wir den Hochsitz erreicht, aber uns stand der gesamte Weg zurück noch bevor. Mein kleiner Zeh tat so weh, dass ich ihn kaum noch spürte. Als wir die Feuchtwiese betraten, hoben die Rehe ihre Köpfe und flüchteten mit wenigen schnellen Sprüngen in den Wald. Kurze Zeit später standen wir vor dem Hochsitz, einem Ungetüm aus Holz, größer als ich vermutet hätte.

»Du zuerst«, sagte Adil und wartete.

Ich stieg vorsichtig hinauf, denn die Holzbretter waren glitschig. Es knarrte. Erschrocken hielt ich inne.

»Keine Angst, die Bretter halten. Im Notfall fange ich dich auf«, sagte Adil und kam direkt hinterher. Oben angekommen setzte er seinen Rucksack ab und band die Plastikrolle los. Es war eine beschichtete Decke, die er auf dem Bretterboden ausbreitete.

»Nicht luxuriös, aber trocken«, sagte er mit Blick auf meine Schuhe. »Am besten ziehst du sie sofort aus.«

Nichts lieber als das. Ich setzte mich und befreite meine geschundenen Füße von den Joggingschuhen. Sie waren so durchgefroren, dass ich den Schmerz am kleinen Zeh kaum noch spürte. Den Rest hatte ihnen der Morgentau auf der Feuchtwiese gegeben, der durch das textile Obermaterial gedrungen war. Meine Strümpfe waren klatschnass. Ich zog sie ebenfalls aus.

Adil schüttelte den Kopf. »So kannst du unmöglich zurück laufen.«

Er setzte sich mir gegenüber und winkte mit seiner Hand.

»Gib her!«

»Was?«

»Deine Beine. Streck sie aus!«

Ich ahnte, was er vorhatte. Und obwohl es mir oberpeinlich war, hätte ich in diesem Moment fast alles getan. Adil nahm erst den einen Fuß, dann den anderen in seine Hände, die trotz der Kälte warm waren und massierte meine Füße, bis Leben in sie zurückkehrte. Sie begannen zu kribbeln, was beinahe weh tat.

Dann steckte er meine Füße links und rechts neben seine Hüfte und bedeckte sie mit seiner gefütterten Jacke.

»Ist es besser?«

»Unbeschreiblich!«

Wir grinsten uns an und vielleicht dachten wir in dem Moment dasselbe. Dass eine Fußmassage doch etwas sehr Persönliches war.

Ein eeek-eeek-eeek richtete unsere Aufmerksamkeit in den Himmel. Ein Falke drehte eine langgezogene Runde über die Lichtung. Adil verfolgte seinen Flug durch das Fernglas, dann reichte er es mir. Vor Kälte konnte ich es kaum halten.

»Der Falke ist das Wappen Syriens«, sagte er. »Vielleicht komme ich deshalb gerne hierher. Frierst du?«

Offenbar hatte er mein Zittern bemerkt. Ich verfluchte mein dünnes T-Shirt, meine dünne Jeansjacke und die verdammten Joggingschuhe. Adil musste denken, ich sei das absolute Weichei.

»Quatsch, überhaupt nicht. Mein Füße sind schön warm und ich merke gerade, wie die Wärme durch meinen ganzen Körper strömt.«

Er sah mich zweifelnd an, so wie er mir gegenüber saß, und am liebsten hätte ich ihn an seiner Jacke zu mir herübergezogen und ihn geküsst, was ich natürlich nicht tat. Plötzlich zog Adil seinen gefütterten Parka aus, beugte sich zu mir herüber und warf ihn mir um die Schultern. Ich steckte meine Arme durch die zu langen Ärmel und hüllte mich in das flauschige, von Adils Körper angewärmte Innenfell.

»Ist dir jetzt nicht kalt?«, fragte ich.

»Ich erwärme mich an deinem Anblick«, sagte er lächelnd und wurde dabei ein wenig rot.

Binnen Sekunden wurde mir heiß. Verlegen griff ich nach dem Fernglas und suchte angestrengt die Baumwipfel nach dem Falken ab. Aber er war verschwunden. Als ich es ablegte, reichte Adil mir einen Becher mit heißem Tee, dazu ein Stück Fladenbrot mit Schafskäse.

»Zuhause backen wir das Fladenbrot traditionell auf einem großen Ofen, der oben eine Halbkugelform hat und worauf der Teig ausgebreitet wird«, sagte Adil. »Erika kauft dieses Fladenbrot in einem türkischen Laden. Ist okay, aber nicht so gut wie unseres.«

Mir war egal, wie das Fladenbrot gebacken wurde. Ich war so hungrig, dass ich herzhaft hineinbiss.

»So wie dich der Falke an Syrien erinnert«, sagte ich kauend, »erinnert mich der Schafskäse an Dilara.«

»Dilara?«

»Meine beste Freundin aus Berlin, zumindest war sie das mal. Aber der Kontakt ist eingeschlafen, seitdem wir hierher gezogen sind. Sie ist Türkin, bei ihr gab es immer Fladenbrot mit Schafskäse.«

Ich erzählte ihm, was passiert war, wie und warum Charlie mich genötigt hatte, meine alte Schule und meine Freunde in Berlin zu verlassen. Dass Jeff sich dagegen gesperrt hatte, mich bei ihm wohnen zu lassen. Aber auch, dass ich dabei war, mich einzuleben, weil ich Nox gefunden hatte, der über den Walnussbaum vor meinem Fenster ein- und ausspazierte. Und weil es dich gibt, dachte ich und nippte am Tee.

»Bah, ist der süß!«

Ich zog eine Grimasse. Das sah wohl witzig aus, denn Adil begann, lauthals zu lachen. Wie sexy er aussieht, wenn er lacht, schoss es mir durch den Kopf.

»Kennst du unser Hotel?«, fragte ich Adil, als er sich beruhigt hatte.

»Nein, nie gesehen.«

»Du warst auch nie auf dem Grundstück oder im Gebüsch, von wo aus der Pool zu sehen ist?«, fragte ich aus einem Impuls heraus.

»Warum sollte ich?«, fragte er verständnislos.

»Nur so.«

Adil räusperte sich. »Wir sollten jetzt zurückgehen. Ich will nicht, dass deine Mama mir die Schuld gibt, wenn du den halben Tag weg bist und dann auch noch durchgefroren heim kommst.«

Wie um seine Aufforderung zu untermauern, strich er mit seiner Hand über meine nackten Füße. Vielleicht lag es daran, dass es keine Eisklötze mehr waren und ich die leichte Berührung spürte. Ich zuckte zusammen. Adil hob seinen Kopf und sah mich an. Das Jungenhafte in seinem Gesicht war auf einmal verschwunden. Sein Blick war ernst und das wundervolle Kakao-Olivgrün seiner Augen schimmerte dunkel.

Das eeek-eeek-eeek des Falken durchdrang die Stille.

»Ähm«, flüsterte ich, »meine Füße werden langsam wieder kalt.«

War ich verrückt?

»Entschuldige. Natürlich.«

Er stand auf, nahm meinen Schuh, zog ein Messer aus seinem Rucksack und sah mich fragend an.

»Darf ich? Die brauchst du wohl nicht mehr?«

Ich zuckte die Schultern, nicht ahnend, was er vorhatte. Mit einem raschen Schnitt ritzte Adil einen Schlitz in die Seite.

»Wenigstens hat dein Zeh jetzt Platz und du kannst bequem zurücklaufen. An trockene Socken habe ich leider nicht gedacht«, grinste er.

Den Rückweg legten wir in der Hälfte der Zeit zurück. Meine Füße waren zwar nass und kalt, aber der kleine Zeh drückte nicht mehr am Schuh und tat nicht weh.

Adil hatte darauf bestanden, dass ich seinen Parka anbehielt. Vor dem Hof gab ich ihn ihm zurück.

»Behalte ihn an«, sagte er. »Du kannst ihn mir später zurückgeben, ich kann einen Anorak von Martin tragen.«

»Später? Was meinst du damit?«

Er überlegte. »Könntest du am Samstag vorbeikommen? Wir sind wahrscheinlich alleine, weil Erika ihren Mann vom Flughafen abholen will.«

»Okay«, lächelte ich breit, stülpte meinen Helm über und knüpfte Adils Parka zu. »Bis bald!«, rief ich, während ich den Motor anließ und davonbrauste. Am liebsten hätte ich geschrien vor Glück. Aber er konnte mich hören, noch war ich nicht weit genug entfernt. Die Schmetterlinge in meinem Bauch flatterten wild durcheinander.

Ich parkte die Vespa direkt vor dem Hoteleingang und huschte ins Haus, zu aufgewühlt, um Charlie auf eine Frage nach dem Besitzer des Parkas Rede und Antwort zu stehen. Ich hatte Glück, denn es war Mittag und sie hantierte mit dem Koch in der Küche herum, so dass ich unbemerkt in mein Zimmer schleichen konnte. Bis zum Abend verbrachte ich die Stunden auf meinem Bett, eingehüllt in Adils Parka, der in der Wärme meines Zimmers seinen Duft entfaltete und an dem ich mich nicht satt riechen konnte: eine Mischung aus frischem Holz und einer kaum wahrnehmbaren Moschusnote.

37.

Warum hatte ich die kribbelnde Anspannung zwischen uns durch meinen blöden Satz über kalt gewordene Füße unterbrochen? Weil der Ruf des Falken mich irritiert hatte?

Am nächsten Morgen sprang ich früh aus dem Bett und fuhr das Internet hoch. Das Wappen Syriens war ein Falke, wie Adil gesagt hatte. Ich betrachtete ihn genau, um mir jede Einzelheit einzuprägen. Auf seiner Brust prangte die syrische Flagge, vertikale rot-weiß-schwarze Streifen mit zwei grünen Sternen in der Mitte. Unter dem Wappenschild befanden sich zwei gekreuzte Lorbeerzweige, und über seinen Krallen lag ein grünes Banner mit dem offiziellen Namen Syriens auf Arabisch, darunter die Übersetzung: Arabische Republik Syrien. Ich druckte den syrischen Falken aus, faltete ihn und legte ihn als Lesezeichen in *The Selection*, den Roman, in dem ich gerade las. Dann machte ich mich fertig für die Schule.

So kurz vor den Herbstferien bekamen wir einige Klausuren zurück. In Bio hatte ich mir zwölf Punkte eingehandelt, weil Frau Dreyfus, die blöde Kuh, Wert auf Ausformulierungen legte. Und das in Bio, wo es doch auf Fakten ankam. Am Berliner Albert-Schweitzer-Gymnasium hatte mein früherer Biolehrer meine knappen Formulierungen sogar gelobt, weil ich Wert auf das Wesentliche gelegt hatte. Und hier? Genau das Gegenteil war der Fall. Frau Dreyfus verlangte, dass wir jede Banalität aufschrieben, weil, so ihre Argumentation, sie die Noten anhand einer Punkteliste vergab und jeder richtige Gedanke mit einem Punkt belohnt wurde. Am Ende konnten damit etliche Zusatzpunkte erreicht werden, die in die Bewertung einflossen. Entsprechend schlechter war die Note, wenn man aufgrund der zu knappen Darstellung Punkte vergeudete.

Der Tag konnte nur schlechter werden, denn in Deutsch hatte ich elf und in Mathe und Sowi nur fünf Punkte geschrieben. Damit konnte ich noch leben. Doch dann kam Geschichte. Ich war noch immer guter Dinge, als ich auf meiner Bank Platz nahm, denn ich hatte ein gutes Gefühl, weil Frank mir mit einer Engelsgeduld die Zahlen und Zusammenhänge eingebläut hatte. Ich hatte sogar alle Fragen beantworten können, und das sollte bei mir schon etwas heißen. Doch als Herr Lauscher an meinem Tisch stehen blieb und einen tiefen Seufzer ausstieß, sank meine Hoffnung ins Bodenlose. Als er dann sogar seinen Mund wie einen nach Luft schnappenden Fisch auf und zu machte und mir meine Klausurbögen auf den Tisch knallte, brauchte ich nicht mehr hineinzusehen. Es war klar, dass ich sie verhauen hatte.

»Und? Was hast du?«

»Hier! Kannst selber nachsehen«, sagte ich zu Frank, der neben mir saß und neugierig auf meine Bögen schielte.

»Was ist es?«, fragte ich nach einer Weile, weil er keinen Ton von sich gab.

»Ein Punkt. Verstehe ich nicht. Wir haben doch so viel gelernt!«

»Ist nicht deine Schuld, Frank«, seufzte ich ergeben. »Du hast dir wirklich Mühe mit mir gegeben. Dafür verdienst du einen Orden. Immerhin nicht null Punkte. Ist doch auch schon ein Erfolg!«

Frank antwortete nicht, weil er sich in meine Antworten vertieft hatte. Nach einer Weile hörte ich ein geflüstertes Scheiße! oder Das darf doch nicht wahr sein! und dann kicherte er plötzlich. Er hörte gar nicht mehr auf zu kichern, bis Lauscher ihn schließlich zur Ruhe mahnte.

»Ich verstehe, Frank, dass du Zoés Abhandlung des Sezessionskrieges als sehr amüsant empfindest, aber ich darf dich doch bitten, deine ungezügelte Heiterkeit auf nach den Unterricht zu verschieben!«

»Ich fasse es nicht«, sagte Frank nach der Stunde. »Du hast den Amerikanischen Unabhängigkeitskrieg ins sechzehnte Jahrhundert gelegt und Robespierre, der zur Französischen Revolution gehörte und übrigens einhundert Jahre später lebte, mit George Washington verwechselt. Zoé echt jetzt, es ist fast ein Kunststück, mit wie viel Phantasie du Namen und Ereignisse verwechselt hast und in den Jahrhunderten herum gesprungen bist.«

»Ja? Findest du?«

»Das sollte jetzt ein Scherz sein«, erwiderte er. »Wahrscheinlich hat dir der Lauscher keine null Punkte verpasst, weil du ihm einen köstlichen Abend beschert hast. Was du schreibst, ist echt witzig.«

»Danke, demnächst werde ich als Clown auftreten.«

»Nun komm«, versuchte Frank mich zu trösten. »Beim nächsten Mal fangen wir früher an zu lernen. Am besten wiederholen wir direkt nach jeder Stunde den Stoff.«

Ich sah ihn dankbar an und hätte er nicht so viele Pickel im Gesicht gehabt, hätte ich ihm sogar einen Kuss auf die Wange gedrückt.

38.

Ich stahl mich an Charlies Wohnung vorbei, schlich in mein Zimmer und fuhr meinen Rechner hoch. Jeffs Mail lag noch immer unbeantwortet in meinem Postfach, ich vermisste ihn, aber mir war klar geworden, dass ich sein Angebot nicht annehmen würde.

Die Tage wurden kürzer, draußen dämmerte es bereits, aber meine Stimmung war trotz vergeigter Geschichtsklausur euphorisch. Bald würde ich Adil wiedersehen.

Plötzlich hörte ich Pferdehufe und lautes Gebell. Neugierig schaute ich aus dem Fenster. Das konnte nicht wahr sein! Viktor kehrte mit einem Jägertrupp zurück. An den Satteln der Männer hingen tote Fasane. Traurig schüttelte ich den Kopf. Die armen Vögel. Viktor und sein verdammter Jagdtrieb. Ich verwünschte das Hotel, ich verwünschte das Restaurant, in dem diese wunderschönen Vögel gerupft und zubereitet wurden. Ich verwünschte die Gäste, die sogar aus Holland kamen, um über die toten Vögel herzufallen. Und ich verwünschte Charlie, die ihr Bestes gab, damit noch mehr Gäste herkamen und noch mehr Fasane geschlachtet werden mussten.

Mein Postfach war leer. Ich ging in meinen Posteingang und lud Jeffs letzte E-Mail hoch.

Gesendet: Dienstag, 15. Oktober 2013 um 16:17 Uhr
Von: "Zoé Gehrmann" <Zoe1997@hotmail.com>
An: "Jeff Kerr" <jeffkerr@yahoo.com>
Betreff: Aw: miss you

Hi Dad!
Sorry dass ich dir jetzt erst schreibe, aber ich musste eine Weile über deinen Vorschlag nachdenken. Klar würde ich gerne bei dir wohnen, und es ist total lieb, mich das zu fragen. Aber jetzt ist Einiges passiert, dass ich nicht einfach so »ja« sagen kann. Obwohl ich wirklich gerne bei dir wohnen würde, ganz ehrlich. Aber du hättest mich einfach früher fragen sollen. Weißt du, als ich bei dir war und Mike, dieser bescheuerte Fotograf, ein Foto von mir geschossen hat. Das war total blöd. Jetzt wissen nämlich alle, dass ich einen berühmten Vater habe und das sollte eigentlich keiner wissen. Aber ist jetzt auch egal. Außerdem habe ich einen Kater. Er heißt Nox und der kann nicht in Berlin leben. Geht einfach nicht.
Ich wollte dich eigentlich fragen, ob ich dich dafür ein paar Tage besuchen kann? Wir haben nämlich bald Herbstferien und ich hätte zwei Wochen Zeit. Wäre echt super, wenn das klappen würde.
Miss you too,
Zoé

Jeffs Antwort kam zehn Minuten später. Wahrscheinlich hatte ich ihn gerade am Rechner erwischt.

Gesendet: Dienstag, 15. Oktober 2013 um 16:27 Uhr
Von: "Jeff Kerr" <jeffkerr@yahoo.com>
An: "Zoé Gehrmann" <Zoe1997@hotmail.com>
Betreff: Aw: Aw: miss you

Hi Sweety,

natürlich kannst du mich besuchen. Verstehe, dass du nicht komplett bei mir einziehen kannst. In der ersten Woche bin ich allerdings täglich im Tonstudio. Aber am Ende der Woche sollte mein neuer Song im Kasten sein.
Also, zweite Ferienwoche?
Freu' mich riesig auf dich☺
Love you,
Dad

Gesendet: Dienstag, 15. Oktober 2013 um 16:30 Uhr
Von: "Zoé Gehrmann" <Zoe1997@hotmail.com>
An: "Jeff Kerr" <jeffkerr@yahoo.com>
Betreff: Aw: Aw: Aw: miss you

Okay, Dad, freu' mich auch ☺
Kannst du mir Geld für die Zugfahrt überweisen?

Gesendet: Dienstag, 15. Oktober 2013 um 16:43 Uhr
Von: "Jeff Kerr" <jeffkerr@yahoo.com>
An: "Zoé Gehrmann" <Zoe1997@hotmail.com>
Betreff: Aw: Aw: Aw: Aw: miss you

Schon erledigt
:* :* :*

Ich freute mich. Endlich wieder die alten Freunde treffen, am Kiez rumsitzen und Mate schlürfen. Sofort schickte ich Dilara eine WhatsApp-Message, dass ich sie in knapp einer Woche wiedersehen würde.

Ungeduldig wartete ich auf Dilaras Antwort, starrte Löcher in mein Handy. Doch sie antwortete nicht.

39.

Die letzten Schultage bis zu den Herbstferien zogen sich wie Kaugummi, doch dann war endlich Freitagmittag. Emma rannte an uns vorbei und rief:

»Tschüss Leute, ich muss mich beeilen. Meine Mutter wartet draußen, um mich und meine Brüder zur Bahn zu bringen. Wir fahren jetzt direkt nach Stralsund. Werde euch 'ne Karte schreiben.«

»Kommen deine Eltern denn nicht mit?«, hielt ich sie auf.

Emma schüttelte den Kopf. »Mein Vater ist auf einem Kongress in Indonesien und meine Mutter zieht zu der serbischen Familie.«

»Wie bitte?«, riefen Frank und ich gleichzeitig.

Emma rollte ihre Augen. »Sie kann's nicht lassen, aber okay, irgendwie verstehe ich sie. Die Mutter der serbischen Familie musste ins Krankenhaus und Anka, die älteste Tochter, kommt alleine mit den Geschwistern und dem Haushalt nicht klar. Naja, sie ist erst fünfzehn. Mir reichen schon meine zwei Brüder und wenn Mom mal nicht da ist, hab' ich mit denen schon genug zu tun. Aber fünf kleinere Geschwister plus Haushalt? Nein, danke.«

»Das finde ich jetzt echt toll von deiner Mom«, sagte Frank ehrfurchtsvoll.

»Krass«, pflichtete ich bei, »davon könnte sich Viktor eine Scheibe abschneiden, aber der denkt nur an sich. Bestell ihr bitte schöne Grüße von mir.« Ich sah Frank an.

»Fährst du auch weg?«

»Ja, nach Rügen. Meine Mutter will dort meine Tante besuchen. Weiß noch nicht, ob ich mitfahre. Und was machst du?«

»Ich fahre nach Berlin zu meinem Dad.«

Endlich war es Samstag, und wieder stand ich vor dem Kleiderschrank mit der schier unlösbaren Kleiderfrage. Da sich dicke Wolken am Himmel zusammen brauten, entschied ich mich für einen warmen Rollkragenpullover aus Schurwolle. Er kratzte ein bisschen, aber ich fand mich einigermaßen hübsch, weil das Lila gut zu meinen braunen Augen passte. Dann bearbeitete ich meine Haare mit einem Glätteisen, bis sie weich auf die Schultern fielen.

Ich stopfte Adils Parka in meinen Rucksack und rannte die Treppe hinunter. Charlie goss die Blumen im Frühstücksraum. Ich eilte an ihr vorbei und rief »Tschüss, bis später, bin bei einer Freundin.«

»Willst du nicht frühstücken, Zoé?«

»Nein, hab' keinen Hunger.«

Ich zog die Hoteltür hinter mir zu und lief zum Roller. Gerade als ich den Motor anlassen wollte, hörte ich am knirschenden Kies das Herannahen eines Autos. Ein Porsche. Er kam auf mich zu und hielt direkt neben mir. Mit zusammengekniffenen Augen erkannte ich den Typen am Steuer. Es war Derek. Er stieg aus, auf seinem Gesicht dieses überhebliche Grinsen.

»So früh schon auf, Zoé? Willst wohl zu deinem Kanaken?«

»Was hast du hier zu suchen?«

»Weiß nicht«, tat er lässig und versenkte seine Daumen in den Gürtelschlaufen. »Vielleicht suche ich dich? Ich war einfach neugierig, wollte mal sehen, wo unsere hübsche Zoé wohnt. Bin immer am Hotel vorbeigefahren, aber jetzt hatte ich einfach Lust, es mir aus der Nähe anzusehen.« Er nickte anerkennend. »Nicht schlecht. Ihr scheint eine Menge Kohle zu haben.«

Ich drehte den Zündschlüssel um, der Motor sprang an und ich klappte in einer Vorwärtsbewegung den Ständer ein. Derek sprang mit einem Satz auf mich zu und drehte den Motor aus, bevor ich ihn daran hindern konnte.

»Spinnst du?«, schrie ich ihn an. »Geh mir aus dem Weg oder ich hetze unsere Dobermänner auf dich.«

Derek schnaubte. »Dobermänner? Du meinst die kleinen Pointer bei euch im Zwinger hinter dem Garten? Wird aber schwierig, ihn von hier aus zu öffnen.«

Bei seinen Worten durchfuhr mich ein elektrischer Schlag. Log Derek? Hatte er schon früher unser Grundstück betreten? War er es gewesen, der mich beim Schwimmen beobachtet hatte?

Der Zwinger befand sich hinter einer Hecke aus Zypressen, die weit genug im hinteren Teil des großen Gartens lag, damit sich Gäste nicht gestört fühlten. Die Gäste bekamen nicht einmal mit, dass es Hunde gab, weil sie nur bellten, wenn es zur Jagd ging. Also musste Derek schon einmal im Garten gewesen sein. Völlig verunsichert suchte ich in seinem Gesicht nach Hinweisen.

»Hey, was guckst du mich so an?«, fragte Derek sanft.

»Ach nichts«, antwortete ich nachdenklich. »Mach jetzt den Weg frei, ich will fahren!«

Derek bewegte sich keinen Zentimeter von der Stelle. Mein Herz raste. Hatte er mich beobachtet? Hatte er nicht? Und wenn ja, warum hatte er mein Geheimnis nicht in der Schule herum posaunt? Warum stellte er mir nach, wenn er davon wusste?

»Tut mir leid, wenn ich deinen Flüchtling zu hart rangenommen hab«, sagte Derek. »Du verstehst doch, dass ich das nicht auf mir sitzen lassen konnte? Ich bin übrigens enttäuscht von dir. Anfangs dachte ich, du bist gegen Asylanten, jetzt läufst du einem sogar hinterher. Schade. Sehr schade.«

»Hau ab!«

»Zoé! Was soll das? Sei doch nicht so kratzbürstig. Lass uns Frieden schließen. Wenn du ehrlich bist, bin ich genau dein Typ. Oder warum warst du letztens so heiß auf mich? Pass auf, wir fahren jetzt zusammen in die Stadt, trinken irgendwo einen Kaffee und wir besprechen das Ganze noch mal in Ruhe. Nur du und ich.«

»Verpiss dich einfach und lass mich in Ruhe, verstanden? Ich habe kein Interesse an dir. Was auf der Kirmes zwischen uns passiert ist, hatte nichts mit dir zu tun. Ich war sturzbesoffen. Kapier das endlich und halte dich an deine Alina.«

Derek lächelte provozierend. »Ach, Zoé! Du bist noch süßer, wenn du dich aufregst! Ich mag Mädels, die sich zu behaupten wissen.«

Er stand breitbeinig vor der Vespa, das Vorderrad zwischen seine Beine geklemmt. Seine Hände lagen auf meinem Lenker. Ich hatte keine Chance, den Zündschlüssel zu drehen und wegzufahren. Mittlerweile war es bestimmt zehn Uhr vorbei und Adil wartete. Verdammter Mist! Mit Herumschreien und leeren Drohungen ging hier gar nichts. Vielleicht half die sanfte Tour. Ich holte tief Luft.

»Okay, können wir machen. Aber jetzt habe ich überhaupt keine Zeit. Ich muss für meine Mutter frisches Gemüse besorgen und wenn ich nicht sofort losfahre, flippt die aus. Also, wärst du bitte so nett, mich fahren zu lassen?«

In Dereks Gehirn arbeitete es. »Ich habe Zeit und kann warten, bis du zurück kommst.«

Ich schüttelte den Kopf. »Geht nicht. Heute sowieso nicht. Danach muss ich bei der Zimmerreinigung helfen. Damit bin ich den ganzen Tag beschäftigt«, fügte ich vorsichtshalber hinzu.

»Okaaay«, erwiderte Derek gedehnt und runzelte die Stirn. »Ich bin ein geduldiger Mensch und kann warten, wenn man mich nicht zu lange auf die Folter spannt.« Er grinste wieder. »Dann lass uns direkt Nägeln mit Köpfen machen. Morgen um zehn Uhr im Café Ernst?«

»Morgen geht auch nicht. Sorry, aber ich bin in den Ferien schon total verplant.«

»Dann eben übermorgen. Danach geht es bei mir nicht mehr, weil wir nach Bali fliegen. Du machst es einem echt nicht leicht. Ich kann dich abholen, wenn du willst.«

Im Stillen schickte ich ein Stoßgebet zum Himmel. Derek würde solange meinen Lenker festhalten, bis er bekam, was er wollte. Ich strengte mich an, locker zu klingen.

»Klaro, machen wir, kein Problem. Aber du musst mich nicht abholen. Wir treffen uns dort.«

»Versprochen?«

Ich kreuzte unbemerkt Mittel- und Zeigefinger. »Versprochen. Wärst du jetzt bitte so freundlich, deine Hände von meinem Lenker zu nehmen?«

Zögernd nahm Derek seine Hände weg und trat beiseite. Sofort ließ ich den Motor an und brauste an ihm vorbei.

»Du hast es versprochen, Zoé«, rief er mir nach.

»Fuck you!«, rief ich und zeigte ihm meinen ausgestreckten Mittelfinger.

40.

Kurz bevor ich den Biohof erreichte, entluden sich die Wolken in einem heftigen Regenschauer. Und ausgerechnet heute trug ich keinen Helm. Ich wollte gerade an der hölzernen Tür klingeln, als Adil mir öffnete. Wie immer sah er umwerfend gut aus. Er runzelte die Stirn.

»Hi, du bist ja klatschnass.«

»Sorry, ist etwas später geworden. Charlie hat mich aufgehalten.«

»*Beiti beitak*«, sagte Adil grinsend und hielt mir die Tür auf. »Mein Haus ist dein Haus.«

»Zumindest, solange Erika nicht da ist«, lachte ich und trat ein.

»Willst du dich vielleicht umziehen?«, fragte Adil. »Ich könnte nachsehen, ob ich dir was von Erika geben kann.«

»Oh, nein, ist gut, geht schon! Hier, dein Parka.«

Ich zog meine Schuhe aus und hängte meine Jacke über die Heizung. Adil lief ins Badezimmer und kam mit einem Handtuch zurück.

»Aber deine Haare willst du vielleicht trocknen?«

Ich nahm es und rubbelte damit über meine Haare. Wahrscheinlich sah ich jetzt aus wie eine Borste, wie Charlie zu sagen pflegte.

»Ich habe leider keine Bürste dabei«, sagte ich verlegen, während ich ihm das Handtuch zurück gab. »Hoffe, du kannst damit leben.«

Sein Gesicht überzog eine kaum wahrnehmbare Röte. Eindeutig! Meine Knie wurden weich.

»Du bist sehr hübsch mit diesen Haaren. Ich meine, es ist alles okay«, sagt er etwas gestelzt, wandte sich abrupt um und lief zurück ins Badezimmer. Sehr hübsch? Ich fühlte mich wie schmelzende Butter in einer heißen Pfanne. Unter meinem dicken Pullover staute sich schon jetzt die Hitze.

Es dauerte verhältnismäßig lange, bis Adil zurückkam. Ich stand verloren in der Küche, fieberhaft darüber nachdenkend, über was ich mit Adil reden sollte. Mir fiel nichts ein. Dabei hatte ich unzählige Fragen. Die Wärme hatte mir bestimmt die Röte ins Gesicht getrieben, das spürte ich sehr deutlich und das machte das Ganze auch nicht besser. Schließlich setzte ich mich auf die hölzerne Eckbank am Küchentisch.

»Ähm, hast du eigentlich Kontakt zu den Flüchtlingen?«, fragte ich, obwohl mich die Antwort nicht besonders interessierte.

Er verneinte. »Nein, kein Bedarf, es gibt ganz sicher sehr nette unter ihnen, aber ich habe keine Zeit, mich mit ihnen aufzuhalten. Ich bin weiter als sie, diese Phase liegt hinter mir.«

Er guckte auf seine Uhr.

»Hast du schon gefrühstückt? Es ist zwar schon halb elf, aber vielleicht möchtest du ...«

»Einen Kaffee?«, unterbrach ich ihn. »Ein Kaffee und ein Brötchen wären gut. Ich habe tatsächlich noch nichts gegessen.«

Vom Tisch aus beobachtete ich, wie Adil sich am Herd zu schaffen machte. Ich konnte nur sehen, wie er Olivenöl in eine Bratpfanne goss, Eier aus dem Kühlschrank nahm und sie in die Pfanne schlug. Kurze Zeit später durchzog die Küche ein köstlicher Duft von Eiern, Datteln und Walnüssen. Neugierig stand ich auf und ging zu ihm.

»Wow, das sieht lecker aus! Ich habe noch nie Spiegeleier in Kombination mit Datteln und Walnüssen gegessen.«

Adil lächelte. »Du magst Eier, ja? Zu Hause hat meine Mutter morgens manchmal Eier mit Datteln für uns gebraten. Ihr Spezialrezept.«

Ein dunkler Schatten zog über sein Gesicht.

»Ist sie noch dort?«

Er presste seine Lippen zusammen und nickte. Sein Blick wanderte nach innen, gedanklich war er wo auch immer, nur nicht bei den Eiern. Sie brutzelten auf starker Hitze vor sich hin. Ich räusperte mich.

»Adil!«

Er schreckte auf. »Was?«

Ich nahm ihm den Pfannenheber aus der Hand, zog die Pfanne vom Herd und drehte die Eimasse um. Sie waren nicht angebrannt, aber kross gebraten.

»So schmecken sie besonders gut«, sagte Adil schulterzuckend. »Tut mir leid, ich war nicht ganz bei mir.«

»Kein Problem. Ich decke dann mal den Tisch«, sagte ich und suchte in Erikas Schränken nach Tellern und Tassen.

»Weißt du«, plapperte ich drauflos, um ihn abzulenken, »ich mag Eier, aber komm niemals auf die Idee, mir totes Tier vorzusetzen. Ich esse kein Fleisch. Bei Eiern ist das was anderes, denn man tut den Hühnern nicht weh, wenn man ihnen die Eier nimmt.«

»Schade«, sagte Adil und kam mit der Pfanne an den Tisch. »Ich könnte ohne Fleisch nicht leben, und wenn du kein Fleisch isst, entgeht dir was. In Syrien essen wir fast täglich Fleisch. Es gibt die tollsten Gerichte. Du würdest dir die Finger danach lecken.«

»Keine Chance. Du kannst mich nicht überreden. Oder würdest du Schweinefleisch essen, nur weil andere nicht auf Currywurst oder Schnitzel verzichten können?«

»Ehrlich gesagt esse ich ab und zu Schweinefleisch.«

»Hmm, Dilara isst nur Fisch, Lammfleisch und Hühnchen, eventuell auch Rind.«

Der Geruch von Zimt stieg in meine Nase. Jetzt hatte ich richtig Hunger. Adil setze sich mir gegenüber und reichte mir ein Stück Fladenbrot.

»Ich denke nicht groß darüber nach, ob Schweine unrein sind oder nicht. Soweit ich weiß, war damals in den heißen Sommermonaten die Wasserversorgung knapp und die hygienischen Verhältnisse mit heute nicht zu vergleichen. Die Schweine suhlten sich wegen des Wassermangels in ihrem Kot und deshalb verbot Mohammed, sie zu schlachten und zu essen. Die gläubigen Muslime halten sich nach wie vor daran. Sie sehen das diesseitige Leben als Test an, dessen Belohnung oder Bestrafung sie im Jenseits erwartet. Weil Allah es ihnen verbietet, essen sie es nicht.«

»Aber ich dachte, du bist religiös«, warf ich ein. »Du hattest doch einen Koranlehrer.«

Ich stockte über meinen unbedachten Satz. Adils Gesicht verdunkelte sich, aber er hatte sich sofort im Griff.

»Rahim hat mir die Bedeutung der einzelnen Suren erklärt. Als Kinder plappern wir die Suren einfach nach. Ich bin nicht religiös, aber ich will verstehen, warum es so unterschiedliche Auslegungen gibt. Bist du religiös, weil du Religionsunterricht hattest und in der Bibel gelesen hast?«

»Habe ich nicht wirklich. Reli habe ich schon in der 8. Klasse abgewählt. Ich kann mich nur daran erinnern, wie Gott die Welt erschaffen haben soll. Naja, und an die Sache mit Abraham erinnere ich mich und an den Auszug der Kinder Israels aus Ägypten ins gelobte Land.«

Adil sah mich stirnrunzelnd an. Die Unterhaltung mit ihm begann kompliziert zu werden. Mir wurde klar, dass ich praktisch nichts wusste. Außer lesen, schreiben, ein bisschen rechnen und Bio hatte ich in der Schule nichts gelernt. So kam es mir zumindest vor.

»Okay«, sagte ich ausweichend. »Du liest den Koran, bist aber nicht religiös und deshalb isst du auch ab und zu Schweinefleisch, obwohl es mit Antibiotika vollgepumpt ist. Richtig?«

Ich hatte ihn ertappt. Adil wirkte ratlos und schwieg.

»Hühner stecken übrigens auch voller Antibiotika. Wenn ich krank bin, will Charlie mir immer Hühnerbrühe einflößen. Da kann ich gleich zum Arzt gehen und mir ein Antibiotikum verschreiben lassen.«

Jetzt sah er mich belustigt an. »Willst du mir jetzt verbieten, Hühnchen zu essen?«

»Du könntest wenigstens die Haut vorher abmachen.«

Adils verblüffter Ausdruck verwandelte sich in lauthalses Lachen. Es war so ansteckend, dass ich in sein Lachen einfiel, was gut tat, weil sich die verkrampfte Atmosphäre zwischen uns etwas entspannte. Er schob seinen Teller beiseite.

»Ich habe ganz vergessen, dir Maqdous anzubieten.«

»Was ist das?«

»Mit Knoblauch, Paprika und Walnüssen gefüllte Auberginen. Willst du mal probieren?«

Er schob mir ein Einmachglas hin. Aber ich konnte beim besten Willen nicht mehr.

»Bin pappsatt. Beim nächsten Mal, okay? Oder... Vielleicht koche ich etwas typisch Deutsches für dich.«

»Sauerkraut mit Eisbein?«

»Quatsch!« Ich kicherte. »Linsensuppe aus der Dose.«

Mit meinen Kochkünsten war es nicht weit her. Aber das spielte in dem Moment keine Rolle. Ich versank in seinen Augen, die wieder eine dunklere Farbe angenommen hatten. Plötzlich hörte ich das Vorfahren eines Wagens. Adil sah zum Fenster.

»Ich glaube«, flüsterte er, »warte mal! Das könnte ein Kunde sein. Bin gleich wieder da. Nicht weglaufen!«

Er hastete zur Tür. Ich beobachtete durch das Fenster, wie er sich mit einem Kunden unterhielt und in den Laden ging. Mir war heiß von der anstrengenden Diskussion, Erika würde sowieso jeden Moment wiederkommen und der Pullover kratzte. Adil hatte mir ungewollt das Stichwort gegeben. Weglaufen!

Schnell zog ich meine Schuhe an und nahm die Jacke von der Heizung, bevor ich es mir anders überlegte. Ich rannte zum Laden und rief Adil zu:

»Sorry, Charlie hat gerade angerufen. Ich muss dringend los. Melde mich bei dir.«

Nicht ich war diejenige, die anrief, sondern er.

Adils Anruf erwischte mich unter meiner Bettdecke. Ich hatte den Nachmittag damit verbracht, beim housekeeping zu helfen, weil es so viele Abreisen gegeben hatte. Anschließend hatte ich versucht, mir Informationen über den Koran aus dem Internet zu ziehen. Der Koran, die heilige Schrift des Islam, gilt als die wörtliche Offenbarung Allahs, also Gottes, an den Propheten Mohammed, der um 570 nach Christus im saudi-arabischen Mekka geboren worden war. Meine anfängliche Idee, mir das Buch über Amazon zu bestellen, verwarf ich schnell. Wenn Adil einen Lehrer gebraucht hatte, der ihm die 114 Suren, die so etwas wie Strophen waren, erklärte, würde ich sowieso nichts verstehen. Dafür prägte ich mir die Basmala ein, mit der fast alle Suren begannen: bi-smi llāhi r-rahmâni r-rahīm, was so viel bedeutete wie *Im Namen Allahs, des Erbarmers, des Barmherzigen* und von allen Gläubigen vor dem Gebet gesprochen wurde.

Ich war mächtig stolz, dass ich einen Satz auf Arabisch gelernt hatte und machte es mir anschließend mit *The Selection* in meinem Bett gemütlich. Nox lag schnurrend auf meinem Bauch, nachdem er sich von mir eine Standpauke darüber hatte anhören müssen, warum man nicht mit halbtoten Mäusen spielt. Er war, während ich im Internet surfte, durch das Fenster gehuscht und hatte mir eine Maus vor die Füße gelegt. Kreischend war ich vom Stuhl gesprungen, weil das arme Tier noch lebte und eine Blutspur hinter sich herziehend das Weite suchte. Mit einem Satz war Nox auf sie gesprungen und hatte ihr den Rest gegeben. Mein anschließender Tobsuchtsanfall hatte Nox mächtig eingeschüchtert und ich hoffte, dass er seine Lektion ein für alle Mal gelernt hatte. Aber ich hatte ihm verziehen und jetzt waren wir wieder ein Herz und eine Seele.

Genau an der Stelle, an der Prinz Maxon im Begriff war, America Singer zu küssen, rief Adil an.

»Hi«, hauchte ich in mein Handy.

»Hi!«

Ich wartete darauf, dass er weiter sprach, aber er tat mir nicht den Gefallen. Ich ihm auch nicht. Endlich sagte er:

»Es war schön, dass du hier warst.«

Oh Mann! Ich legte meinen Roman zur Seite. Er rutschte runter und landete mit einem Knall auf dem Boden.

»Was war das?«

»Nichts. Nur ein Buch. Ist runter gefallen.«

Schweigen.

»Zoé?«

»Ja?«

Er räusperte sich. »Warum bist du plötzlich gefahren und hast nicht auf mich gewartet?«

Ich rutschte unruhig in meinem Bett herum. »Sollte ich?«

»Warum nicht? Wie soll ich sagen, ich habe das Gefühl, dass du mir immer aus dem Weg gehst.«

»Ja? Eigentlich nicht. Ich bin doch zu dir gekommen.«

»Und gleich wieder weggelaufen. Zoé?«

»Ja? Was ist?«

»Morgen soll es schön werden. Und ziemlich warm. Hast du Lust, nochmal mit mir auf den Hochsitz zu gehen?«

Meine Füße unter der Bettdecke kribbelten. Sofort spürte ich Adils Finger auf meinen Füßen im Geiste noch einmal.

»Um fünf Uhr nachts?«

»Wir können auch nach dem Frühstück gehen«, sagte er sanft, »aber nicht zu spät. Um neun Uhr, wenn du willst. Du hast doch Zeit?«

»Wir haben Ferien. Klaro.«

Ich hörte sein Lachen und lachte mit.

»Und zieh dir nichts Kompliziertes an, etwas Bequemes, du weißt schon.«

»Okay, bis morgen.«

»Schlaf gut!«

41.

Ich schlief nicht gut, sondern wälzte mich die halbe Nacht von einer Seite auf die andere. Adils sanfte Stimme umhüllte mich wie ein weicher Kokon. Tausendmal stellte ich mir vor, wie es sich anfühlte, mich an ihn zu schmiegen, seine Wärme und seinen nach frischem Holz und Moschus betörenden Duft zu atmen und ihn – zu küssen. Ich sehnte mich so sehr nach ihm, dass ich mir alles Mögliche vorstellte. Doch am Ende meiner Fantastereien war immer ich diejenige, die sich aus seiner Umarmung wand und davonrannte.

Wie Adil vorausgesehen hatte, war der kommende Morgen klar und für einen Tag im Oktober relativ warm. Dieses Mal machte ich nicht den Fehler, meine Klamotten danach auszuwählen, ob ich hübsch genug darin aussah. Nachdem ich geduscht hatte, verzichtete ich darauf, meine Haare glatt zu föhnen, sondern ließ sie an der Luft trocknen.

Wir erreichten den Hochsitz unter strahlender Sonne. Für den Weg hatten wir weniger als eine Stunde gebraucht, weil ich meine bequemen Boots trug und ich im Tageslicht nicht darauf achten musste, wohin ich trat. Wie beim ersten Mal breitete Adil die gefütterte Plastikdecke aus. Dann überraschte er mich mit einem Picknick.

»Weil du gestern satt warst, habe ich ein paar syrische Spezialitäten mitgebracht«, sagte er zufrieden und stellte das Einmachglas mit Auberginen auf die Decke.

»Cool«, rief ich. »Wie hieß das noch mal?«

»Maqdous, gefüllte Auberginen. Und dazu Kibbeh Naye, rein vegetarisch, extra für dich.«

»Wow! Dass du kochen kannst, ist der Wahnsinn. Ich hätte vielleicht meine Linsensuppe aus der Konserve mitbringen sollen, aber die passt wohl nicht zum Frühstück.«

»Habe ich nicht selber gemacht«, gab Adil zu. »Erika kennt einige syrische Rezepte von meiner Mama. Du hast doch Erika kennen gelernt. Wenn sie nicht auf dem Hof arbeitet oder irgendwelche Projekte verfolgt, kocht sie. Probier mal!«

Er wickelte eine braune Masse, die aussah wie ein Stück Fleisch mit Rippenmuster, in ein Salatblatt, dippte es in eine Soße und hielt mir das Teil über seiner flachen Hand vor den Mund. Vorsichtig und sorgsam darauf bedacht, seine Finger nicht mit den Lippen zu berühren, biss ich hinein, verzog aber sofort den Mund.

»Oh Mann! Echt scharf. Und gleichzeitig süß. Was ist da drin?«

»Dunkler Bulgur, Tomaten, Paprika, Zwiebeln, Peperoni, getrocknete Minze und Gewürze. Die Peperoni gibt den scharfen Geschmack und das Süße kommt von dem Granatapfelsirup im Dip. Und?«

»Gewöhnungsbedürftig. Irgendwie anders. Was ist denn Bulgur?«

»Ein vorgekochter Weizen, den wir wie Reis mit Fleisch oder Gemüse kochen.«

Ich fand den Geschmack etwas muffig, sagte aber nichts, um Adil nicht zu verletzen. Höflicherweise probierte ich auch von den Maqdous und verliebte mich sofort in sie.

»Krass! Die sind lecker! Problem ist nur, dass ich jetzt nach Knoblauch stinke. Du musst auch einen Maqdou essen!«

Adil nahm sich grinsend eine Aubergine, und ich hätte mich am liebsten geohrfeigt. Er musste denken, ich wollte nicht nach Knoblauch stinken, falls er mich küsste. Doch er ließ sich nichts anmerken, stellte geschäftig zwei Becher auf die Decke und goss dampfenden, schwarzen Tee hinein. Ich nahm einen Becher, lehnte mich an die Holzwand und streckte meine Beine aus. Adil saß mir gegenüber. Er stellte seinen Becher ab, nahm wie selbstverständlich meine Füße und legte sie auf seinen Schoß. Das Klopfen eines Spechtes hallte vom Wald herüber.

»Adil?«

»Ja?« Er sah mich vertrauensvoll an.

»Deine Mutter. Du vermisst sie sehr, oder?«

Er lehnte seinen Kopf in den Nacken und sah in den Himmel.

»Der Falke ist heute nicht gekommen«, flüsterte er. »Sonst ist er immer da.«

Ich folgte seinem Blick. Er hatte recht. Der Falke war weder zu sehen noch zu hören. Auch der Specht hatte aufgehört zu hämmern. Es war still. Adil nahm seine Tasse und betrachtete den Dampf, der sich wie ein Flaschengeist empor schlängelte.

»Es ist nicht fair«, flüsterte er. »Unser Haus, in dem meine Familie lebte, ist durch eine Panzergranate zerstört worden. Meine Eltern und meine kleine Schwester sind mit meiner Tante bei Verwandten untergekommen, aber müssen sich dort ein Zimmer teilen. Wenn es Strom gibt, haben wir Kontakt übers Internet. Das letzte Mal habe ich vor vier Tagen von ihnen gehört. Und ich sitze hier in Sicherheit mitten in der Natur und kann nichts tun.«

Ich nagte an meiner Unterlippe. »Das tut mir so leid. Ich habe Bilder von zerstörten Häusern im Internet gesehen. In Damaskus. Das ist doch da, wo du herkommst?«

Adil schob meine Füße beiseite und kreuzte seine Beine zum Schneidersitz. Er seufzte.

»Du willst meine Geschichte nicht wirklich hören!«

»Hallo! Natürlich will ich sie hören. Weil... Weil du mir wichtig bist. Du lachst zwar, aber eigentlich bist du traurig. Ich weiß nichts von dir. Wer bist du? Woher kommst du? Ich weiß nur das, was Erika über deine Flucht von Ungarn hierher erzählt hat. Aber das reicht mir nicht. Ich möchte alles wissen. Bitte! Erzähl mir von dir!«

Adil sah mich an. Ein tiefer Kummer breitete sich plötzlich auf seinem Gesicht aus.

»Das möchtest du nicht wirklich. Es war sowieso ein Fehler, dass ich mich auf dich eingelassen habe. Ich wollte das auch nicht, aber dann ... Ich weiß auch nicht.«

»Okay«, erwiderte ich. »Dann lass es. Ich will dich nicht drängen. Ich dachte nur, es hilft dir, wenn du darüber redest.«

Adil nahm seinen Becher in beide Hände und hielt ihn so fest, dass er ihn zerquetscht hätte, wenn er nicht aus Porzellan gewesen wäre Er starrte gedankenverloren in seinen Tee, der noch immer dampfte, dann sah er mir tief in die Augen. Sehr tief. Ich hielt seinem Blick stand.

»Ich komme aus Yarmouk. Das ist ein Vorort im Süden von Damaskus, einer Stadt aus uralten Mauern, Innenhöfen, gurrenden Tauben, einem Gewirr aus Stromleitungen und Satellitenschüsseln, aus Wolkenkratzern und Internetcafes. 1952 entstand Yarmouk als Flüchtlingslager für Palästinenser, die wegen des arabisch-israelischen Krieges aus dem heutigen Israel geflohen waren.«

»Wann war das?«

»1948. Über die Jahre entwickelte sich Yarmouk zu einem normalen Viertel mit Wohnhäusern und Geschäften. Es gab viele teure Modeläden, alle internationalen Marken wie Benetton, Boss oder Adidas. Alles echte Sachen, nicht gefälscht. Und ein Geschäftsmann musste für so einen Laden locker eine Million Euro hinlegen.«

»Wahnsinn! Soviel muss man hier bestimmt auch bezahlen.«

»Ja. Yarmouk war bekannt für seine Restaurants und für die berühmten Süßigkeiten, vor allem für alle möglichen Sorten Baghlawa, eine orientalische Spezialität mit Pistazien und Mandeln. Manchmal ging ich mit Mama auf die Rama, eine lebhafte Geschäftsstraße mit ihren Läden und den Gemüsemärkten, um ihre Taschen nach Hause zu tragen. Dort kaufte sie die klassischen Zutaten für den Damaszener Salat. Ich saß mit meinen Freunden in einem der unzähligen Cafés, in denen wir das bunte Treiben auf den Straßen beobachteten, oder wir spielten Kreisel zwischen den Häusern, die Sorte, die man mit einer Schnur antreiben muss.«

»Ich kann es mir genau vorstellen«, sagte ich leise. »Es muss sehr schön dort gewesen sein. Vielleicht ein bisschen wie Berlin.«

»Ich hatte viele Freunde«, fuhr er fort. »Die meisten sind tot. Vor dem Krieg lebten dort hunderttausende Menschen, überwiegend natürlich Palästinenser, aber auch Syrer. Jeder verstand sich mit dem anderen. Es war egal, ob man Sunnit oder Alawit war.«

Er stockte. Die Tasse in seinen Händen zitterte.

»Und wo habt ihr gewohnt?«

»In einem Haus, das Djetto, unser Wort für Großvater, in den sechziger Jahren gebaut hat. Mit Chalah, das ist das arabische Wort für Tante, deren Kindern und uns waren wir eine siebenköpfige Familie. Und weil die Wohnung zu klein für uns wurde, entschied sich Baba, eine Wohnung auf dem Dach des Gebäudes anzubauen.«

»Wie geht das denn?«, fragte ich verwundert.

Adil stutzte. Dann verstand er meine Frage.

»Bei uns haben alle Gebäude Flachdächer, keine spitzen Ziegeldächer wie bei euch, weil es kaum regnet.«

»Natürlich, ist ja logisch.«

»Auf jeden Fall richteten meine Eltern, als wir später dort einzogen, die Wohnung mit schicken Mahagoni-Möbeln und modernen Gemälden ein. Wir hatten auch endlich zentrale Warmwasserversorgung und sogar zwei Klos, ein europäisches und ein orientalisches.«

»Wo ist denn da der Unterschied?«, unterbrach ich ihn.

»Auf das orientalische Klo hockt man sich hin«, erklärte Adil. »Dabei nimmt man für die Reinigung kein Papier, sondern einen

Wasserschlauch, anschließend die linke Hand, weshalb sie übrigens als unrein gilt.«

»Echt?«

»Hinterher wäscht man sich natürlich die Hände«, fügte er hinzu. »Ich finde es viel hygienischer. Man fühlt sich den ganzen Tag sauber und frisch. Beim Duschen reinigt man sich doch auch mit den Händen.«

Dem konnte ich nicht widersprechen, stellte es mir aber trotzdem gewöhnungsbedürftig vor. Allerdings gab es in einigen Hotelzimmern Bidets, was doch im Grunde dasselbe war.

»Chalah blieb in der alten Wohnung«, fuhr Adil fort. »Sie war Diätassistentin, doch weil ihr Mann gestorben war, musste sie ihre zwei Kinder allein durchbringen. Natürlich wurde sie finanziell auch von Baba unterstützt.

Im Sommer fuhren wir immer auf eine griechische Insel oder an die türkische Küste. Oft nahmen wir Rabia, die Tochter von Chalah mit. Sie hatte noch einen älteren Bruder, Fahed, der an der Universität Informatik studierte. Rabia bewunderte ihren großen Bruder, aber ich mochte Fahed nicht besonders, weil ich nicht wusste, woran ich mit ihm war. Er war sehr verschlossen, und wenn er nicht gerade in der Uni war, hing er stundenlang an seinem Computer herum und reagierte gereizt, wenn man in sein Zimmer kam. Rabia und ich besuchten beide die Schule der Vereinten Nationen. Sie war sehr temperamentvoll und ein halbes Jahr jünger als ich. Trotzdem hatte sie schon einen genauen Plan, wie ihr Leben ablaufen sollte. Sie wollte nach der Schule Journalismus studieren und Reporterin werden. Ich träumte von einer Fußballkarriere und hoffte darauf, während eines Spiels entdeckt und für die syrische Nationalmannschaft al Shorta aufgebaut zu werden. Ich glaubte ganz fest daran, wie jeder Junge davon träumt, ein Fußballstar zu werden. Einen Plan B hatte ich nicht. Und natürlich ließ ich kaum eine Gelegenheit aus, mir die Heimspiele der Profimannschaft im Abbasiden-Stadion anzusehen.«

»Spielst du jetzt auch Fußball?«, wollte ich wissen.

Adil trank einige Schlucke von seinem Tee, der bestimmt kalt geworden war. Er nickte. »Zweimal in der Woche gehe ich zum Training. Wir spielen auf Kreisklassenebene, sind ziemlich schlecht. Aber egal. Die Jungs dort sind nett. Erika hat mir den Tipp gegeben, den Trainerschein zu machen. In einem Monat fange ich damit an.«

»Erika ist super«, sagte ich. »Sie hat mir von eurem Schmuggelabenteuer aus Ungarn erzählt. Was genau haben Erika und ihr Mann eigentlich in Damaskus gemacht?«

»2009 es gab ein Hilfsprojekt für behinderte Jugendliche an unserer Schule. Es ging darum, dass jedes Land dafür sorgen muss, Behinderte nicht schlechter als Nicht-Behinderte zu behandeln. Eine der Projektleiterinnen war Erika, und als Mama sie auf der Rama beim Gemüsemarkt wiedertraf, lud sie Erika und Martin zu uns nach Hause zum Essen ein. Seit diesem Abend kamen sie regelmäßig zu uns. Sie freundeten sich an, lachten viel und diskutierten miteinander, auch über Politik. Erika ließ sich alle möglichen Kochrezepte von Mama zeigen. Martin ist ja Dokumentarfilmer und hat viel den Orient bereist. Er diskutierte mit Baba über Politik. Oft saß ich dabei und hörte zu. Meine Urgroßeltern sind damals aus Palästina, dem heutigen Israel, vertrieben worden und haben sich ein neues Leben in Yarmouk aufgebaut. Baba sagte oft, ein palästinensischer Flüchtling in Syrien zu sein, bedeute beides zu sein: Syrer und Palästinenser, ohne eins davon wirklich zu sein, ohne richtige Staatsbürgerschaft.«

»Sowas Ähnliches habe ich schon von Charlie gehört«, warf ich ein. Adil stutzte einen Moment, dann sprach er weiter.

»Martin organisierte öfter ein Fußballspiel, in denen behinderte und nicht behinderte Kinder zusammen in beiden Teams spielten. Um das Gewinnen ging es dabei nicht, sondern darum, die Behinderten in das Spiel mit einzubeziehen, was gerade beim Fußballspiel eine echte Nervenprobe war. Aber es machte irgendwie trotzdem Spaß. Erika und Martin blieben insgesamt zwei Monate. Als sie weg waren, war ich traurig. Der Kontakt riss nicht ab, wir schrieben E-Mails, aber mit der Zeit wurden die Nachrichten weniger. Wir waren dann ja auch mit ganz anderen Dingen beschäftigt.«

An dieser Stelle brach Adil seinen Bericht ab. Er stellte die Tasse, die er die ganze Zeit über festgehalten hatte, neben sich. Auf einmal wurde sein Gesicht bleich. Fast zeitgleich hörte ich das Herannahen eines Zuges, erst leise, dann allmählich lauter werdend. Für mich war das Geräusch nur ein bisschen störend, weil die Gleise in reichlicher Entfernung hinter dem Wald verliefen. Doch mir fuhr ein Schreck durch die Glieder, als ich sah, was mit Adil passierte. Er vergrub seinen Kopf unter verschränkten Armen zwischen den Knien und wippte hin und her. Erst als der Zug vorbei war, hörte das Wippen auf. Er löste sich aus seiner Haltung und starrte mich mit vor Angst geweiteten Augen an.

»Entschuldige, ich ...«, stammelte er. »Dieser Zug, dieses Dröhnen hört sich an wie die Raketen in Damaskus. Ich sage mir immer, es ist nur ein Zug, aber ich kann mich nicht daran gewöhnen.«

Ich nickte nur, stand auf und setzte mich neben ihn.

»Deshalb wollte ich nicht so spät gehen. Ich bin entweder vormittags oder nachmittags hier. Der Zug fährt nur einmal am Tag, um 12:48 Uhr.«

»Und was machst du im Winter? Du kannst dann nicht hierher. Bleib doch einfach auf dem Hof.«

»Dort ist es noch schlimmer. Normalerweise bin ich in der Schule, aber nicht am Wochenende. Erika weiß schon, dass sie mich mittags nicht anbinden kann.«

Seine Anspannung ließ langsam nach. Er legte seinen Arm um mich und ich lehnte meinen Kopf an seine Schulter. Schweigend betrachteten wir den Himmel. Das Klopfen des Spechtes hatte wieder eingesetzt, aber der Falke war immer noch nicht zu sehen.

»Macht es dir etwas aus, wenn wir gehen?«, fragte Adil. »Ich erzähle ein anderes Mal weiter, wenn du willst.«

»Klaro will ich. Wann?«

»Übermorgen. Morgen hat einer meiner Freunde Geburtstag. Ich rufe dich an.«

42.

Einige Begriffe aus Adils Bericht hatte ich nie gehört, aber ich hatte ihn nicht danach gefragt, weil ich ihn nicht in seinem Redefluss unterbrechen wollte. Jetzt war ich einmal mehr froh, dass es das Internet gab und ich auf meine Suchanfragen direkte Antworten bekam:

In Syrien bekennen sich 90% zum Islam und 75% davon sind Sunniten. Überhaupt sind 90% aller Muslime auf der ganzen Welt Sunniten. Nach Mohammeds Tod forderten sie, einen Mann ihres Vertrauens als Mohammeds Nachfolger zu wählen, unabhängig von seiner Herkunft. Der Name Sunnit kommt aus dem Arabischen *Sunna* und bedeutet ‚Brauch' oder ‚gewohnte Handlungsweise'. Im Gegensatz dazu gibt es die Schiiten, die der Meinung waren, dass Mohammeds Nachfolger ein Familienangehöriger sein sollte. Sie glauben deshalb an Mohammeds Cousin und gleichzeitigen Schwiegersohn Ali als rechtmäßigen Nachfolger. Schiiten leben überwiegend im Iran und im Irak.

Die Alawiten, die Adil erwähnt hatte, sind eine Untergruppe der Schiiten. Aber Alawiten scheinen viel liberaler zu sein, denn sie sind nicht gezwungen, die Moschee aufzusuchen und die Frauen müssen kein Kopftuch tragen.

Jetzt wusste ich zwar etwas über die größten oder wichtigsten Religionsgruppen, aber was bedeutete der Islam überhaupt? Ich recherchierte weiter und fand heraus, dass der Islam aufgrund des gemeinsamen Stammvaters Abraham sowie des Glaubens an einen einzigen Gott, auf Arabisch Allah, mit dem Christen- und Judentum verwandt ist. Islam bedeutet »Frieden«, die Menschen, die an ihn glauben, nennen sich »Muslime«, und die Botschaft von Allah findet sich im Koran. Der Prophet Mohammed verbreitete den Glauben unter den Menschen, in dem es darum geht, so zu leben, dass es Allah gefällt. Dabei spielen Werte wie Barmherzigkeit, Gerechtigkeit, Bildung und Fortschritt, Friede, Vernunft und das Achten des Menschen unabhängig von seiner Hautfarbe oder Herkunft eine entscheidende Rolle.

Vergeblich versuchte ich, Bilder von Yarmouk vor dem Krieg hochzuladen. Wie sah die Rama aus? Wo hatte Adil seiner Mutter die Taschen getragen? In welchen Cafés hatte er gesessen? Aber es gab nur Fotos von zerstörten Häusern und Straßen. Ich lehnte mich zurück, starrte auf den Bildschirm und hatte auf einmal das Bild von Adils Reaktion auf den vorbeifahrenden Zug vor Augen, sein unkontrolliertes Zittern, die Augen panisch geweitet. Angesichts des Elends und der Vorstellung, welche Schrecken Adil erlebt haben musste, schnürte sich mir die Kehle zu. Spontan wählte ich seine Nummer.

»Hey«, sagte er erstaunt. »Du?«

»Ja ... Ich ...«

»Bist du in Schwierigkeiten?«

Mein erster Impuls war Protest, doch an seinem besorgten Ton merkte ich, dass seine Frage nicht arrogant gemeint war.

»Nein, es geht mir gut, aber du, bist du okay?«

Ich hörte ein Plong, also saß er am Rechner.

»Ich habe gerade mit meiner Familie geskyped«, antwortete er bedrückt. »Ausnahmsweise hatten sie heute für eine Stunde Internet. Sie leben, aber es wird immer gefährlicher und das Essen wird knapp.«

»Das Essen? In den Geschäften kann man nichts mehr kaufen?«

Adil seufzte. »Was denkst du? Die Geschäfte, deren Besitzer geflohen sind, wurden geplündert. Wer es sich leisten kann, hat Yarmouk verlassen, viele andere sind gestorben. Von den 150.000 Einwohnern sind vielleicht 18.000 übrig. Ende letzten Jahres brachten Oppositionelle Yarmouk in ihre Gewalt, danach wurde es vom Regime bombardiert und seit Juli wird es von der syrischen Armee belagert. Sie lassen keine Nahrungsmittel, Medizin und andere Hilfsgüter hinein. Die Leute essen Tierfutter und Gras. Heute Morgen ist ein sechsjähriger Junge an den Folgen von Unterernährung gestorben, aber er wird nicht der einzige bleiben, ganz bestimmt nicht.«

Mir stiegen Tränen in die Augen.

»Und deine Familie?«, stammelte ich. »Was will sie tun?«

»Ich habe ihnen gesagt, sie sollen fliehen, aber nach Europa können sie nicht, Baba hat mir das Ersparte für meine Flucht mitgegeben, und die Nachbarländer Libanon und Jordanien haben ihre Grenzen für Palästinenser, die aus Syrien fliehen, geschlossen. Wir sind staatenlos. Außerdem ist es gefährlich. Überall sitzen Heckenschützen, oder man wird das Opfer von Granatangriffen. Deshalb verbarrikadieren sich die Leute in ihren Häusern, sofern sie noch welche haben und warten auf Hilfe.«

»Aber sie können doch nicht einfach dasitzen und abwarten?«, flüsterte ich.

»Entweder schließen sich die Leute einer der Gruppen an und kämpfen, oder sie warten auf den Tod. Wir haben Verwandte auf dem Land, wo es noch relativ ruhig ist. Baba will so bald wie möglich mit meiner Familie die Flucht wagen. Das macht mir Angst.«

Die letzten Worte waren so leise, dass ich sie kaum verstand.

»Wenn ich etwas tun kann, sag es mir«, sagte ich fast ebenso leise. Mein Hals war wie zugeschnürt, Adils Angst war so greifbar, dass ich sie selbst spürte. »Ich würde dir so gerne helfen, wenn ich nur wüsste, wie.«

»Du tust schon eine ganze Menge«, erwiderte Adil, »einfach, indem du zuhörst und mich verstehst.«

Ich nickte, obwohl ich nichts verstand. Nur seine Gefühle, die konnte ich nachempfinden. Vielleicht meinte er das.

»Warum bombardiert euer Präsident seine eigenen Leute und hungert sie aus? Er muss ein sehr böser Mensch sein«, sagte ich.

»Ach, Zoé, die anderen Strippenzieher hinter dem Krieg sind mindestens ebenso böse. Syrien ist nur ein Teil des Ganzen.«

»Ich weiß«, erwiderte ich traurig und sah die Bilder der zertrümmerten Städte aus dem Internet vor mir. »So viele Tote und Leid und Elend! Warum können die Menschen nicht friedlich miteinander leben, warum gibt es überhaupt Krieg? Glaubst du, das hat alles mit dem Arabischen Frühling zu tun?«

»Wer weiß das schon, aber das war wahrscheinlich der Auslöser«, sagte Adil. »Die Leute gehen auf die Straße, weil ihre Regenten Diktatoren sind. Ich habe ja nicht behauptet, sie sind Demokraten und wollen nur das Beste für ihre Leute, aber im Vergleich zu den Golfmonarchien ist Syrien sogar ziemlich fortschrittlich. Irgendwo knallt es, Menschen sterben, und man protestiert. Viele finden es anfangs sogar schick, sich den Bewegungen anzuschließen und zu demonstrieren, wobei die Bombe vielleicht auch von außen gelegt wurde, um die bereits vorhandene Unruhe in der Bevölkerung anzustacheln. Wenn dann noch die Bevölkerung aufsteht, ist das gewollte Chaos perfekt. Die Regierung schießt auf Demonstranten, es bilden sich unterschiedliche Rebellengruppen, die je nach Geldgeber unterschiedliche Ziele verfolgen, und am Ende fallen die Bomben auch von oben.«

»Und deshalb fliehen die Menschen«, sagte ich bedrückt. »Wenn es in den Ländern des Nahen Ostens immer unsicherer wird, kommen immer mehr Flüchtlinge zu uns. Wir würden doch auch nicht hierbleiben wollen, wenn Krieg ist. Und hier sind sie dann auch nicht erwünscht. Man sieht doch, wie sich die Leute aufregen. Dabei könnte jede Kultur von der anderen lernen.«

»Wenn es nur um Kulturen ginge«, entgegnete Adil. »Natürlich geht es auch darum, wie man an ISIS sieht, dem Islamischen Staat im Irak und in Syrien. Das sind religiöse Fanatiker, die ihre altertümlichen Vorstellungen von einer Gesellschaft gewalttätig durchsetzen wollen und leider immer mehr Anhänger finden.

Aber der gesamte Nahe Osten brennt, weil jeder Staat seine eigenen Interessen durchsetzen will.«

»Welche Interessen denn?«

»Es geht um milliardenschwere Waffenlieferungen, um Pipelineprojekte, um den Zugang zum Mittelmeer für Marinestützpunkte, also ganz grob gesagt: um die Kontrolle über die Region. Wer die Kontrolle hat, besitzt Macht. Kriege werden bestimmt nicht geführt, um humanitäre Hilfe zu leisten, also weil man das Volk von einem schrecklichen Diktator befreien will oder so, ganz bestimmt nicht.«

Ich seufzte. Das alles klang ziemlich kompliziert und ich hätte tausend weitere Fragen zu dem Thema stellen können. Aber unser Gespräch über den Krieg hatte Adil noch mehr deprimiert, das spürte ich deutlich. In dieser Stimmung wollte ich ihn auf keinen Fall zurück lassen. Um ihn aufzumuntern sagte ich deshalb: «Mach dir keine Sorgen, Adil! Deine Familie lebt bald auf dem Land und alles wird gut. Sobald es geht, holst du sie nach Deutschland.«

Ich hörte sein leises Lachen, aber es war nicht echt. Er glaubte mir nicht.

»Danke, dass du angerufen hast«, sagte er. »Das bedeutet mir sehr viel. Dann bis übermorgen, okay?«

43.

Nachts hatte ich einen Traum, der mich nicht zur Ruhe kommen ließ. Ich sah Rabia, ein hübsches temperamentvolles Mädchen, das mit Adil herumalberte und Hand in Hand mit ihm an einem Strand spazieren ging. Im nächsten Traumbild blieben sie stehen und küssten sich.

Ich versuchte, diese blöde Eifersucht zu unterdrücken. Das war hirnrissig. Rabia war viele tausend Kilometer entfernt und dass Adil sie geküsst hatte, war schließlich nur eine Erfindung meiner Einbildung. Wahrscheinlich war da gar nichts gewesen, sie war schließlich seine Cousine. Allerdings hatte mir Dilara einmal erzählt, dass es in orientalischen Familien oft Sitte ist, sogar Cousins und Cousinen ersten Grades miteinander zu verheiraten, weil das den Familienzusammenhalt stärken soll.

Schlecht gelaunt überlegte ich, was ich mit dem Tag anfangen sollte. Dass Adil wegen seiner Freunde keine Zeit für mich hatte, nervte ein bisschen. Es war verrückt. Obwohl wir uns kaum kannten, vermisste ich ihn mit jedem Mal ein bisschen mehr, und nach dem langen Telefonat ganz besonders. In meinem Lieblings-Recherche-Tool Internet las ich in Wikipedia über den Nahen Osten, zu welchem die Länder des ehemaligen Osmanischen Reiches gehörten. Da ich gerade dabei war, informierte ich mich auch über den Mittleren Osten, worunter die Länder Vorderindiens gehörten, und prägte mir ihre Lage ein.

Mit dem Gefühl, endlich einmal etwas für meine politische Bildung getan zu haben, fuhr ich in die Stadt, schlenderte über den Marktplatz und sah mir die Schaufenster an. Vor einem Geschenkladen blieb ich stehen. Das ideale Geschenk für Jeff, den ich die Woche darauf in Berlin besuchen wollte, lag im Schaufenster, ein Teller in der Aufmachung einer Schallplatte mit dem Schriftzug *I Love Papa*, wobei *Love* mit einem roten Herzchen ausgedrückt wurde. Und das Ganze für 19,95 €. Ich kaufte den Teller und verließ in besserer Stimmung den Laden.

Unter einer Linde am Markt setzte ich mich auf eine Bank. Es muss mein Pechtag gewesen sein, denn kaum hatte ich den Teller noch einmal aus der Tüte gezogen, um mir einzugestehen, dass er voll kindisch war, setzte sich Derek neben mich.

»Hi Zoé«, sagte er grinsend. »Finde ich aber nett, dass du ein Geschenk für mich gekauft hast. Zeig mal!«

Bevor ich reagieren konnte, zog er mir den Teller aus der Hand. Dass ich heute mit ihm in der Eisdiele verabredet war, hatte ich komplett aus meinem Gehirn verdrängt.

»I Love Papa«, las er und gab ihn mir zurück. »Okay, ist für deinen Papa, aber ich finde das richtig süß. Habe auch nicht erwartet, dass du mir direkt ein Geschenk machst. Wir sind ja gerade erst dabei, uns richtig kennen zu lernen.«

»Hättest du wohl gerne!«

Derek ging nicht auf meine Bemerkung ein. Er stützte seinen Kopf seitlich auf ein Knie und lächelte mich an.

»Sollen wir rüber zur Eisdiele oder willst du hier sitzen bleiben? Ich kann uns auch das Eis kaufen und wir essen es hier.«

»Weder noch, Derek. Ich mag überhaupt kein Eis. Vergiss es einfach und lass mich in Ruhe.«

Derek stieß einen tiefen Seufzer aus. Er wirkte verzweifelt, natürlich alles nur Theater.

»Tut mir leid, wenn du einen falschen Eindruck von mir hast. Ich bin normalerweise kein Schlägertyp. Was hast du eigentlich gegen mich, Zoé? Mein Vater ist der Bürgermeister von Flees, wir wohnen in einer schicken Villa und fahren einen Porsche. Alle Mädchen wollen mit mir zusammen sein, nur du benimmst dich zickig. Alina will mich sogar heiraten. Sie plant schon unsere Hochzeit.«

»Schön für dich, Derek. Und obwohl du verlobt bist, stellst du mir nach? Auf Alina nimmst du anscheinend keine Rücksicht. Die Arme tut mir jetzt schon leid, wenn sie dich tatsächlich heiraten sollte.«

Derek rückte etwas näher an mich heran. Ich rückte von ihm ab.

»Jetzt verstehe ich«, sagte Derek allen Ernstes. »Du willst mich nicht teilen. Ist auch verständlich. Weißt du was? Ich mache sofort mit Alina Schluss und bin frei für dich.«

»Bei dir hakt es«, erwiderte ich kopfschüttelnd. »Du bist echt nicht mehr zu retten. Du laberst so viel pille palle, dass einem schlecht wird.«

»Pille palle?«

»Blödsinn, Unsinn, Quatsch. Nenn es, wie du willst«, sagte ich, stopfte den Teller in die Tüte und stand auf. Derek ergriff meinen Arm.

»Bist du also doch mit dem Ausländer zusammen?«

»Ich wüsste nicht, was dich das angeht. Lass bitte meinen Arm los!«

Er hob abwehrend die Hände. »Okay, okay, wollte dir nicht zu nahe treten. Aber eines sag' ich dir. Demnächst wimmelt es hier von Ausländern. Mein Vater hat von der Landesregierung den Auftrag, sich um geeignete Unterkünfte zu kümmern. Das ist sowas von arschig! Da kommen die einfach her und schnappen uns die Mädchen weg!«

Ich sagte nichts dazu, aber ich freute mich. Wenn noch mehr Flüchtlinge nach Flees kamen, war endlich etwas los in dem Kaff. Sicher nicht ganz so wie in Berlin, aber ein Anfang.

»Zoé?«

Derek sah mich mit treuen Hundeaugen an. Es war schon erstaunlich, welche Maschen er aufzog, um an sein Ziel zu kommen. Mir fielen Emmas Warnungen ein, mich vor Derek in Acht zu nehmen.

»Was gibt's?«

»Ich habe das normalerweise nicht nötig, aber du bringst mich dazu, dass ich sogar vor dir auf die Knie fallen würde. Ich sage dir ganz ehrlich, du machst mich total an. Ich kann außer an dich an nichts anderes mehr denken. Ich träume sogar von dir. Und deshalb frage ich dich jetzt in aller Förmlichkeit, weil du anders bist und das vielleicht erwartest, aber bitte denk nach, bevor du antwortest, denn ich werde dich nicht noch einmal fragen. Also: Willst du mit mir zusammen sein?«

Ich war so verdattert, dass ich kein Wort herausbrachte.

»Von Alina werde ich mich noch heute trennen, und ich verspreche dir, dass ich treu sein werde. Ganz bestimmt. Mit dir zusammen hätte ich gar keinen Grund mehr, mich nach anderen Mädchen umzusehen. Du bist einfach, wie soll ich sagen... Dein Lächeln, deine Augen, deine Haare, die Art, wie du sprichst und dich bewegst, wie du küsst, du bist...« Er suchte nach dem passenden Wort. »Du bist außerirdisch!«

Das Wort *außerirdisch* verpasste mir einen derartigen Schock, dass ich wie vom Donner gerührt dastand. Innerhalb einer Sekunde brach mein täglich mühsam aufgebautes Selbstvertrauen zusammen. Mit voller Wucht traf mich die Sehnsucht nach der Vergangenheit, nach der Zeit, in der Kevin mich ebenso bezeichnet hatte, die aber unwiederbringlich vorbei war.

Augenblicklich stürzten die Tränen aus mir heraus. Ich konnte nichts dagegen tun. Ich zitterte unkontrolliert und heulte.

»Hey«, rief Derek bestürzt, sprang auf und nahm mich in seine Arme. »Hey, ist ja gut, kleine Zoé. Ich wusste nicht, dass ich dich so aus der Fassung bringen kann.« Er streichelte sanft über meine Haare. »Du liebst mich. Ich habe es gewusst. Nein, gehofft. Jetzt kannst du deine Gefühle nicht mehr zurückhalten. Wein nicht mehr! Alles ist gut.«

Allmählich sah ich wieder klar. Nachdem ich mich beruhigt hatte, wand ich mich aus seiner Umarmung, wischte mit dem Handrücken die Tränen fort und sagte mit fester Stimme:

»Du hast meinen Gefühlsausbruch missverstanden, Derek. Du kannst das nicht wissen, aber es hat nichts mit uns zu tun. Nein, ich liebe dich nicht!«

Er hob abwehrend seine Hände. »Lass das jetzt, Zoé! Einfach so heult man nicht. Sei nicht mehr stur! Du kannst jetzt ehrlich zu mir sein. Ich bin auch ehrlich zu dir.«

Ich seufzte. »Derek, wie kann ich in einer solchen Situation unehrlich sein? Ganz klar, ich will nicht mit dir zusammen sein. Heute nicht, morgen nicht und übermorgen auch nicht.«

Dereks Gesichtsfarbe wechselte langsam zu aschfahl.

»Du liebst einen anderen? Deinen Heuschreckenfresser?«

»Rede nicht so über ihn, Derek! Was soll das?«

Er fuhr sich mit den Händen durch seine Haare, sog tief die Luft ein, dann schüttelte er den Kopf und presste heraus:

»Ich hätte wissen müssen, dass du deine Beine nur für diesen dreckigen Ausländer breit machst. Und ausgerechnet einer billigen Nutte lege ich mein Herz zu Füßen? Was bin ich für ein Vollidiot!«

Ich war unfähig, etwas zu erwidern. Ich war nicht einmal wütend über seine wüsten Beschimpfungen. Da war nur eine Leere in mir, die mich von innen aufzufressen drohte. Stumm sah ich zu, wie er sich umdrehte und sich mit schnellen Schritten entfernte.

44.

Adil merkte sofort, dass etwas mit mir nicht stimmte. Ich hatte versucht, über Dereks Anmache nicht weiter nachzudenken und Adil gegenüber betont fröhlich zu sein. Ich hätte Dereks Attacken unter die Gürtellinie einfach abschütteln können, weil er mir unwichtig war, aber seine Beleidigungen betrafen im Grunde auch Adil. Und das machte mir Angst.

»Was ist passiert?«, fragte Adil jetzt schon zum zweiten Mal. »Habe ich dir Angst gemacht? Ich hätte dir nichts über den Krieg erzählen sollen!«

Zum zweiten Mal wiederholte ich: »Nein, im Gegenteil, es war gut, dass du mir davon erzählt hast. Es geht auch nicht darum. Ich bin einfach nur schlecht drauf. Das kennst du bestimmt. Du fühlst dich schlecht und weißt nicht, warum. Vielleicht liegt das an den Hormonen.«

Diese Erklärung hörte ich manchmal von Charlie, wenn sie mies drauf war. Wenn einem nichts anderes einfiel, passte sie zu allen Gelegenheiten.

Wir saßen wieder auf dem Hochsitz, vor uns ausgebreitet die Picknickdecke. Dieses Mal hatte ich auch etwas mitgebracht, Croissants und kleine Päckchen Nutella vom Frühstücksbuffet. Daneben stand das Einmachglas mit Adils Maqdous, außerdem gab es Fladenbrot mit Schafskäse.

Adil rollte ein Stück Schafskäse ins Fladenbrot, legte Walnüsse und ein Minzeblatt darauf und gab es mir. Schweigend kauten wir auf unserem Frühstück herum, bis die schlechte Stimmung unerträglich wurde.

»Okay, wahrscheinlich ist es besser, wenn ich dir doch sage, was los ist«, gab ich mir schließlich einen Ruck. »Schließlich betrifft es dich auch, und du musst wissen, woran du bist.«

Ich erzählte ihm von meinem zufälligen Aufeinandertreffen mit Derek, seinem Interesse an mir und den anschließenden Beleidigungen. Meinen Gefühlsausbrauch und Dereks Umarmung ließ ich aus. Adil äußerte sich eine ganze Weile nicht dazu. Er saß nur da und schien nachzudenken. Dann sah er mich mit seinen wundervollen Augen an – und lächelte.

»Mir ist schon lange klar, dass man auf dich aufpassen muss. Ein so hübsches Mädchen wie du hat natürlich viele Verehrer.«

Ich sah ihn sprachlos an und schluckte.

»Adil ... Ähm, danke, aber darum geht es nicht. Derek wird dir Schwierigkeiten machen. Du hättest mal sehen sollen, wie wütend der war.«

Adil zog seine Augenbraue hoch, was in dem Moment ziemlich arrogant wirkte, mich andererseits beruhigte. War ja klar, dass er sich nicht einschüchtern lassen würde, Derek aber auch nicht.

»Komm mal her!«

»Was?«

»Komm!«

Er hielt mir seine ausgestreckte Hand entgegen. Zögernd umfasste ich seine langen, starken Finger, und bevor ich mich von dem Schock, den diese Berührung in mir auslöste, erholen konnte, zog er mich zu sich hinüber. Mit weichen Knien setzte ich mich neben ihn, umhüllt von seinem Parka, den er über unserer beider Schultern legte. Ich lehnte meinen Kopf an seine Schulter, wagte nicht, zu atmen.

»Hunde, die bellen, beißen nicht«, sagte Adil plötzlich. »Und wenn er beißt, ich bin durchs Feuer gegangen. Feuer macht Stahl härter.«

Bei dieser Äußerung drehte sich mir der Magen um. Sie klang nach Kampf. Bevor ich jedoch irgendetwas sagen konnte, setzte er seinen Bericht fort.

»Nach der Schule fuhren Rabia und ich manchmal mit dem Taxi über den Abassiden Platz in die Altstadt. Eine Taxifahrt kostete umgerechnet drei Euro. Die Häuser dort waren in die Straßen hinein gebaut, so dass der Himmel kaum zu sehen war. Uralte Holzbalken hielten die aus Schlamm gebauten Wände und dazwischen wuchsen Weintrauben. Manchmal aßen wir davon, weil sie wegen des Lichtmangels unglaublich sauer schmeckten und wir uns kaputt lachten, wie der andere sein Gesicht verzog. Zwischen Geschäften und Straßenhändlern konnte man über Socken und Haushaltsgeräte bis zu teurem Schmuck alles kaufen. Aber unser Ziel war immer eine kleine Gasse, wo sich der beste Bäcker von Damaskus befand. Schon von weitem drängelte sich eine lange Menschenschlange vor einer Hauswand mit kleinen Fenstern, in die wir uns ungeduldig einreihten. Wenn wir endlich an der Reihe waren, sahen wir zu, wie der Bäcker den Fladenbrotteig Stück für Stück an die Ofenwände klebte und nach einigen Minuten knusprig und heiß wieder herausholte. Das war fast besser als Mabruma, ein Gebäck von einem christlichen Zuckerbäcker, bei dem Pistazien in lange Teigfäden gewickelt und eingerollt und mit Zuckersirup beträufelt wird. Wir waren verrückt danach.«

Adil machte eine Pause, aber ich sagte nichts. Er sollte einfach weiterreden und mich mit seiner ruhigen Stimme an einen fernen, unbekannten Ort entführen.

»Im Suq Hammidiye kaufte ich Rabia mal einen roten Gasluftballon, den sie aber nur einen Tag an ihrer Decke kleben hatte. Am zweiten Tag lagen die Ballonfetzen auf dem Boden. Ein anderes Mal schenkte ich ihr eine Weihnachtskugel aus dem Stadtteil Kassaa, wo die Christen lebten und ihre Häuser mit Lichterketten schmückten. Sie war aus bunt dekoriertem Glas.

Auch die Kugel überlebte nicht lange. Rabia erzählte mir heulend, dass sie die Scherben Tage später unter ihrem Bett gefunden hatte. Ich hatte Rabias Bruder Fahed in Verdacht, aber sie wollte mir nicht glauben, sondern schob meiner kleinen Schwester die Schuld in die Schuhe. Irgendwann sprach ich Fahed auf meinen Verdacht an, und er gab es offen zu. Wütend fragte er mich, ob ich keine Schwester hätte, auf die ich aufpassen müsste. Damit meinte er, dass die gesamte Familie der sozialen Ächtung ausgesetzt sei, wenn das Mädchen vor der Ehe einen Freund hätte. Ich protestierte, denn wir waren gerade erst fünfzehn. Aber Fahed sah das anders.

Hinter unserem Haus gab es einen Hof, an dessen Wände ein hellrosa blühender, stark duftender Jasmin rankte. Mama hatte große Kübel mit weißem und rotem Oleander bepflanzt, dazwischen Zitronen-, Orangen- und Feigenbäume. In der Mitte des Hofes, umgeben von all den Pflanzen, stand ein rechteckiger großer Holztisch. Und immer saßen irgendwelche Freunde und Nachbarn um ihn herum, versammelt bei Tee, Kaffee, Ayran und Pistazien oder bei Falafel und Kibbeh. Später gesellten sich auch Kollegen von Baba dazu. Stundenlang wurde über Politik diskutiert. Ich hing an ihren Lippen und stellte unzählige Fragen.«

»Ayran? Was ist das?«, unterbrach ich Adil jetzt doch.

»Ein kaltes Getränk aus Joghurt und Wasser mit Salz und Minze oder Basilikum. Es wird im gesamten Orient getrunken, weil dem Körper durch das Schwitzen in der Hitze Salz entzogen wird, was man mit Ayran wieder zu sich nimmt. Außerdem löscht es sehr gut den Durst.«

»Würde ich gerne mal probieren. Und Falafel?«

»Pürierte Kichererbsen mit Zwiebeln und Knoblauch, zu kleinen Bällchen geformt und frittiert. Auch was für dich, ist fleischlos.«

»Und Kibbeh waren diese Bällchen aus Bulgur, oder?«

»Kibbeh Nayye sind die vegetarischen mit der Granatapfelsauce, bei der du die Nase gerümpft hast. Es gibt unzählige andere Variationen mit Fleisch, aber die würdest du ja sowieso nicht anrühren.«

»Natürlich nicht. Wie geht es weiter?«

Adil antwortete nicht. Als sein Schweigen andauerte, wandte ich meinen Kopf seinem Gesicht zu. Erstaunt zunächst, weil wir uns so nahe waren, sah ich ihn an. Im ersten Impuls wollte ich mich wegdrehen, doch seine intensiv dunkel schimmernden Augen waren wie Magnete. Dann passierte es. Unsere Lippen kamen sich näher, berührten sich, es knisterte und dann wurde ich in einen Strudel, in ein Feuerwerk der Gefühle hineingezogen. Das war Glück, nichts als reines Glück. Ich spürte seine Hand in meinen Haaren, unter dem Parka auf meinem Rücken und drückte mich noch näher an ihn. Ich wollte mich auflösen unter seinen Liebkosungen, alle Vorsicht vergessend.

Ein ohrenbetäubendes Geschnatter ließ uns innehalten. Wir lösten uns voneinander, sahen in den Himmel, und staunten. Ein gewaltiges Rauschen zog über unsere Köpfe hinweg. Hunderte, wenn nicht tausende von Wildgänsen verdunkelten den Himmel. Adil griff atemlos nach seinem Fernglas.

»Hinter dem Wald lassen sie sich nieder!«, rief er aufgeregt. »Unglaublich! Sieh dir das an!«

Er drückte mir das Fernglas in die Hand. Ich sprang auf und sah in die angewiesene Richtung. Neue Schwärme tauchten am Horizont auf, bis sie mit einem Höllenlärm über uns hinweg zogen.

»Bläss- und Saatgänse aus Sibirien«, rief ich begeistert. »Sie kommen an den Niederrhein, um hier zu überwintern, weil das Klima relativ mild ist. Hinter dem Wald muss es einen See geben, oder eine weitläufige Wiese, weil sie alle dort runtergehen. Das ist fantastisch!«

»Das ist Syrien«, lachte Adil, umarmte mich von hinten und küsste meinen Nacken. »Syrien ist wichtiges Durchzugsgebiet für Zugvögel aller Arten. Sie fliegen direkt über Damaskus. Es ist unglaublich, dass ich das hier erlebe.«

Er nahm meine Hand, um mich an unseren Platz zurückzuziehen. »Erzählst du mir, was danach passiert ist«, sagte ich glücklich. »Du bist ein cooler Geschichtenerzähler.«

»Nein«, erwiderte Adil mit einem Mal sehr ernst. »Ich bin kein Geschichtenerzähler. Es ist die reine Wahrheit. Und was ich dir als nächstes erzähle, ist ein neues Kapitel. Bist du bereit dafür?«

Etwas in der Art, wie er das sagte, ließ mich aufhorchen. Jetzt kamen die Bomben und die Toten und das Elend. Nein, ich hatte genug für heute.

Ich schlang meine Arme um seinen Nacken und küsste diese sensiblen, festen Lippen, die mich verzaubert hatten.

»Morgen. Ich möchte nicht, dass irgendetwas die Erinnerung an heute zerstört. Morgen ist auch noch ein Tag.«

45.

Morgen war kein Tag. Und übermorgen und überübermorgen auch nicht. Das war mir klar geworden, nachdem Adil und ich uns geküsst hatten. Dieser Kuss hatte eine so tiefe Sehnsucht in mir ausgelöst, dass ich auf dem Rückweg nach Hause von Heulkrämpfen geschüttelt wurde. War ich verliebt? Es war aussichtslos. Was, wenn wir uns noch näher kämen und er sehen würde, was mit mir los war? Sollte ich sagen: Hallo, bevor das mit uns weiter geht, zeige ich dir etwas, damit du gar nicht auf die Idee kommst, mehr von mir zu wollen? Oder: Weißt du, ich bin ein Mauerblümchen und habe Angst davor? Oder: Ich bin sehr konservativ erzogen worden und will keinen Sex vor der Ehe?

Verdammter Kevin! Was hast du mir angetan?

Adil würde sich angewidert von mir abwenden. Ich konnte ihn nicht wiedersehen.

Ich schlich die Treppe hoch und blieb in der Höhe von Viktors Etage stehen. Er diskutierte mit Charlie. Weil das Wort Flüchtlinge fiel, wurde ich neugierig und lauschte an Viktors Tür. Sie war angelehnt.

»Himmel Herrgott nochmal«, schrie Viktor. »Reiner bringt mich noch zur Weißglut. Ständig liegt er mir in den Ohren, diese fünfundzwanzig jugendlichen Flüchtlinge aufzunehmen. Schon jetzt springen uns reihenweise die Gäste ab, weil sie an Kopftuch tragenden Frauen in bunten Kleidern und unrasierten Männern mit Plastiktüten von Aldi vorbei fahren. Ich könnte ihn erwürgen!«

»Jetzt beruhig dich, Viktor«, versuchte Charlie zu beschwichtigen. »Du steckst voller Vorurteile und Schreien macht die Sache nicht besser. Ich habe keine Lust mehr auf diesen Ton. Ich glaube viel mehr, die Buchungszahlen sinken, weil sich die Gäste aufgrund deiner Laune nicht mehr bei uns wohl fühlen. Du stänkerst nur noch herum.«

Als Viktor nicht antwortete, fuhr Charlie fort:

»Dein Freund kann nichts dafür. Die Jugendlichen werden über das Jugendamt verteilt und Reiner hat die Aufgabe, sie unterzubringen. Es ist doch nachvollziehbar, dass er sich an dich wendet. Mein Gott, du hast ein Hotel! Wenn du nicht auf ihn zugehst, wird er die Jugendlichen vielleicht im Hotel *Zur Krone* unterbringen und dann ärgerst du dich ebenfalls. Die Kosten werden doch von der Stadt getragen.«

»Typisch meine kleine Schwester«, schimpfte Viktor. »Du kannst nicht rechnen. Bernhard hätte sein Hotel am liebsten mit den Asylanten aus der Kurklinik vollgestopft, um sich zu sanieren. Warum? Weil sein Haus katastrophal heruntergewirtschaftet ist. Er hat einen enormen Reparaturstau, alles ist marode. Im Gegensatz dazu, meine liebe Charlotte, ist unser Hotel von oben bis unten renoviert, unser Haus war bis zur Invasion der Asylanten mitunter sogar ausgebucht. Kannst du dir nicht vorstellen, wie es hier in ein paar Monaten aussehen wird, nachdem eine Horde wildgewordener arabischer Halbwüchsiger durch das Hotel marschiert ist? Und dann? Wer bezahlt mir die Sanierung? Wer bringt uns die Stammgäste zurück? Wir werden vor dem Nichts stehen und müssen bei null wieder anfangen.«

»So viel Hass aus deinem Mund, Viktor«, sagte Charlie leise. »Ich verstehe dich nicht mehr.«

Sie sagte noch etwas anderes, was ich nicht verstand. Kurz darauf ging die Tür auf. Ich sah Charlie ertappt an.

»Zoé! Wie siehst du denn aus?«

Sie zog mich ins Zimmer. Viktor kniff seine buschigen Augenbrauen zusammen.

»An der Tür gelauscht, was?«

»Sorry, war keine Absicht«, stammelte ich und wischte mir die Tränen weg.

»Also wurdest du gezwungen zu lauschen?«

Er funkelte mich böse an. Ich hatte Viktor nie so wütend erlebt, selbst bei meiner Diskussion mit ihm über das in meinen Augen sinnlose und niederträchtige Töten von Hirschen war er nicht so aus der Haut gefahren. Er hämmerte mit der Faust auf den Tisch. Ich zuckte zusammen.

»Dass kein Wort von dem, was hier gesprochen wurde, nach außen dringt! Hast du das verstanden, Zoé?«

Ich nickte.

»Und zwar zu niemandem. Warum heulst du überhaupt?«

»Ja, was ist los mit dir?«, schaltete sich auch Charlie ein.

Als ich nicht antwortete, sah sie mich forschend an.

»Ich habe heute Morgen mit Erika telefoniert und sie sagte mir, dass du mit diesem Adil unterwegs warst. Hat er dich...«

»Was?«, unterbrach ich sie.

»Hat er dir etwas angetan, Schatz?«, fragte sie schrill.

»Was soll Adil mir antun? Was für Sachen hat Erika denn nur über ihn erzählt?«

»Genaues, meine liebe Tochter, hat sie selbstverständlich nicht gesagt, weil sie das in ihrer Funktion als Vormund nicht darf. Aber Erika hat Andeutungen gemacht, und das reicht doch wohl, damit du dich von ihm fern hältst.«

»Welche Andeutungen?«

»Dass er traumatisiert ist, weil er etwas Schreckliches getan hat«, presste Charlie hervor.

»Wer bitte ist Adil?«, schmetterte Viktors Stimme durch das Zimmer. »Ein Iraker, Pakistaner, Syrer oder Hottentotte?«

Blinzelnd sah ich von einem zum anderen.

»Es ist mir egal, was Adil getan hat, und ich glaube das auch nicht. Und du, Onkel Viktor? Ein Hottentotte? Keine Ahnung, was das sein soll, aber du findest das vielleicht noch komisch, so wie du die Probleme aller Flüchtlinge komisch findest oder zumindest nicht ernst nimmst. Und dann schimpfst du ständig über den Bürgermeister, der doch dein Freund ist. Er versucht wenigstens zu helfen, aber du lässt ihn im Stich. Ein schöner Freund bist du. Geh doch in die Politik, statt immer nur rumzuätzen, werde Bundeskanzler und verhindere, dass Deutschland mit seinen Rüstungsexporten auch noch viel Geld verdient. Ich möchte mal sehen, was du machen würdest, wenn Russland, die USA und der gesamte Nahe Osten ihre Bomben auf dein Hotel fallen lassen würden. Dich in der Erde verkriechen? Da musst du aber ganz schön tief graben. Oder vielleicht doch besser fliehen? Falls du nicht schon tot bist, bevor du diesen Gedanken überhaupt denken kannst. Stattdessen zählt für dich nur dein Profit, dieses Scheiß-Hotel, in das vielleicht keine Gäste mehr kommen. Sollen sie doch weg bleiben! Lieber bin ich arm und gerecht als reich und ungerecht. Und noch etwas. Du bist nur mein Onkel und hast mir gar nichts zu sagen. Mein Dad ist immer noch Jeff. Und wenn du mich jetzt rausschmeißt, auch gut. Ich habe sowieso vor, mit dem nächsten Zug nach Berlin zu fahren.«

Mit verdatterten Gesichtern ließ ich die beiden stehen, drehte mich auf dem Absatz um und knallte die Tür hinter mir zu.

»Zoé!«, schrie Charlie mir hinterher. »Wie sprichst du denn mit deinem Onkel? Komm sofort zurück und entschuldige dich für deinen unverschämten Ton!«

In Windeseile rannte ich in meine Etage und schloss mich in meinem Zimmer ein. Dort erholte ich mich erst einmal von meinem Wutausbruch, lauschte an der Tür, ob mir Charlie oder Viktor gefolgt waren. Dann durchforstete ich die Reiseauskunft im Internet nach einem Zug, der noch am selben Abend nach Berlin fuhr. Fehlanzeige. Der nächste annehmbare Zug fuhr am nächsten Morgen um viertel vor neun. Jeff hatte das Geld für die Fahrt bereits auf mein Taschengeldkonto überwiesen und großzügig aufgerundet. Ich rief ihn an und kündigte mein Kommen für mittags am darauffolgenden Tag an. Er war erstaunt, fragte aber nicht weiter nach dem Grund, sagte nur, er freue sich.

Dann klopfte Charlie an die Tür.

»Kann ich reinkommen, Zoé?«

»Warum?«

»Weil... Willst du wirklich morgen schon zu Jeff fahren? So überstürzt?«

»Ist das verboten?«

»Zoé!«

»Lass mich in Ruhe! Bitte! Oder hat Jeff vielleicht auch irgendwas Schreckliches getan, weshalb ich nicht fahren sollte? Freu dich doch! Wenn ich in Berlin bin, kann ich den Hottentotten nicht treffen. Das willst du doch?«

Ich wartete auf Charlies Antwort, aber es kam keine mehr. Ich hörte nur noch, wie sie die Treppe hinunter lief.

Betrübt warf ich die wichtigsten Klamotten in meinen Rucksack und kuschelte mich zu Nox ins Bett. Mein Handy war seit geraumer Zeit aus, weil der Akku mal wieder leer war. Ich schloss es ans Aufladekabel an. Sofort machte es Klong, Klong, weil zwei Messages reinkamen. Ich vermisse dich, rotes Herzchen, schrieb Adil über WhatsApp, dazu schickte er einen Song, seinen Lieblingssong *Angels* von *The XX*. Ich solle ihn beim Einschlafen hören. In seiner zweiten Nachricht las ich: Morgen bei den Wildgänsen am See? Rote Rose. Außerdem ein entgangener Anruf von – Adil.

»Ich vermisse dich noch viel mehr!«, schluchzte ich in mein Kissen hinein. Warum bin ich entstellt? Lieber Gott, mach, dass Adil mich trotzdem liebt!

Schniefend tippte ich an Adil, dass ich ihn auch vermisste, aber vorzeitig zu Jeff nach Berlin müsse. Leider hätte ich das erst gerade erfahren und deshalb keine Zeit mehr, mich von ihm persönlich zu verabschieden.

»Melde mich, wenn ich wieder da bin.«

Und dann schickte ich ihm ein Emoji hinterher, ein kleines Herz mit einer Sicherheitsnadel befestigt an einem großen Herz, was ich sehr originell fand.

Zeit gewinnen, das war wichtig. Ich konnte Adil keinen reinen Wein einschenken, bevor ich nicht alle Möglichkeiten ausgelotet hatte. Und ich hatte auch einen Plan. Hoffentlich knickte Jeff nicht wieder ein.

46.

Wie immer lungerten Reporter vor dem Promihaus an der Sybelstraße in Berlin herum. Auch Mike vom *Echo der Frau* gab sich ein Stelldichein. Ich ging geradewegs auf ihn zu.

»Hey Zoé«, strahlte er übers ganze Gesicht. »Dich habe ich ewig nicht mehr hier gesehen. Möchtest du auf die Titelseite?«

Er hielt seine Fotokamera auf mich und tat so, als stellte er die Linse ein.

»Untersteh dich!«, sagte ich sauer. »Das letzte Mal hast du ein Bild von mir geschossen, als ich geflennt habe.«

»Echt? Ich kann mich nicht erinnern«, lachte er. »Und wenn schon, die Leute lieben Drama. Du hast so süß ausgesehen.«

»Mike!«, schimpfte ich. »Wenn ich nicht ganz andere Probleme hätte, würdest du mich jetzt richtig kennen lernen. Du hast mich total blamiert. Die gesamte Stufe hat mich ausgelacht. Auf wen wartet ihr eigentlich?«

»Auf Elena. Sie ist jetzt ein Serienstar, nachdem sie auf einer After Show Party mit deinem Dad von einem Filmproduzenten angequatscht wurde. Liest du denn nicht die Klatschpresse?«

»No way. Als ob ich nichts anderes zu tun hätte!«

Missmutig ließ ich die Schultern hängen. Das konnte ja heiter werden. Ich hatte mich gefreut, dass Elena laut Jeff ausgezogen war. Offensichtlich nur vorübergehend, wenn sie wieder in der Sybelstraße wohnte. Wenn sie jetzt auch noch ein Serienstar war, würde ich keine ruhige Minute mit Jeff verbringen können.

»Warum guckst du denn so zerknirscht?«, fragte Mike.

»Nur so. Da komme ich extra vom Niederrhein, um Jeff zu sehen, und dann muss ich ihn noch mit Elena teilen, wenn er dann mal Zeit hat. Wahrscheinlich schleppt sie ihn jeden Tag mit zum Filmset, damit er ihr Händchen hält.«

»Wieso?«, fragte Mike verdutzt, »Elena ist nicht mehr mit deinem Dad zusammen. Sie hat sich an den Filmproduzenten gehängt, wohnt aber noch nicht mit ihm zusammen. Sie ist zwei Etagen tiefer gezogen.«

»Echt?«, rief ich erleichtert. »Oh Mike, ich könnte dich knutschen, oder... Oder hat er eine Neue?«

»Im Moment nicht. Seit zwei Wochen lebt er solo. Da kannst du sicher sein. Uns entgeht nichts.«

Ich warf Mike eine Kusshand zu und stand fünf Minuten später vor Jeffs Tür. Er musste mich erwartet haben, denn er öffnete, kurz nachdem ich geklingelt hatte.

»Sweetheart! Da bist du endlich!«

Er drückte mich viel zu fest und hielt mich anschließend auf Armeslänge von sich entfernt, um mich zu begutachten.

»Hübsch bist du, noch hübscher als sonst. Verliebt?«

»Was? Wie kommst du jetzt darauf?«, fragte ich ertappt und lief rot an.

»Das sehe ich dir an der Nasenspitze an. Allerdings siehst du unglücklich verliebt aus. Ich bin ein Frauenversteher, weißt du doch!«

Jeff grinste, nahm meinen Rucksack und lief mir voraus die gläserne Gangway entlang. Ich blieb abrupt stehen, denn zwischen den Bildern hing ein Foto, das bei meinem letzten Besuch nicht dagewesen war. Jeff und ich, Arm in Arm, in die Kamera strahlend.

»Hey Dad! Das ist süß, dass du ein Foto von uns beiden da hängen hast. Ich kenne das Bild gar nicht.«

Jeff hörte mich nicht, denn er war mit meinem Koffer die gläsernen Stufen am Ende der Gangway hinunter gelaufen und in einem der Zimmer verschwunden. Ich stakste vorsichtig hinterher und stand in dem wahnsinnigen Wohnzimmer mit Panoramafenstern, das mein wunderschönes Berlin von oben zeigte. Irgendwo dort war Dilara.

»Ich habe dir mein Schlafzimmer freigemacht«, sagte Jeff. »Ich schlafe auf der Couch. Keine Widerrede!«

Ich sah ihn liebevoll an. Jeff sah wie immer unglaublich gut aus. Allerdings trug er einen Drei–Tage–Bart und hatte leicht zugenommen.

»Geht's dir gut, Dad? Du hast etwas zugelegt.«

»Findest du?« Er strich über seinen kleinen Bauchansatz und sah mich zerknirscht an. »Dir kann ich es ja sagen. Ich habe mir etwas Frust angegessen, weil mein letzter Song *Nur du wirst immer die Meinige sein* noch nicht unter den Top Ten ist. Das Lied, das ich dir bei deinem letzten Besuch vorgesungen habe, weißt du noch? Sie spielen ihn nicht sehr häufig im Radio, aber vielleicht hast du ihn trotzdem gehört. Außerdem ist Elena vor zwei Wochen ausgezogen.«

»Ich weiß schon, hat Mike mir erzählt. Sei froh, die Trulla hatte es sowieso nur auf deinen Ruhm abgesehen. Jetzt schläft sie sich mit dem Filmregisseur ein Treppchen höher.«

Jeff starrte mich an, als hätte ich eine unglaubliche Weisheit von mir gegeben.

»Glaubst du wirklich?«, fragte er zerknirscht und schien erstaunt über die schlichte Wahrheit. Er sah mich an wie ein Kind, mit dem keiner spielen will, und da tat er mir unendlich leid.

»Ach Dad«, sagte ich und umarmte ihn. »Die Frauen sind anscheinend doch komplizierter als du denkst, was? Hättest du mich vor drei Monaten einziehen lassen, wärst du jetzt nicht alleine.«

»Aber ...«

»Außerdem sterben die weißhaarigen Frauen, die dich immer angebetet haben, langsam aus. Die jüngeren hören Xavier Naidoo, Joel Brandenstein oder, wenn es sein muss, auch Herbert Grönemeyer. Wer zieht sich denn heutzutage noch Schlager rein? Sorry

Dad, du kannst ja weiter Liebeslieder texten, aber vielleicht mit etwas mehr Tiefgang? Obwohl... Weiß auch nicht.«

Mir fiel auf einmal Emma ein, die gesagt hatte, glücklich seien die Menschen, die ihr Talent entdeckt hätten und damit sogar ihren Unterhalt finanzieren konnten. Jeff war nun einmal der geborene Schnulzensänger und einsame Spitze auf diesem Gebiet, ob mir das nun passte oder nicht. Vielleicht war sein Erfolgsknick nur eine Phase, und die Kurve stieg anschließend noch steiler nach oben an. Oder dieser Einbruch sollte ihn zwingen, sich neu zu erfinden. Wer konnte das schon wissen.

Ich sah ihn schulterzuckend an, löste mich von ihm und ging ins Schlafzimmer, wo Jeff meinen Rucksack hingestellt hatte. Mit dem Teller kam ich zurück.

»Für dich, Dad. Nur eine Kleinigkeit.«

Er wickelte den Teller aus dem Geschenkpapier. Gerührt betrachtete er ihn.

»*I Love Dad* habe ich nicht gefunden, aber Dad ist im Prinzip genauso wie Papa. Du kannst ihn auch in die Tonne werfen. Ich bin dir überhaupt nicht böse, eigentlich ist er voll kindisch.«

Jeff schüttelte den Kopf. »Um darauf zu essen, ist er mir zu schade. Aber neben unser Bild hängen werde ich ihn. Da passt er genau hin, und ich kann ihn mir immer ansehen.«

»Wie du meinst«, erwiderte ich und sah zu, wie Jeff den I-Love-Papa-Teller neben unser Bild in die Galerie hängte. Anschließend setzten wir uns mit Tee und Gebäck auf Kissen vor das Panoramafester. Ich malte mir aus, wie meine Freunde mich empfangen würden. Hatten sie mich vergessen, oder würde es wie früher sein?

»Woran denkst du?«, fragte Jeff. »Gefällt dir Flees mittlerweile?«

»Ich ... Dad ... Du musst mir helfen! Bitte lass mich nicht im Stich!«

Ich spürte, wie mir meine gesammelte Angst davor, Jeff könnte nein sagen, in den Kopf stieg.

»Wo brennt es?«

»Ich brauche eine Lasertherapie. Unbedingt! Eine, die diese hässlichen Narben wenigstens etwas flacher macht. Ich weiß, dass du schon so viel Geld für die anderen Behandlungen für mich ausgegeben hast. Ich werde dir auch alles zurückzahlen, bis auf den letzten Cent, wenn ich einmal Geld verdiene. Bitte!«

Jeff betrachtete mich prüfend. Meine Augen standen voll Wasser, wenn ich mit den Wimpern klimperte, würden die Tränen heraus kullern.

»Sweety! Was ist los?«

Er nahm mich in den Arm und drückte meinen Kopf an seine Schulter, was zu viel war. Die Tränen schossen heraus, und ich heulte wie ein Schlosshund. Jeff streichelte meine zotteligen Haare und wartete, bis ich mich beruhigt hatte. Endlich konnte ich ein paar Worte stammeln.

»Du hast immer gesagt, du kümmerst dich darum, wenn ich es will.«

Jeff wirkte ein wenig ratlos. »Habe ich das gesagt? Mag sein. Eventuell war das etwas voreilig. Du weißt, dass es hier nicht um Geld geht. Erinnerst du dich, was der Arzt gesagt hat? Mit einer Lasertherapie soll man besser warten. Außerdem besteht die Möglichkeit, dass die Narben flacher werden. Die Therapie kannst du immer noch machen.«

»Was?«, schrie ich beinahe hysterisch. »Dad! Das geht nicht! Ich kann nicht warten!«

»Sehen sie wirklich immer noch so schlimm aus?«, hakte Jeff nach. »Oder ist es nicht doch ein klein wenig besser geworden?«

»Vielleicht ein bisschen. Trotzdem sehe ich aus wie ein Zombie.«

Jeff streichelte zärtlich über meine Wange. »Du musst etwas geduldiger sein. Vertrau dem Arzt! Davon abgesehen, kämest du mit einer Sitzung nicht hin. Selbst wenn wir sofort einen Termin vereinbaren könnten, müsstest du zurück in die Schule. Wie soll das gehen, wenn du nicht in Berlin bist?«

Ich antwortete nicht.

»Ich hatte vor, mit dir schick essen zu gehen. Aber deine Wimperntusche ist hoffnungslos verschmiert«, zwinkerte Jeff mir zu. »Wie wär's, wenn wir uns eine Pizza bestellen und es uns hier gemütlich machen? Du hast bestimmt den ganzen Tag nichts gegessen, und mit leerem Bauch kann man nicht denken. Danach überlegen wir, was du tun musst. Alles wird gut, sweetheart.«

Wir blieben den ganzen Nachmittag und Abend auf unseren Kissen sitzen, aßen die Pizzen aus den Pappkartons und tranken Cola dazu. Ich erzählte Jeff von den Flüchtlingen in Flees, dass viele Leute Angst hätten, aber andere sich auch für sie einsetzten, wie zum Beispiel Emmas Mutter.

»Und jetzt hat ein beknackter Klassenkamerad von mir, ein Asylgegner, auch noch eine Demo für den 07. November angemeldet. Ich weiß nicht, wie viele Leute er zusammentrommeln kann, aber es wird bestimmt heftig.«

»Dann müsst ihr eine Gegendemo anmelden«, meinte Jeff. »Diese Rechten sind nur stark in Massen. Wenn du entsprechend viele Leute mobilisieren kannst, werden sie nicht viel ausrichten können.«

»So viele Freunde habe ich nicht in Flees«, antwortete ich bedrückt, »und ich mache mir Sorgen, denn da gibt es noch Adil.«

Jeff lächelte. »Ach, daher weht der Wind! Wusste ich es doch. Du bist verliebt. Aus welchen Land kommt er denn?«

»Aus Syrien.«

Ich erzählte, wie ich Adil kennen gelernt hatte, was ich bislang von ihm wusste und dass der Kuss etwas in mir ausgelöst hatte, was ich nicht mehr kontrollieren konnte.

»Es ist mehr als magisch, Dad. Ich kann an nichts anderes, als an ihn mehr denken. Ich hätte auch nie geglaubt, dass ich mich mal in einen Muslimen verlieben würde, es ist aber passiert. Wenn wir zusammen sind, möchte ich am liebsten in ihn hineinkriechen, und dann laufe ich immer weg, weil ich Angst habe, dass er sich vor mir ekeln könnte. Verstehst du das?«

Jeff stand auf, ging zu seinem Wohnzimmerschrank und kam mit einem Glas Wein zurück.

»Empfindet dein Freund das gleiche für dich?«, fragte er, nachdem er sich wieder zu mir gehockt hatte.

Ich überlegte. Sah Adils faszinierende Augen vor mir, die sich dunkler färbten, wenn er mir besonders nahe war, sein Lächeln, wenn er meinen Namen flüsterte, fühlte noch einmal seine Hitze, als seine Lippen meinen Mund berührt hatten, summte im Stillen seinen Lieblingssong ... *and everyday I'm learning about you the things that no one else sees ... being as in love with you as I am ... being as in love ... love ... love ...*, und nickte.

»Ja, glaub' schon.«

Jeffs Hand fuhr durch meine Haare, strich über mein Kinn und zwickte daran. »Wer würde dich nicht lieben wollen?«, fragte er augenzwinkernd. Doch er wurde sofort wieder ernst, räusperte sich und sagte:

»Die Liebe kümmert sich nicht um Äußerlichkeiten. Natürlich spielt das Äußere eine Rolle, wenn man sich zum ersten Mal sieht, findet sich attraktiv und möchte sich deshalb näher kennen lernen, oder nicht. Aber du und Adil, ihr seid längst über dieses Stadium hinaus. Und deshalb musst du keine Angst haben, dass er sich von dir abwendet. Sag es ihm!«

»Und wenn er es doch tut?«

»Dann bringt er dir keine Gefühle entgegen und ist es nicht wert, von dir geliebt zu werden.«

Ich umschlang meine Beine und starrte versonnen auf die funkelnden Lichter Berlins. Was Jeff vorschlug, war leichter gesagt, als getan.

»Und wie soll das bitte praktisch aussehen, Dad? Soll ich Adil sagen, übrigens, was ich dir noch sagen wollte, oder soll ich nicht darüber reden und es darauf ankommen lassen?«

Als Jeff nicht antwortete, wurde ich konkreter.

»Du als Mann, stell dir vor, Charlie hätte solche Narben gehabt und du hättest nichts davon gewusst. Wäre es für dich besser gewesen, sie hätte dir vorher davon erzählt, oder hättest du es lieber selbst herausgefunden?«

Mit meiner Frage schien ich Jeff zu überrumpeln. Er runzelte die Stirn.

»Du musst jetzt ehrlich sein, Dad!«

»Natürlich.« Er grübelte. »Also«, sagte er schließlich, »wahrscheinlich wäre ich doch gerne darauf vorbereitet gewesen.«

Verzweifelt legte ich meinen Kopf auf die Knie. Jeff strich zärtlich über meinen Kopf. Eine weitere Lasertherapie kam erst einmal nicht in Frage. Also musste ich Adil reinen Wein einschenken. Ich hatte keine Ahnung, wie ich das anstellen sollte und ob ich jemals den Mut dafür aufbringen würde. Am liebsten hätte ich den Zustand unserer Beziehung zwischen Kuss und Sehnsucht nach mehr eingefroren.

47.

In der Nacht weiteten sich meine Narben zu panzerartigen Kratern aus, platzten auf und sonderten eine stinkende Flüssigkeit ab. Panisch wachte ich auf. Ein Alptraum.

Am nächsten Morgen sagte ich zu Jeff, er solle sich durch mich nicht eingeengt fühlen und ins Tonstudio gehen. Ich wolle alte Freunde treffen und durch Berlin bummeln. Leider hatte ich nicht bedacht, dass die meisten in den Ferien im Urlaub waren. Auch an Dilaras Haustür klingelte ich vergebens. Sie sei mit ihrer Familie nach Ankara zur Verwandtschaft geflogen, erzählte eine Nachbarin, die während der Ferien die Blumen versorgte.

Enttäuscht fuhr ich mit der U-Bahn quer durch Berlin zu den Orten, an denen wir uns immer aufgehalten hatten, kaufte das hundertste Halstuch im KadeWe, bummelte zum Brandenburger Tor und zum Alexanderplatz. Berlin konnte noch so hip sein, dachte ich beim Mate-Trinken am Kiez. War man allein, hatte das alles keine Bedeutung.

Irgendwann fand ich mich bei meinem früheren Lieblingsitaliener am Herrfurtplatz wieder. Ich hatte gerade mein Risotto bezahlt und war im Begriff hinauszugehen, als ich prompt mit Kevin zusammenstieß.

»Kevin!«

Er guckte mich an wie eines der sieben Weltwunder. Zunächst schien er erfreut mich zu sehen, doch plötzlich verdüsterte sich seine Miene, und er ging an mir vorbei, ohne mich zu begrüßen oder sich noch einmal nach mir umzudrehen. Ich hatte mir geschworen, nie wieder ein Wort mit ihm zu reden, aber dieses zur

Schau gestellte Desinteresse, das nicht zu Kevin passte, regte mich noch mehr auf. Wütend zog ich an seinem Ärmel.

»Kevin! Verdammt noch mal!«

»Was gibt's?« Er riss sich von mir los.

»Du gehst an mir vorbei und tust so, als kennst du mich nicht mehr.«

»Sollte ich dich kennen? Das letzte, was du mir gesagt beziehungsweise geschrieben hast, war *Leck mich am Arsch*.«

Ich konnte mich überhaupt nicht daran erinnern, etwas in der Art zu Kevin gesagt zu haben. Doch dann fiel mir die letzte E-Mail von ihm ein, die ich mit L.m.a.A. beantwortete hatte.

»Sorry, seit wann bist du nachtragend? War nicht so gemeint.«

»Hast du den Umschlag geöffnet?«, fragte er kühl.

»Welchen Umschlag?«

»Den ich dir am Tag deines Umzugs gegeben habe, das heißt, geben wollte. Deine Mutter war so nett, ihn für dich anzunehmen. Siehst du, du weißt nicht einmal mehr, wovon ich rede.«

»Der Umschlag. Klar. Was war denn drin?«

»Wenn es dich in all den Wochen nicht interessiert hat, was drin ist, warum soll ich es dir jetzt sagen? Sieh selbst nach!«

Damit winkte er einem Freund zu, der an einem Tisch im hinteren Teil der Pizzeria saß.

»Es ist übrigens kein Liebesbrief oder eine Tirade von Entschuldigungen. Ich wollte dir helfen, Zoé«, sagte er noch, drehte sich um und ging zu seinem Freund.

Ich war geschockt. Kevin, mein Kevin, ließ mich abblitzen, nachdem er mir monatelang hinterher gelaufen war, um sich zu entschuldigen. Ich hatte nie etwas davon hören wollen, weil seine Tat mit nichts zu entschuldigen war. Hatte ich gedacht. Jetzt ließ er mich wie einen begossenen Pudel stehen.

Die aufkommenden Tränen hinunter schluckend verließ ich die Pizzeria in Richtung U-Bahn-Station. Kurz davor setzte ich mich auf eine Bank und rief Charlie an. Nach dem zweiten Klingeln ging sie an ihr Smartphone.

»Hallo Schatz. Schön, dass du anrufst«, sagte sie unverfänglich, ohne auf unseren Streit einzugehen. »Wie geht's Berlin?«

»Du kannst dich doch an den Umschlag erinnern, den Kevin mir geben wollte und den du ins Handschuhfach deines Autos gelegt hast?«, unterbrach ich sie. »Bitte kannst du nachsehen und mir vorlesen, was drin steht? Es ist dringend. Ich warte.«

Merkwürdigerweise antwortete sie nicht.

»Mom? Bist du noch dran?«

»Moment, ich schau nach.«

Ich hörte, wie sie mit ihrem Handy durch die Tür und über den Kies ging. Das Aufschließen der Autotür, das Öffnen des Handschuhfachs, das Schließen des Handschuhfachs, ein Seufzer.

»Zoé Schatz, wie ich befürchtet hatte. Tut mir leid, aber ich habe letztens das Handschuhfach leer geräumt, als ich den Wagen zur Inspektion gebracht habe, und ...«

»Nein!«

»Keine Sorge, der Brief ist nicht weg. Ich habe zwar einiges von dem Kram entsorgt, du weißt doch, es sammelt sich im Laufe der Zeit immer so viel an. Aber dieser Umschlag war bestimmt nicht dabei. Glaube ich zumindest.«

Mein Herz sackte nach unten. »Warum ist denn der Brief auf einmal so wichtig, Zoé?«

»Weiß ich nicht«, sagte ich gequält.

»Nun«, erwiderte Charlie, »du bist in letzter Zeit emotional etwas angeschlagen, was verständlich ist. Warum fragst du nicht einfach den Kevin, was er dir geschrieben hat? Ich werde natürlich trotzdem nach dem Brief suchen.«

»Das geht nicht, ich habe ihn schon gefragt. Der ist total sauer auf mich.«

Ich hörte, wie Charlie den Wagen abschloss und über den Kies zurück ging.

»Was nachvollziehbar ist, oder?«, fragte sie. »Du hattest wochenlang Zeit, seine Nachricht zu lesen.«

Was sollte ich darauf antworten? Ich musste mir eingestehen, dass sie recht hatte. Was hätte ich zu verlieren gehabt, wenn ich seinen Brief geöffnet hätte? Warum war ich zu stolz gewesen, seine Entschuldigung anzunehmen? Das Unglück ließ sich ohnehin nicht mehr rückgängig machen, und ich hätte Kevin geholfen, wenn ich ihm verziehen hätte. Aber Kevin hatte gesagt, dass er helfen wollte, um welche Art um Hilfe es auch immer ging. Nun hatte ich auch das vermasselt.

»Genieß die Zeit mit deinem Vater in Berlin und denk nicht weiter darüber nach«, empfahl Charlie.

Ich sank auf meiner Bank zusammen. Das Leben hatte sich gegen mich verschworen. Nichts klappte.

»Übrigens«, fuhr sie fort, »dein Onkel hat noch am Donnerstagabend nach unserem Disput mit Reiner gesprochen. Was soll ich sagen? Heute Morgen sind zehn jugendliche Flüchtlinge bei uns eingezogen. Momentan sitzen sie im Keller und essen, damit sie nicht unbedingt mit den Wochenendgästen kollidieren. Erika und ich haben gekocht. Es ging alles so schnell.«

»Aha«, sagte ich nur, weil mir nicht mehr dazu einfiel.

»Es tut mir leid wegen des Umschlags«, sagte Charlie noch. "Vielleicht finde ich ihn. Okay?«

Aller Hoffnungen beraubt fuhr ich mit der nächsten U-Bahn zum Kudamm und lief zur Sybelstraße. Mike schien seinen zweiten Wohnsitz vor dem Haus aufgeschlagen zu haben. Er stand sich schon wieder kamerabereit die Beine in den Bauch. Ich hob abwehrend die Hand, als er mich sah.

»Keine Fotos! Keine Fragen! Lass mich einfach in Ruhe, Mike!«

48.

Nachdem ich Jeff von meinem Unglück mit Kevin erzählt hatte, war er in die Küche gegangen. Ich saß mit einer dicken Wolldecke auf der Couch und guckte einen Film, von dem ich nichts mitbekam, weil ich an Adil dachte. Ich hörte nur das Surren des Schneebesens und das Geklapper von Geschirr und Besteck. Nach einer Weile kam er mit einem voll beladenen Küchentablett ins Wohnzimmer.

»Überraschung! Mousse au Chocolate!« Er setzte sich zu mir. »Schokolade macht glücklich. Außerdem habe ich ein kleines Programm für uns vorbereitet, damit du auf andere Gedanken kommst.«

Er breitete Prospekte vom Filmpark in Babelsberg, dem Zeiss Planetarium, Madame Tussauds, der Humboldt Box und vom Filmmuseum vor mir aus. »Wir können auch in den Zoo gehen, wie früher«, schlug Jeff vor und häufte meine Schale mit der Mousse voll. Mir war überhaupt nicht nach essen zumute. Aber Jeff zuliebe aß ich meine Portion auf. Er war süß, versuchte alles Mögliche, um mich aufzumuntern, und ich war nichts als ein elender Trauerkloß.

Ich stellte die Schale auf den Tisch und zog meine Beine zum Schneidersitz zusammen.

»Ich fahre morgen nach Hause, Dad«, sagte ich, weil ich mich nach meinem eigenen Bett sehnte, weil Nox mir fehlte und – weil ich Adil die Wahrheit sagen wollte.

»Es ist besser, ich bringe die Sache mit Adil so schnell wie möglich hinter mich. Wenn ich ein paar Tage warte, habe ich vielleicht keinen Mumm mehr dazu.«

Jeff war traurig, keine Frage, aber er verstand mich.

»Die Museen laufen uns nicht davon, Schatz. Wichtig ist, dass du eine Entscheidung triffst, und mit ihm zu reden, ist sehr mutig. Wahrscheinlich reagiert er ganz anders als du denkst.«

»Vielleicht«, flüsterte ich, glaubte aber nicht daran.

»Dad?«

»Ja?«

»Liebst du Charlie noch?«

Ich weiß nicht, warum ich an Charlie dachte und Jeff ausgerechnet diese Frage stellte. Entsprechend verblüfft sah Jeff mich an.

»Wie kommst du jetzt darauf?«

»Weil du ständig mit anderen Frauen zusammen bist. Mit keiner bleibst du länger als drei Monate zusammen. Warum? Vergleichst du sie alle mit Charlie, aber keine kann ihr das Wasser reichen?«

»Ähm ... Sind es wirklich nie mehr als drei Monate?«

Jeff tat zwei Teelöffel Zucker in seine Tasse und verrührte ihn. Gedankenverloren legte er den Löffel auf die Untertasse.

»Ich habe deine Mutter sehr geliebt, vielleicht ein wenig mehr, als sie mich. Oder ich bilde mir das ein, aber Charlie war, was Emotionen betrifft, immer etwas kontrolliert.«

»Daran hat sich nichts geändert, Dad.«

»Als ich sie kennen lernte, hatte sie eine unglückliche Beziehung hinter sich, weshalb sie mich bat, ihr Zeit zu lassen. Ich nahm das nicht ernst, schließlich rannten mir die Mädchen die Bude ein. Warum nicht Charlie? Wieder und wieder stand ich vor ihrer Haustür, um sie dazu zu überreden, mit mir auszugehen. Sie war frisch nach Berlin gezogen und suchte eine Stelle als Floristin. Also bot ich mich als Fremdenführer an, zeigte ihr alle Sehenswürdigkeiten von Berlin, zog abends mit ihr durch die angesagtesten Bars und Cafés und nahm sie mit zu den Montagsdemos. Langsam taute sie auf, wir diskutierten, wir lachten, wir liebten uns. Wie das eben läuft, wenn man jung und verliebt ist.«

Jeff sah mich an und zuckte mit den Schultern. »Wir heirateten, als ich mein Geld noch mit gelegentlichen Auftritten verdiente. Was nicht viel war, zugegeben. Und dann kamst du. Charlie bat mich, eine richtige Arbeit anzunehmen. Aber ich weigerte mich. Wann hätte ich Texte komponieren sollen, wenn ich den ganzen Tag irgendwo schuftete und abends todmüde ins Bett fiel? Wir kauften ein altes Haus mit kleinem Garten, damit du Platz zum Spielen hattest. Das Eigenkapital für die Finanzierung war von Charlies Erbe. Später konnten wir die teuren Hypothekendarlehen nicht mehr bezahlen, weil Charlies Geld für die teuren Renovierungskosten drauf gegangen war. Das Haus war sehr marode und ging schließlich in die Zwangsversteigerung. Wir zogen in die Dachgeschosswohnung, in der du groß geworden bist. Charlie ging in ihrer Mutterrolle auf. Sie blieb nur noch zu Hause und kümmerte sich um dich und den Haushalt.«

»Was doch schön war, oder?«

»Normalerweise ja. Aber sie hatte überhaupt kein Interesse mehr daran, auszugehen, Spaß zu haben, sich mit Freunden in Bars zu verabreden, nicht einmal zu meinen Auftritten begleitete sie mich. Sie dachte nur noch an dich. Also zog ich alleine los. Ich fühlte mich eingeengt, war jung, und... Ja, bekam Bestätigung von anderen Frauen. Ich war ein Idiot, habe nur an mich und meinen Erfolg gedacht.«

»Und jetzt bist du erfolgreich, hast alle paar Monate eine neue Freundin und bist trotzdem einsam, stimmt's Dad?«

Jeff sah mich an, aber es hatte den Anschein, als schaute er durch mich hindurch. Plötzlich grinste er.

»Womit habe ich nur eine so kluge Tochter verdient?«

49.

Am nächsten Morgen bestand Jeff darauf, mich zum Hauptbahnhof zu bringen. Mein Einwand, ich sei viel schneller mit der U-Bahn und alleine würden die Reporter vor dem Haus keine Notiz von mir nehmen, wischte er mit einer Handbewegung fort.

»Lass mir mein Vergnügen, honey, wir fahren mit dem Aufzug in die Tiefgarage. Du kannst dich auf den Rücksitz legen. Niemand sieht dich und sollte jemand ein Foto von mir schießen, bist du nicht mit drauf.«

Zehn Minuten später ließ Jeff mich am Hauptbahnhof aussteigen. Nachdem wir uns verabschiedet hatten, sah ich ihm nach, bis sein Auto im Wirrwarr des Straßenverkehrs verschwunden war. Ein wenig schwermütig trottete ich zu meinem Bahngleis. Ich vermisste Jeff jetzt schon. Nie hatte ich mich ihm so nah gefühlt, und lange dachte ich darüber nach, was er mir empfohlen hatte: Adil die Wahrheit zu sagen.

Fünf Stunden lang sah ich aus meinem Abteil aus dem Fenster und ließ die Landschaft an mir vorbei ziehen. Ich zermarterte mir den Kopf, wann der beste Zeitpunkt für eine Aussprache mit Adil sein sollte. Schließlich entschied ich mich schweren Herzens, die Sache nicht unnötig hinaus zu schieben. Ich stellte mein Handy auf Mobile Daten ein und schickte ihm eine Message.

»Hallo Adil, bin auf dem Weg nach Hause und um 14:09 Uhr am Bahnhof. Kannst du mich abholen?«

Adils Antwort kam sofort. »Hi Zoé! Bin gleich da. Rotes Herzchen.

Ich schaltete mein Handy aus, damit er nicht auf die Idee kam, mir mit weiteren Herzchen oder Rosen das Leben noch schwerer zu machen. In der letzten halben Stunde bis nach Flees rannte ich ständig zum Klo, auch um mein erhitztes Gesicht mit Wasser zu kühlen. Dann hielt der Zug.

Als Letzte stieg ich mit zitternden Knien aus. Wir hatten Ende Oktober und es war empfindlich kalt. Adil wartete am Anfang des Bahnsteigs, dort, wo der erste Waggon zum Stehen kam. Ich hatte mir angewöhnt, mir in den hinteren Waggons einen Platz zu suchen, weil ich der Meinung war, im Falle einer Kollision mit einem anderen Zug eine Überlebenschance zu haben. Als Adil mich sah, winkte er freudig und eilte mit langen, kräftigen Schritten auf mich zu. Wie schön und glücklich er war! Mir schnürte sich die Kehle zu. Atemlos blieb er vor mir stehen. Seine wundervollen Augen strahlten mich an, und ehe ich es verhindern konnte, küsste er mich.

Atemlos riss ich mich los.

»Adil ... Adil! Können wir irgendwo hingehen? Ich muss mit dir reden.«

»Natürlich können wir reden«, lachte er. »Wir reden und reden, und zwischendurch koche ich dir einen heißen Tee. Erika und Martin sind unterwegs. Ich habe Ihnen erzählt, dass du kommst und sie haben gesagt, es könnte später werden.«

Er nahm meinen Rucksack und zog mich zum Ausgang. Ich blieb abrupt stehen.

»Nicht bei dir! Lass uns irgendwo anders hingehen. McDonald's?«

»Warum McDonald's? Erika hat uns etwas zum Abendessen gemacht.«

»Nein, nicht zu Erika. Ich möchte nicht ...«

Er drehte sich zu mir um. Ein Flackern überschattete seine Augen. »Wie du willst. Gehen wir zu McDonald's.«

»Oder ... Nein, McDonald's ist keine gute Idee.« Dort würden wir nicht alleine sein, und jeder bekäme mit, was ich ihm zu sagen hatte.

»Vielleicht einfach nur spazieren gehen?«

Er ließ meine Hand los und sah mich zweifelnd an. Sein Lächeln gefror.

»Was ist los mit dir? Warum willst du nicht zu mir, wo es warm ist und wir alleine sind? Habe ich etwas Falsches gesagt oder getan?«

»Quatsch, es ist nur, es ist eigentlich nichts... Oder doch...«

Fieberhaft suchte ich nach Worten. Im Zug hatte ich mir die Sätze zurecht gelegt, jetzt war mein Gehirn wie blockiert. Aber ich hatte mich längst um Kopf und Kragen geredet. Adil war misstrauisch geworden und würde nicht mehr locker lassen, bis ich ihm eine plausible Erklärung für mein Verhalten geliefert hatte. Mein Herz klopfte bis zum Hals. Besser ich erledigte die Sache gleich hier und jetzt am Bahnhof. Suchend sah ich mich nach einer Sitzgelegenheit um. Auf zwei Bänken saßen Passagiere, die auf den nächsten Zug warteten, die dritte Bank war frei.

»Können wir uns kurz auf die Bank setzen?«, flüsterte ich in die Richtung deutend. Mir war ganz flau im Magen.

Dann erstarrte ich. Alina eilte die Treppe zum Bahngleis hinauf und steuerte geradewegs auf uns zu. Sie mochte vielleicht zwanzig Meter von uns entfernt sein, trotzdem war nicht zu übersehen, dass sie stinksauer war. Was sollte das jetzt? Mir schwante nichts Gutes. Ich drehte mich um und zog Adil am Ärmel.

»Lass uns zu dir gehen! Schnell!«

Adil blieb abrupt stehen. »Jetzt bist du völlig durchgedreht«, sagte er leicht genervt. »Egal, wohin. Willst du etwa am Ende des Bahnsteigs auf die Schienen springen? Die Richtung war schon in Ordnung.«

Er hatte recht. Wieder verfluchte ich dieses verdammte Kaff, das nur zwei Bahnsteige mit einer einzigen Treppe zur Empfangshalle hatte. Ich saß in der Falle. Alinas Wut konnte nur mit Derek zu tun haben. Ich war nicht religiös, aber jetzt bat ich Gott im Stillen um Vergebung für all meine Sünden und versprach Besserung, wenn er mir nur dieses eine Mal helfen würde.

»Du hinterhältige, beschissene Kuh«, schrie Alina mich an, noch bevor sie uns erreicht hatte. »Gehst händchenhaltend mit deinem Freund spazieren, und hinter seinem Rücken machst du mit Derek rum?«

»Häh? Was?«

»Tu nicht so scheinheilig«, ätzte Alina und baute sich vor uns auf. »Nachdem ich euch neulich auf dem Markt eng umschlungen beobachtet hab, hab ich Derek zur Rede gestellt. Jawohl! Vielleicht bin ich für dich naiv, aber da hast du dich geschnitten. Ich lass mir nicht alles von Derek bieten.«

»Was ist los?«, fragte Adil, während Alina Luft holte, um zum nächsten Angriff auszuholen.

»Deine Freundin ist los. Erst knutscht sie mit meinem Verlobten Derek auf der Kirmes herum, dann liegt sie mitten auf dem Marktplatz in seinen Armen. Und das Schlimmste an der ganzen Sache ist, ich verstehe nicht einmal, was Derek an ihr findet!«

»Ich verstehe ihn schon«, sagte Adil verhalten. »Allerdings...«

»Du weißt schon, Adil«, unterbrach ich ihn, um die Umarmung zu erklären. »Letztens auf dem Hochsitz habe ich dir erzählt, dass Derek mich angemacht hat. Erinnerst du dich?«

Er erinnerte sich nicht, das sah ich ihm an. Denn Dereks Umarmung nach meinem Gefühlsausbruch hatte ich Adil verschwiegen. Alina, die kurz davor war, in Tränen auszubrechen, holte zum letzten, entscheidenden Schlag aus.

»Was mir überhaupt nicht in den Kopf geht und schon gar nicht, was Derek betrifft«, sagte sie mit zitternder Stimme und dabei hüpfte ihr Pferdeschwanz auf und ab, »ist, dass er... Dass er mit dir rummacht, obwohl du diese hässlichen Narben auf deiner Brust hast. Er bestreitet das, meint, genau deshalb würde er nur mich lieben. Aber ich glaube ihm nicht, denn dass er sich trotzdem mit dir einlässt, sieht ihm überhaupt nicht ähnlich.«

Alina sagte noch viel mehr, aber den Sinn ihrer Worte bekam ich nicht mehr mit. Ich fühlte mich wie in Eis gegossen, unfähig, meine Zunge für eine Widerrede zu bewegen. Selbst mein Atem war auf ein Minimum reduziert, und mein Herz klopfte unsagbar träge. Ein eisiger Hauch wehte durch meine Seele. Mühsam drehte ich meinen Kopf zu Adil. Er hob seinen Blick und sah mich an.

»Wenn das so ist, das habe ich nicht geahnt«, sagte er mit beherrschter Stimme. Seine Gesichtszüge wirkten hart, als hätte er eine Mauer hochgezogen, um seine Enttäuschung in Schach zu halten.

»Ich wollte es dir sagen«, presste ich schwach hervor. »Und Derek, er muss mich beim Schwimmen im Hotelpool beobachtet haben. Eine andere Erklärung habe ich nicht dafür.«

»Also dann, dein Rucksack«, sagte er in bitterem Ton und ließ ihn auf den Boden fallen. Sein Gesicht wirkte noch härter. »Du findest wohl allein nach Hause.«

Ich starrte ihn an, wollte noch etwas sagen, aber es kam nur Luft heraus. Vollkommen apathisch nahm ich meinen Rucksack und ließ die beiden stehen. Vielleicht sollte ich auf die Schienen springen, so wie Adil es vorgeschlagen hatte, dachte ich auf dem Weg zur Treppe. Aber das war mir zu blutig, und die Vorstellung, dass anschließend jemand meinen zermatschten Körper von den Gleisen kratzen musste, war nicht mein Ding.

»Das hast du jetzt davon«, schrie Alina mir kreischend hinterher.

Ich lief die Treppe hinunter, insgeheim hoffend, dass sich rasche Schritte von hinten näherten, dass mich Adil zurückhalten würde. Vergebens. Am liebsten wäre ich losgerannt, aber eine Reisegruppe in der Empfangshalle verhinderte das. Ich guckte stur geradeaus, hatte das Gefühl, dass mich jeder anstarrte, weil alle wussten, was mit mir los war. Ich presste meine Lippen so fest aufeinander, dass ich sie nicht mehr spürte. Wenigstens heulte ich nicht.

Ziellos lief ich durch die Straßen bis zur Bundesstraße, vorbei an Alinas protziger weißer Villa, verlor einmal beinahe meinen Arm durch ein vorbeirasendes Auto, weil ich zu weit auf die Straße geraten war, lief immer weiter, vorbei an Maisfeldern und Bauernhöfen, bis mein Gesicht taub war vor Kälte und meine Füße Klumpen aus Eis. Und immer begleitete mich ein Gedanke: Derek wollte mit mir zusammen sein, obwohl er von meinen Narben wusste.

50.

Ungefähr zwei Kilometer vor der Abzweigung in unsere Allee brauste hinter mir ein Bus heran. Ich sprang zur Seite und verbarg mich im Maisfeld. Falls Adil im Bus saß, sollte er mich nicht sehen.

Als ich endlich das Hotel erreichte, war mein Körper vor Kälte kaum mehr spürbar. Mein Rucksack war nicht schwer, trotzdem fühlte ich mich von einer drückenden Last befreit, als ich ihn von den Schultern nahm. Charlie schüttelte verständnislos den Kopf.

»Warum bist du nicht mit dem Bus gefahren?«

»Ich hatte keine Lust zu warten«, krächzte ich, denn auch meine Stimme war eingefroren.

»Dann hättest du mich anrufen sollen. Mit dem Auto wäre ich in einer Viertelstunde am Bahnhof gewesen.«

Ich wischte ihren Einwand mit einer Handbewegung fort und ließ mich erschöpft in einen Sessel in der Lobby fallen. Zwei Gäste saßen an der Bar und unterhielten sich bei einem Glas Bier. Charlie setzte sich neben mich und legte ihre Hand auf mein Knie.

»Du Verrückte! Läufst den gesamten Weg vom Bahnhof bis hierher. Das sind mindestens sechs Kilometer.

»Ja … Ich …«

Ich presste die Lippen aufeinander, um das Zittern zu unterdrücken. In der Wärme kehrten meine Lebensgeister zurück und auch meine Tränen schienen aufzutauen. Ich zog meine Jacke aus und riss mir das Tuch vom Hals.

»Was ist denn passiert? War es nicht gut in Berlin? Hast du dich mit deinem Vater gestritten?«

Liebevoll strich Charlie über meine Wange, was meinen Vorrat an Tränenflüssigkeit zum Überlaufen brachte. Unfähig, das Zittern meiner Lippen unter Kontrolle zu halten, umschlang ich Charlies Nacken und ließ den Tränen freien Lauf, ungeachtet dessen, was Charlie oder die Leute an der Bar oder sonst wer über mich dachte.

»Ist ja gut, ist alles gut«, sagte Charlie wie zu einer untröstlichen Sechsjährigen, die gerade ihren Lieblingsteddy verloren hat und klopfte auf meine Schulter. Es war mir egal. Ich heulte, bis keine Träne mehr übrig war, dann löste ich mich aus ihrer Umarmung und schniefte in ein Taschentuch.

»Alina hat hinausposaunt, dass ich missgebildet bin. Bald wird es die ganze Schule wissen.«

Charlie sah mich verwundert an. »Ist das wirklich so? Das tut mir leid, aber ich schätze sie nicht so ein, dass sie etwas weiter erzählt, was du nicht möchtest.«

»Da irrst du dich gewaltig, Mom. Du mit deiner Alina. Woher wusste sie überhaupt, dass ich heute Mittag ankomme?«

»Sie hat ein paar Mal angerufen, weil sie dich sprechen wollte«, erwiderte Charlie. »Aber du warst in Berlin. Heute sagte ich ihr, dass du auf dem Weg hierher bist, nachdem dein Vater mich angerufen und mir Bescheid gesagt hat.«

Charlie strich mir eine Locke aus der Stirn.

»Weißt du Zoé, es ist egal, ob sie es weitererzählt oder nicht. Du solltest diesen Narben nicht zu viel Bedeutung beimessen. Ich weiß, das ist leichter gesagt als getan. Aber für die Menschen, die dich lieben, spielt es keine Rolle, wie du unter deiner Kleidung aussiehst. Damit meine ich auch den Mann, der irgendwann in dein Leben treten wird. Und auf den Rest, der anders denkt, kannst du getrost verzichten. Du triffst dich doch nicht mehr mit diesem Adil, oder? Du weißt doch, wie ich darüber denke. Mit einem Muslimen befreundet sein, ist kein Thema, zum Problem wird es nur, wenn man sich näherkommt.«

»Nein, er ist nicht mehr an mir interessiert, keine Sorge«, erwiderte ich schwach und wechselte das Thema. »Wo sind die Jugendlichen? Wie kommt auf einmal Viktors Sinneswandel zustande?«

»Das Jugendamt kümmert sich tagsüber um sie, holt sie morgens mit einem Kleinbus ab und bringt sie abends zurück.« Charlie lächelte. »Ob du es glaubst oder nicht, aber deine Worte haben ihn aufgerüttelt, was er natürlich nie zugeben würde. Zumindest scheint er festgestellt zu haben, dass die Jugendlichen normale Jungen und keine Wilden sind. Sie sind sehr ruhig und in sich zurückgezogen. Ich möchte nicht wissen, was sie alles erlebt haben.«

Wahrscheinlich hatte Viktor sich seine Hilfsbereitschaft gut bezahlen lassen, aber das sagte ich nicht.

Ich stand auf. »Ich bin müde. Sorry, aber ich gehe auf mein Zimmer, möchte jetzt alleine sein.«

Ich konnte nicht verzichten. Auf den Rest vielleicht, aber nicht auf Adil. In den folgenden Tagen durchlebte ich ein Wechselbad der Gefühle. Ich schämte mich, war wütend, gekränkt, traurig, einsam. Anfangs sehnte ich mich so sehr nach ihm, dass es körperlich weh tat, auch wenn ich mir hundertmal einredete, dass er es nicht wert war. Dabei hatten Jeff und Charlie so recht. Was wollte ich von einem Jungen, der mich verachtete, weil ich nicht vollkommen war? Nachdem ich mindestens tausend Mal mein Handy in der Hoffnung gecheckt hatte, eine Nachricht von ihm vorzufinden, verfiel ich in eine Art Trance. War ich so wenig wert, dass er mir nicht einmal eine Message schickte? Mich zumindest beschimpfte, um mir das Gefühl zu geben, dass ich ein Mensch war?

Nichts.

Ich tat alles, um nicht auf die jugendlichen Flüchtlinge zu treffen, benutzte die Treppe nur, wenn die Luft rein war. Mein einziger Trost war Nox, der in jenen Tagen nicht von meiner Seite wich, nicht einmal, um über den Walnussbaum in den Garten zu springen und nach Mäusen zu jagen.

51.

Ende Oktober war Orkan Christian über das Land gefegt, mit Windgeschwindigkeiten bis zu 172 km/h, und hatte ganze Landstriche verwüstet. Jeder halbwegs normale Mensch war zu Hause geblieben. Doch am ersten Samstag im November, einem kalten Tag mit Graupelschauern, machte ich mich auf den Weg zum Hochsitz. Seit der Trennung von Adil war eine Woche vergangen, aber mir kam sie vor wie ein Jahr, weil die Zeit nicht vergehen wollte. Ich hatte so viel geheult, dass ich mich innerlich leer wie ein Vakuum fühlte. Mein Körper, eine seelenlose Hülle, hielt nur meine Organe zusammen, um wie ein Roboter den Alltag zu bewältigen. Ich fühlte mich wie tot.

Um die Kräfte der Natur an meinem Körper zu spüren, trug ich nur meine Jeansjacke. Ich fuhr einen Umweg, um nicht an Erikas Hof vorbeifahren zu müssen und stellte meine Vespa am Rande einer Lichtung ab. Mein Orientierungssinn war nicht der beste, deshalb dauerte es eine ganze Weile, bis ich mich auf dem Pfad wiederfand, auf dem ich mit Adil gelaufen war. Ich war bereits klatschnass, der Wind peitschte mir ins Gesicht, überall lagen entwurzelte Baumstämme und Äste herum. Stoisch kämpfte ich mir meinen Weg durch die halb kahl gefegten Wälder, fühlte die Kälte, die Nässe und den Regen trotz meiner dünnen Jeansjacke nicht, bis ich nach geraumer Zeit den Hochsitz erreichte.

Erleichtert atmete ich auf. Er stand noch da, mitten auf der Lichtung. Wie konnte das sein? Starke Bäume hatten dem Orkan nicht standhalten können, aber dieses Gestell aus zusammengenagelten Brettern hatte den Naturgewalten getrotzt.

Langsam näherte ich mich dem Ort, an dem Adil mich geküsst hatte. Ich legte meine durchgefrorenen Hände auf die Stufen, die glitschig waren von der Witterung, zog und presste, stellte vorsichtig einen Fuß darauf. Es knarrte, lauter und bedrohlicher als die Male davor. Im Notfall fange ich dich auf, hatte Adil versichert. Jetzt gab es niemanden, der mich auffangen konnte. Wollte ich überhaupt aufgegangen werden? War es nicht besser, von der letzten Stufe ganz oben hinunter zu stürzen und mir den Hals zu brechen?

Mechanisch setzte ich einen Fuß nach dem anderen auf die Stufen. Die Bretter ächzten unter meinem Gewicht, doch hielten sie stand. Oben angekommen stellte ich mich in die Mitte und atmete den scharfen Wind ein, der kalt in meine Lungen strömte. Langsam drehte ich mich um meine eigene Achse. Und dort saß er: Adil, mir seine ausgestreckte Hand reichend und mich zu sich winkend. Ich machte einen Schritt auf ihn zu, doch tappte ins Leere. Der Schock, dass er nur in meiner Fantasie existierte, ließ mich taumeln. Ich klammerte mich an den Rand des Hochsitzes und starrte auf die Feuchtwiese, die eigentümlich weiß schimmerte. Schnee, dachte ich verwundert, weil es doch erst November war. In der nächsten Sequenz hörte ich das heran schwellende Dröhnen des Zuges, die Raketen von Damaskus. Mir wurde schwindelig. Ich sackte auf den nass-kalten Holzboden und starrte eine ganze Weile teilnahmslos vor mich hin.

Das durchdringende eeek-eeek-eeek des Falken holte mich aus meiner Apathie zurück. Verwundert sah ich hoch und erblickte den Falken. Der Raubvogel saß auf dem Holzgeländer, hatte seinen Kopf schief gelegt und durchbohrte mich mit seinem stechenden Blick. Ich rappelte mich auf, ein weiteres eeek-eeek-eeek durchbrach die Stille, bevor er seine Schwingen ausbreitete und davon flog.

Wie in Trance machte ich mich auf den Heimweg, mich gedanklich daran festklammernd, dass der Weckruf des Falken für mich eine Bedeutung haben musste, obwohl es irrsinnig war.

Mit letzter Kraft erreichte ich das Hotel. Charlie war nicht einmal wütend. Aus ihrem Blick sprachen Kummer und Hilflosigkeit. Sie stellte keine Fragen. Stumm ließ sie heißes Badewasser für mich einlaufen und ließ mich erst alleine, als ich in der Wanne lag. Allmählich kehrten meine Lebensgeister zurück.

52.

Am Montag quälte ich mich mühsam aus dem Bett, es war der erste Schultag nach den Herbstferien. Einen Moment dachte ich daran, krank zu feiern, aber schnell schob ich den Gedanken beiseite. Früher oder später musste ich mich meinen Klassenkameraden stellen. Ich stellte mir vor, wie sie mich neugierig angafften und hinter meinem Rücken tuschelten. Mit Sicherheit hatte Alina erzählt, was sie wusste. Dann Derek. Warum interessierten sich immer diejenigen für mich, von denen ich nichts wollte? Erst Kevin, dann Frank, jetzt Derek. Mir wurde ganz schlecht bei der Vorstellung, im Englischkurs zwei Reihen vor ihm sitzen zu müssen. Wie sollte ich mich ihm gegenüber verhalten? Hoffentlich war mir das Schicksal gnädig und Derek hatte seinen Flug aus Bali verpasst oder er lag mit Malaria im Bett.

Mein Blick fiel auf die Postkarte, die Emma mir aus Stralsund geschrieben hatte. Das Wetter sei typisch ostseemäßig: stürmisch und verregnet, hatte sie geschrieben, aber Frank sei ihr im Kulturhistorischen Museum vor die Füße gestolpert, und das hätte den Urlaub gerettet. Zwinkersmiley.

Wenigstens Emma hatte schöne Ferien gehabt. Wahrscheinlich hatten sie und Frank stundenlang miteinander gefachsimpelt und dabei die Zeit um sich herum vergessen.

Antriebslos stellte ich mich vor meinen Kleiderschrank und zog ein blaues Poloshirt heraus. Dazu ein hellblaues Halstuch mit grauen Blumen. Ohne Frühstück verließ ich das Hotel und startete den Roller. Charlie rief mir zu, ich solle wenigstens ein Brötchen mitnehmen. Aber allein bei dem Gedanken, etwas essen zu müssen, wurde mir speiübel. Ich verließ die Allee und bog in die

Bundesstraße in Richtung Stadt ab. Vor mir liefen ungefähr zwanzig Flüchtlinge. Jeder einzelne erinnerte mich an Adil.

Wie immer erreichte ich auf den zweiten Gong genau die Schule. Ich hetzte ins Gebäude, die Treppe hinauf zu dem Raum, in dem mein Englischkurs stattfand. Eulenauge wollte gerade die Tür schließen, als ich ankam.

»Good morning, Zoé«, lächelte er. »Always a little late, aren't you?«

»Sorry«, murmelte ich und huschte hinein. Den Blick stur auf meinen Platz gerichtet, bahnte ich mir den Weg durch die Schulbänke. Wahrscheinlich bohrten sich alle Blicke durch meine Klamotten, allen voran Alinas und Dereks, aber ich sah nur Emma, die im Englischkurs neben mir saß. Ich hatte den Platz mit Emmas Sitznachbarin getauscht, weil ein Nebeneinandersitzen mit Alina nicht mehr möglich war. Emma wirkte sehr hübsch. Kritisch begutachtete sie mich.

»Du siehst furchtbar aus«, flüsterte sie mir zu, nachdem ich meinen Collegeblock aus der Tasche befördert hatte. »Bleich wie ein Gespenst. Und abgenommen hast du auch. Mindestens drei Kilo.«

»Danke«, presste ich hervor. »So wie ich aussehe, fühle ich mich auch.«

Sie schüttelte ihre Schillerlockenmähne, die sie mit zwei Spangen an den Seiten festgesteckt hatte. Etwas war entschieden anders an ihr, und jetzt wusste ich auch, was es war. Emma hatte ebenfalls abgenommen, wenn auch nicht viel. Ihr Profil war etwas kantiger geworden. Ein Blick auf ihre Schulbank bestätigte, dass sie auf Diät war. Der Twix fehlte.

»Was ist los?«, fragte Emma.

»Alles ist los. Mein Leben ist zerstört, aber du siehst toll aus. Du hast so ein Leuchten in den Augen.«

»Danke«, erwiderte Emma strahlend. Dann sah sie mich eindringlich an. »Wieso ist dein Leben zerstört? Was ist passiert?«

Sie war ehrlich besorgt. Auch wenn sie nicht wusste, um was es ging. Emmas Mitgefühl war echt, und das wiederum brachte mich aus dem Gleichgewicht. Noch am Morgen war ich der Überzeugung gewesen, den Tag überstehen zu können, wenn ich mich nur auf die Schule konzentrierte und an nichts anderes dachte. Jetzt stellte sich heraus, dass das ein hohles Hirngespinst war.

»Später«, piepste ich, weil ich wieder kurz vor einer Heulattacke stand. Ich schluckte und starrte aus dem Fenster, fixierte eine leere Bank, auf der wir manchmal in der Pause saßen. Nur nicht denken, hämmerte ich mir ein, um die Kontrolle über meine Gefühle zu behalten. Doch plötzlich schob sich Adil vor meine Augen. Er saß tatsächlich auf der Bank, hob sogar seinen Kopf in meine Richtung und schenkte mir sein schiefes Zauberlächeln. Ich zwinkerte zweimal. Er war fort. Eine Täuschung. Ich seufzte und wünschte mich weit weg.

Ein leichter Stoß in die Seite holte mich in die Wirklichkeit zurück.

»Zoé!«, flüsterte Emma.

Ich schreckte hoch. Auf meinem Tisch lag die korrigierte Englischklausur, die wir vor den Ferien geschrieben hatten.

»... und wie ich vermutet hatte, hat Zoé die beste Klausur geschrieben«, schmetterte Eulenauge durch die Klasse. »Sogar besser als Emma, von der wir die Einsen gewöhnt sind. Aber deine Klausur, Zoé, habe ich mit fünfzehn Punkten bewertet. Fabelhaft in Ausdruck und Inhalt. Möchtest du uns vielleicht deine Antwort auf Frage 2 vorlesen?«

»Was?«

»Dein Plot-Summary zu *A Raisin in the Sun*. Die ist dir besonders gut gelungen.«

Ich nahm meine Klausurbögen und drehte sie um. Apathisch suchte ich nach Aufgabe zwei. Das Zurückblättern der Seiten kam mir unerträglich laut vor, weil es totenstill in der Klasse geworden war. Alle Blicke klebten an mir, auch die Schüler in den ersten

Reihen hatten sich zu mir umgedreht und warteten. Mit zitternder Hand schob ich meine Haare ins Gesicht und blätterte fahrig weiter. Zu weit, ich begann wieder von vorne. Wo war Aufgabe 2?

»Ich ... Ich weiß nicht ...«

Ein Schleier legte sich auf meine Augen. Es war so still, dass man eine Büroklammer auf den Boden hätte fallen hören. Himmel! Hilf mir! Ich war kurz vor einem Kollaps.

»Herr Wegener!«, hörte ich plötzlich Emmas klare Stimme. »Herr Wegener, ich glaube, Zoé ist gerade nicht in der Verfassung, vorzulesen. Könnten Sie bitte jemand anderen dran nehmen?«

Ein Gemurmel ging durch den Kurs. Ich starrte auf meine Klausurbögen, auf die blaue Tinte, die Buchstaben und Sätze verschwommen. Eine Träne tropfte hinunter. Ich wischte sie weg und verschmierte die Tinte.

»Zoé! Ist dir nicht gut?«, fragte Eulenauge besorgt.

Emma legte ihre Hand auf meinen Arm, was mich beruhigen sollte, aber wie immer exakt das Gegenteil bewirkte. Kurzer Hand packte ich meinen Block in die Tasche, presste ein »sorry« hervor und stürmte aus dem Klassenraum.

Nur weg hier, war mein einziger Gedanke. Ich stolperte die Treppen hinunter und rannte zum Fahrradständer, schloss die Vespa auf und brauste davon. Charlie hielt zeitgleich mit mir vor dem Hotel, bepackt mit Einkaufstüten.

»Nanu?«, fragte sie verwundert. »Du bist schon wieder zu Hause? Sind Stunden ausgefallen?«

»Nein«, schrie ich hysterisch, »ich bin geflüchtet, weil ich es nicht mehr ausgehalten habe. Alle starren mich an, als sei ich ein außerirdisches Monster. Ich verschwinde jetzt in meinem Zimmer und bleibe da, bis ich es mir anders überlege. Und versuche nicht, mich umzustimmen!«

Fertig mit der Welt stampfte ich an Charlie vorbei, die mich mit offenem Mund anstarrte. Ich schloss mich in meinem Zimmer ein, warf mich aufs Bett und steckte mir die Kopfhörer in die Ohren.

Being
As in love with you as I am
being
As in love with you as I am
being
As in love, love, love …

53.

Drei Tage schirmte ich mich von der Außenwelt ab, checkte mein Handy nur in der Hoffnung, eine Nachricht von Adil vorzufinden, ignorierte jedoch alle anderen eingehenden Messages, las sie nicht einmal. Emma schrieb ich, dass ich eine Auszeit bräuchte und ihr später alles erklären würde. Mein Zimmer schloss ich ab, obwohl Charlie alles Mögliche versuchte, um mich heraus zu locken. Aber alles Rufen, Bitten, Betteln und Schimpfen prallten an mir ab. Ich öffnete nur die Tür, um das Essen, das Charlie mir vor die Tür stellte, herein zu holen und es dann doch kaum angerührt stehen zu lassen. Erst am Nachmittag des dritten Tages schloss ich die Tür auf, weil Viktor energisch an die Tür klopfte.

»Du gehst morgen wieder in die Schule«, donnerte er barsch mit seiner tiefen Stimme, die das ganze Haus erzittern ließ, »und wenn ich dich persönlich hintragen muss.«

»Okay«, antwortete ich, weil ich es im Zimmer nicht mehr aushielt und raus musste. Ich wartete noch eine Weile, bis die Luft rein war. Dann schlich ich mich aus dem Haus und fuhr zur Rheinpromenade.

Ich setzte mich auf die Bank, auf der ich mit Adil während des Gesprächs über seinen Koranlehrer gesessen hatte und starrte teilnahmslos auf den Rhein. Ein Teppich aus Nebelschwaden hatte sich auf dem Fluss gebildet, was gespenstisch aussah und mich emotional noch mehr hinunterzog.

Das Klingeln meines Handys rüttelte mich auf. Es war Charlie.

»Wo bist du?«

»An der Promenade«, antwortete ich. »Gibt's was Besonderes? Ich komme noch nicht nach Hause, vielleicht in einer Stunde, jetzt auf jeden Fall noch nicht.«

»Du kommst auf der Stelle!«, befahl Charlie in knappem Ton. »Sofort! Hier ist die Hölle los. Zig Neonazis demonstrieren vor der Kurklinik. Oder warte! Ich hole dich ab. Es ist zu gefährlich, wenn du allein mit deinem Roller die Bundesstraße entlang fährst.«

»Ach du Scheiße!«

Ich war sofort hellwach. An die Demo hatte ich in meinem Liebeskummer überhaupt nicht mehr gedacht. Richtig! Heute war der 7. November. Wie hatte ich das nur vergessen können?

»Mom«, sagte ich eindringlich, »kümmer dich nicht um mich, ich komm' schon klar. Bis später.«

Zig Nazis? Mir lief ein Schauer bei der Vorstellung an Skinheads, Springerstiefel, Bomberjacken und ausländerfeindliche Parolen den Rücken hinunter. Ich hatte Angst, klaro. Fieberhaft überlegte ich, was zu tun war. Emma anrufen? Frank?

»Was glaubst du, wo wir sind?«, schrie Emma ins Telefon.

»Was denn? Ihr seid an der Kurklinik?«, schrie ich zurück, weil im Hintergrund grässliche Parolen gerufen wurden. »Seid ihr verrückt geworden? Ganz alleine? Warum habt ihr mir nichts gesagt? Was macht ihr da?«

»Was wohl? Frank, seine Mutter, ein paar andere und ich halten unsere selbstgemalten und geklebten Plakate hoch. Nur scheint das hier niemanden zu interessieren. Dieser Pöbel grölt irgendwelche dummen Parolen. Die Polizei tut nichts, steht nur mit Blaulicht daneben und will wohl erst eingreifen, wenn was passiert. Und die armen Bewohner haben sich in der Kurklinik verbarrikadiert. Das hier ist echt krass. Vorhin ist schon ein Brandköper vor die Mauer geflogen. Ich habe dich mit Messages zugespamt, Zoé, aber du hast dich wie tot gestellt. Nicht eine einzige hast du beantwortet. Komm! Tu was! Wir brauchen Verstärkung!«

Emma war der Hammer. Ich bewunderte sie für ihren Mut. Und mir zitterten die Knie.

»Echt? Tut mir leid. O Scheiße! Ich komme«, schrie ich gegen meine Überzeugung.

Fieberhaft überlegte ich, was zu tun war. Ich musste zur Kurklinik, allein um Frank und Emma beizustehen und dann? Was sollten wir alleine mit ein paar anderen Gegendemonstranten ausrichten? Es war aussichtslos. Plötzlich hatte ich eine Idee. Genau! Ich wusste nicht, ob es funktionierte, aber einen Versuch war es wert.

Ich rannte hoch zu *Alfredo's* und riss die Tür zur Pizzeria auf.

»Alfredo«, keuchte ich, »da sind zig Neonazis an der Kurklinik. Wir müssen etwas tun. Schnell!«

»Neonazis?«, rief er und stellte ruckartig die Teller ab, die er gerade von den Tischen abgeräumt hatte. »Ich nix habe gemacht. Wo die kommen alle her?«

»Weiß ich nicht, bestimmt haben die sich mit den Neonazis aus den Nachbardörfern solidarisiert«, antwortete ich. »Hast du Internet, Alfredo?«

»Si, si, Bella, ich habe Internet. Willst du benutzen?«

Er zeigte mir seinen Rechner. Ich fuhr den Browser hoch, rief die Facebookseite von *Flüchtlinge Willkommen am Niederrhein* auf und postete in der Eile so kurz und bündig wie möglich:

SOS!
HILFE!
FLÜCHTLNGE in GEFAHR!
Hunderte Neonazis vor der Kurklinik.
KOMMT und HELFT. Kommt ALLE und zeigt SOLIDARITÄT!
Lasst nicht zu, dass Flees ein Schandfleck wird!
P.S.: Und bringt Kerzen mit!!!

Mit *Hunderte* hatte ich bestimmt übertrieben, aber das unterstrich nur den Ernst der Lage. Kaum hatte ich den Post gesetzt, ploppten schon die ersten Antworten rein:

Sind schon unterwegs. Wir kommen! Diese Schweine, denen zeigen wir's! Ich bringe meinen Judoverein mit. Mein Bruder ist Boxer! Und viele mehr. Ich war sprachlos, dass so viele auf meinen Post reagierten, aber ob die tatsächlich handelten oder nur redeten, war eine ganz andere Sache. Ich wollte mich gerade ausloggen, als eine weitere Nachricht eintraf: Many a little makes a mickle – ich komme, aber alleine, was so viel bedeutete wie *Kleinvieh macht auch Mist*. Als ich sah, wer der Absender war, stiegen mir vor Rührung Tränen in die Augen.

»Sieh mal, Alfredo, dieser dicke Mann mit Hornbrille ist mein Englischlehrer. Ich nenne ihn immer Eulenauge, weil ... Ja weil ich Eulen einfach furchtbar gerne mag.«

»Si, Bella, aber du bist nicht böse, wenn ich kommen nicht mit? Ich muss bleiben wegen Gäste und ich auch bin Ausländer, capisci? Du verstehst?«

»Klaro, muss jetzt weg!«

Ich band mir meinen Schal um den Kopf und machte mich auf den Weg, froh, meine Handschuhe mitgenommen zu haben. Die Bundesstraße zog sich ewig in die Länge. Ich hoffte nur, dass in den vielen Autos, die mich überholten, die Leute saßen, die meinem Aufruf folgten. Weit vor der Kurklinik hörte ich dann das Grölen, die Trillerpfeifen und das Zerspringen von Glas.

Ich kämpfte mich durch die Menge, prallte beinahe mit Derek zusammen, der mit erhobener Hand laute Hetztiraden rief und stieß zu den Leuten, die sich von den Asylgegnern abgesondert hatten. Erika winkte mich zu sich.

»Deinem Aufruf sind so viele gefolgt«, rief sie atemlos, sieh nur, es werden immer mehr! Martin habe ich auch mitgebracht. Er steht etwas abseits und macht Filmaufnahmen.«

Sie drückte mir eine Kerze in die Hand.

»Super Idee mit den Kerzen. Ich habe direkt drei Packungen mitgebracht, falls jemand seine Kerze vergessen hat. Willst du damit zeigen, dass wir friedlich sind?«

»So ähnlich, aber hauptsächlich, dass wir untereinander friedlich sein sollten. Was soll das Gehetze gegen Menschen anderer Kulturen?«

Es krachte und klirrte, ein Stein war durch ein Kellerfenster geflogen.

»Zoé!«, schrie Emma, rannte auf mich zu und umarmte mich. »Alles okay bei dir?«

Nichts war okay. Ich schämte mich, weil ich die Demo komplett vergessen hatte. Vorsichtig sah ich in Franks Richtung, der Emma gefolgt war. Er trug ein Schild mit dem Spruch *Flüchtlinge bleiben – Nazis vertreiben* vor sich her.

»Und was machen wir jetzt?«, fragte Frank.

»Wir könnten eine Reihe bilden und unsere Schilder und Kerzen hochhalten, zum Zeichen des Friedens und der Solidarität.«

»Super Idee!«, hörte ich auf einmal Charlie rufen.

»Mom! Was machst du hier?«

Charlie lächelte, etwas wie Stolz glitt über ihre Gesichtszüge.

»Als du nicht nach Hause kamst, wusste ich natürlich, wo ich dich finde. Ich habe mir Sorgen gemacht, aber dann rief Erika an und erzählte mir, dass du einen Post ins Internet gesetzt hast und viele darauf reagiert haben. Ich dürfe mich als Mutter nicht ausklinken. Nun, Recht hat sie, also bin ich hier und demonstriere mit. Hach, man fühlt sich wieder jung. Auf wie vielen Demos ich in Berlin mit deinem Vater war, kann ich gar nicht mehr zählen. Wir haben sogar Häuser besetzt. Also, meine mutige Tochter, setzen wir deine Friedensaktion in die Tat um!«

Gerührt schlang ich meine Arme um ihren Hals. »Danke, Mom! Danke!«

Zusammen mit Erika wies Charlie die Herumstehenden an, ihre Kerzen anzuzünden. Bald hatte sich eine lange Schlange vor der Kurklinik gebildet, was den Pöbel zwar nicht abhielt, *Wir sind das Volk, Flees den Fleesern, Asylschmarotzer raus* und andere hässliche Parolen zu grölen, aber immerhin wichen sie einige Schritte zurück. Immer mehr Gegendemonstranten betraten das Feld, kämpften sich zu uns durch und riefen im Chor: »Für die Freiheit, für das Leben, Nazis von der Straße fegen«.

Ich selbst schrie aus Leibeskräften mit. Selbst die Polizisten wurden jetzt tätig und drängten den Mob zurück. Und dann glaubte ich meinen Ohren nicht zu trauen. Aus den Lautsprechern ertönte plötzlich Jeffs Stimme. Was denn? Jeff in Flees? Ich reckte meinen Hals, konnte ihn aber nirgends erkennen.

»Wo ist er?« Ich klammerte mich an Emma, die neben mir stand. »Du meine Güte, er singt über seine Liebe, die aus dem Krieg geflohen ist und hier von Neonazis angefeindet wird. Das klingt ganz anders als das, was er sonst immer produziert, das ist ziemlich politisch, hörst du das?«

»Ich bin ja nicht taub«, kicherte Emma.

»Aber wo ist er?«

»Du hast jetzt noch nie was von Tonträgern gehört, oder?«, rief Frank. »Der Sound kommt von unserem Peugeot. Meine Mutter sitzt im Auto und hat die aktuelle CD von deinem Dad in die Anlage geschoben, die ich an die Autobatterie angeschlossen habe. Zieht zwar eine Menge Energie, aber der Sound ist doch super!«

»Das ist richtig cool von deiner Mutter. Ich werde Jeff bitten, ihr eine persönliche Einladung und eine Konzertkarte für die O2 World in Hamburg zu schicken.«

»Echt?«, rief Frank. »Sie wird vor Aufregung nicht mehr schlafen können.«

»Du meine Güte! Ich fasse es nicht!«, schrie ich und zeigte auf einige aus unseren Reihen, die begonnen hatten, den Refrain mitzusingen. Bald stimmten wir alle lauthals mit ein:

»Hört mich an, Leute!

Seid ihr zu blöd es zu versteh'n?
Fühlt euch stark nur in der Masse,
habt null Grips, kommt aus der Gosse,
und seid selbst doch das Problem!«

Dabei gingen wir mit erhobenem Peace-Zeichen und flackernden Kerzen wie eine geschlossene Mauer auf die Neonazis zu und drängten sie zurück, bis die Meute sich murrend auflöste.

Jubelnd fielen wir uns um den Hals, berauscht von unserem Erfolg und glücklich, weil sich die Fenster der Kurklinik öffneten und uns die Bewohner zuwinkten.

»Wie krass ist das denn?«, schrie ich. »Wir haben es geschafft!«

»Wahrscheinlich nur, weil du so viele Leute zusammen getrommelt hast«, sagte Eulenauge, der plötzlich vor mir stand und mich etwas unsicher anlächelte. Etwas an ihm war anders, dann war mir klar, warum. Seine Augen waren auf Normalgröße geschrumpft, er trug keine Brille.

»Jemand von den rechten Jugendlichen hat mir meine Brille von der Nase geschlagen und sie zertreten. I'm as blind as a bat, so blind wie ein Maulwurf.«

»Danke, dass Sie dabei waren«, antwortete ich. »Dass Sie gekommen sind, finde ich wirklich super.«

Er nickte. »Warum auch immer du am Montag aus dem Klassenzimmer gerannt bist, Zoé, du kannst stolz auf dich sein, richtig stolz. Kann ich dich morgen wieder in meiner Englischstunde erwarten?«

Ich schluckte. Den Grund für meine Flucht hatte ich diesen Abend vollkommen verdrängt.

»Klaro, ich komme!«

54.

Noch immer berauscht von unserem fantastischen Erfolg stand ich nackt vor meinem Spiegel und betrachtete meine Narben. Nox hockte auf dem Toilettensitz, hielt seinen Kopf schräg und miaute.

Jawohl! Ich war hässlich. Wollte jemand etwas anderes behaupten, war er blind oder ein Schmeichler. Mein Blick wanderte zu meinem Gesicht, in dem sich etwas verändert hatte. Ich konnte nicht sagen, was es war, vielleicht ein neues Selbstvertrauen, das sich seit der Demo in mein Bewusstsein gepflanzt hatte und sich nach außen spiegelte und das, was entscheidend war, nichts mit physischer Schönheit zu tun hatte. Ich wollte es festhalten, denn es fühlte sich gut an, also hauchte ich, kaum hörbar:

»Zoé, das hast du gut gemacht! Ich bin stolz auf dich! Du hast Eltern, die immer für dich da sind, auch wenn sie miteinander nicht auskommen. Macht nichts. Du hast alte Freunde zurückgelassen, aber neue Freunde gewonnen. Warum? Weil sie dich mögen und schätzen, so wie du bist. Also bist du einzigartig, das muss so sein, denn Emma mag dich trotz deiner Narben. Sogar Derek, der nie mit einer hässlichen Freundin gehen würde, wollte etwas von dir. Also bist du gar nicht hässlich. Du bist schön, denn wahre Schönheit kommt von innen. Und, soll ich dir etwas sagen? Ich mag dich auch!«

Bei *ich mag dich auch* musste ich würgen. Und weil das so war, sagte ich es gleich noch einmal, etwas lauter, dann noch einmal und noch einmal, bis ich ich mag dich auch in normaler Lautstärke ohne Brechreiz sagen konnte.

In jener Nacht schlief ich zum ersten Mal seit zwei Wochen wieder durch. Trotzdem hatte ich am nächsten Morgen noch immer dunkle Augenringe und meine Wangen waren bleich wie Schnee. Ich verzichtete auf Make-up und Rouge, wählte ein Sweatshirt mit tieferem Ausschnitt, ließ jedoch das obligatorische Halstuch weg.

Auf der Treppe kam mir Viktor entgegen, gefolgt von drei Jugendlichen. Ich zuckte zusammen, weil ich nicht mit ihnen gerechnet hatte. Viktor blickte ebenfalls irritiert. Dann fing er sich und lächelte verlegen.

»Zoé, ob du es glaubst oder nicht, ich war gerade auf dem Weg zu dir. Diese drei Jungen hier gehören zu den jugendlichen Flüchtlingen, die wir seit kurzem beherbergen. Sie waren neugierig, wer die gestrige Demonstration der Rechten zerschlagen hat. Nun, Charlotte hat mir alles haarklein erzählt und ich muss sagen, schade, dass ich nicht dabei war.«

Er zog seine rotbuschigen Augenbrauen zusammen.

»Nun sei mir nicht mehr böse. Friede, abgemacht? Wie du siehst, bin ich lernfähig. Immerhin habe ich mich letztendlich doch von Reiner breitschlagen lassen, einige Zimmer zur Verfügung zu stellen. Verläuft auch alles vollkommen problemlos. Man hört die Jungen überhaupt nicht, sie sind sehr höflich und distanziert, wahrscheinlich traumatisiert und ... Naja, im Grunde können sie einem doch leidtun.«

»Ja, das können sie wohl«, antwortete ich lahm.

»Sie werden natürlich nicht ewig hier wohnen«, redete Viktor weiter, »nur solange, bis sie in eine stationäre Jugendhilfeeinrichtung kommen. Und bis dahin werden wir das Kind schon schaukeln, oder, Zoé?«

»Sprechen sie Englisch?«, fragte ich.

Viktor schüttelte den Kopf. »Nicht sehr gut, sie sollen ja auch Deutsch lernen, aber dafür sind diese drei hier handwerklich sehr begabt. Ich habe ihnen vorhin gezeigt, wie man gegen verstopfte

Abflüsse vorgeht und abgebrochene Duschhalterungen repariert. Außerdem können sie mir dabei helfen, unsere Flachbildfernseher an die Wand zu montieren. Naja, schadet ja nicht, wenn sie sich nützlich machen.«

»Bestimmt nicht.«

Es entstand eine peinliche Pause.

»Himmel Herrgott nochmal«, fluchte Viktor plötzlich. »Du erwartest eine Entschuldigung? Okay, der Hottentotte war nicht angemessen. Dafür entschuldige ich mich, im Gegenzug könnte ich eine Entschuldigung von dir verlangen. Du hast unerhörte Dinge zu mir gesagt, aber irgendwann muss es auch mal gut sein. Komm! Schlag ein!«

Er hielt seine flache Hand in die Höhe, so wie es bei uns Teenagern üblich war, bei Viktor jedoch völlig deplatziert wirkte. Jetzt musste ich doch grinsen.

»Okay, Onkel Viktor, ich entschuldige mich auch. War teilweise echt heftig, was ich dir an den Kopf geknallt habe. War nicht so gemeint.«

55.

Ich wartete vor der Schule, bis alle Schüler den Schulhof verlassen hatten und in ihren Klassen waren. Dann ging ich zu Raum 310.

Die Tür war geschlossen. Von außen hörte ich Eulenauges laute Stimme. Ich horchte in mich hinein. Merkwürdigerweise war ich vollkommen ruhig. Kein unkontrolliertes Herzhämmern, keine Panikattacke mit feuchten Händen und Flachatmung. Lediglich ein leichtes Kribbeln auf meinen Narben.

Ich hängte meine Jacke an den Kleiderhaken im Flur, strich meine Haare nach hinten, holte trotzdem einmal tief Luft und öffnete die Tür. Augenblicklich wurde es still. Sechzehn Augenpaare wandten sich mir zu.

»Good morning, Zoé! Nice to see you again. Are you okay?«, begrüßte mich Eulenauge freundlich.

»Herr Wegener«, sagte ich mit fester Stimme. »Es tut mir leid, dass ich letztens raus gerannt bin. Ich war etwas durcheinander.«

»No problem, Zoé. Ich habe deinen Mitschülern soeben berichtet, wie mutig du, Emma und Frank euch gestern für die Flüchtlinge stark gemacht habt. Respekt. Schade, dass es unter euch Andersgesinnte gibt, die ich zum Abitur führen muss. Es ist eine Schande. Please, take your seat, Zoé!«

Das Gemurmel setzte wieder ein, doch ich blieb stehen und räusperte mich. »Ich möchte noch etwas sagen, wenn es möglich ist.«

Wieder starrten mich alle an, dieses Mal mit unverhohlener Neugierde. Es war so still, dass das Rauschen des Windes durch die gekippten Fenster zu hören war. Mein Blick glitt über die

Köpfe meiner Mitschüler auf der Suche, mich an etwas festzuhalten. Schließlich fing Emma meinen Blick auf. Sie lächelte und nickte mir aufmunternd zu.

»Also, was ich sagen wollte, ist ... Also ... Einige von euch wissen es bereits und die, die es nicht wissen, sollen es jetzt erfahren. Also, ich hatte vor zehn Monaten einen Unfall. Das war im Januar an meinem sechzehnten Geburtstag, als ich noch in Berlin wohnte. Viele Freunde von mir waren da. Meine Mom war bei einer Freundin. Es gab Würstchen mit Pommes, also Tiefkühlpommes, die wir frittieren mussten. Ich wollte das eigentlich selbst machen, aber ein Freund von mir bestand darauf, mir diese Arbeit abzunehmen. Naja, er passte nicht auf, weil er mit seinem Handy beschäftigt war und irgendwie, weil es wohl zu heiß wurde, fing das Fett Feuer. Ich war mit den anderen im Wohnzimmer. Wir guckten einen Film, als wir diesen Schrei von Kevin, also meinem Freund, hörten. Wir rannten sofort hin, ich war die Erste. Und in dem Moment, als ich in die Küche kam, holte Kevin gerade aus, um mit Schwung einen Topf Wasser auf das Fett zu kippen, genau in meine Richtung. Ich schrie noch, nicht mit Wasser, aber es war zu spät. Also, dieses heiße Fett spritzte genau auf mich drauf. Es tat höllisch weh und deshalb habe ich jetzt auch überall Narben. Das ist ziemlich hässlich, aber ich kann es nicht ändern. Und wer sich jetzt vor mir ekelt, soll sich eben ekeln.«

Nach meiner kleinen Ansprache klopfte mein Herz jetzt doch ziemlich schnell, aber jetzt war es raus und ich fühlte mich besser. Emmas Lippen zuckten. Sie hatte Tränen in den Augen. Mit wackeligen Beinen suchte ich mir den Weg durch die Tische bis zu meinem Platz, holte meinen Collegeblock heraus und setzte mich.

Emma wischte sich über die Augen. Es herrschte absolute Stille. Ich wagte nicht, mich umzusehen. Jetzt wussten es alle, und diejenigen, die nicht in meinem Kurs waren, würden es von den anderen erfahren.

Endlich räusperte sich Eulenauge. Seine Stimme war belegt. Ausnahmsweise auf Deutsch sagte er:

»Brennendes Fett lässt sich nur löschen, indem man die Sauerstoffzufuhr unterbindet, zum Beispiel, indem man einen Deckel auf die Gefahrenquelle legt. Niemals mit Wasser. Und nachdem wir nun hautnah erlebt haben, mit welch bewundernswertem Mut Zoé offen mit ihrem Schicksalsschlag umgeht, kann ich nur sagen: Hut ab.«

Aus einer der hinteren Reihe ertönte ein unterdrücktes Schluchzen. Wieder räusperte sich Eulenauge.

»Derek, bitte verteile die Arbeitsblätter zu Martin Luther Kings berühmten Rede *I have a dream.*«

Emma drückte kurz meinen Arm. Ich wagte noch immer nicht, den Kopf zu heben. Aus den Augenwinkeln beobachtete ich, wie Derek lässig zum Pult ging, die Arbeitsblätter nahm und an den Tischen verteilte. Als er zu mir kam, blieb er stehen. Ich zwang mich, hoch zu blicken. Er öffnete seinen Mund, als wolle er etwas sagen, aber dann nickte er nur und schob mir das Blatt hin.

Nach der Doppelstunde kramte ich hastig meine Sachen zusammen. Ich hatte alles andere als Lust, die Reaktionen meiner Mitschüler abzuwarten. Emma ergriff meine Hand. Sie zog mich aus der Klasse in den mittleren Stock, wo sich der Raum für die Hausaufgabenbetreuung befand. Hier saßen nachmittags Schüler aus der Unterstufe, die Aufsicht und Nachhilfe bei den Hausaufgaben benötigten. Vormittags war dieser Raum leer.

»Ich kann gar nicht sagen, wie berührend das gerade war.« Sie umarmte mich und murmelte: »Ich wünschte, ich wäre so mutig wie du.«

»Du spinnst«, wehrte ich ab und löste mich aus ihrer Umarmung. »Ich hätte nie darüber geredet, aber seit der Demo versuche ich nach vorne zu blicken, obwohl ...«

»Obwohl was? Zoé, was ist passiert?«

Ich seufzte und erzählte Emma die Sache mit Adil. »Derek hat mich irgendwann beim Schwimmen bei uns am Pool beobachtet und es Alina gesteckt. Und diese Trulla, weil sie vor Eifersucht beinahe platzt, hat es mir im Beisein von Adil vor den Kopf geschleudert. Er meinte dann nur, ich würde wohl allein nach Hause finden, und dann ließ er mich gehen. Einfach so.«

Emma nickte. »Tut mir leid. Sowas Ähnliches habe ich mir zusammengereimt, nachdem ich gesehen habe, wie dünn du geworden bist. Ich habe immer gesagt, die Männer sind es eigentlich nicht wert, dass man ihnen nachtrauert. Und du hast bestimmt so viele Tränen vergossen, dass es für ein ganzes Leben reicht. Furchtbar siehst du aus.«

»Das sagtest du schon«, flüsterte ich.

»So meinte ich das nicht«, fuhr Emma dazwischen. »Du bist wunderschön. Aber man sieht, dass du unglücklich bist.«

»Schon gut. Weißt du, es ist mir jetzt gleichgültig, wie ich aussehe, naja, nicht völlig gleichgültig, aber es ist nicht mehr die alles entscheidende Frage, die ich mir jeden Morgen stelle. Vor drei Tagen war es mir noch nicht egal. Ich hab geglaubt, weil ich hässlich bin, werde ich nicht mehr geliebt und deshalb bin ich raus gerannt. Ist natürlich Quatsch, denn Charlie und Jeff lieben mich so, wie ich bin. Wäre halt schön, wenn ein ganz spezieller jemand genauso fühlen würde.«

»Ach, Zoé!« Emma umarmte mich wieder. Es fühlte sich gut an, wenigstens eine Freundin zu haben, die mich verstand. Ich sah auf meine Uhr und löste mich von ihr. »Wir müssen los zu Mathe, die Pause ist gleich vorbei.«

»Schaffst du das?«

Ich versuchte ein Lächeln. »Schlimmer kann es nicht werden, oder?«

Wir liefen wieder in den dritten Stock. Vor Zimmer 312 stand Frank. Ich blinzelte.

»Schau mal, Emma. Frank sieht besser aus als sonst, findest du nicht? Die Pickel sind blasser geworden.«

Emma grinste. »Jetzt pass mal auf! Dir werden vor Überraschung die Augen rausfallen.«

Sie ging auf Frank zu und begrüßte ihn mit einem Kuss.

»Hallo? Ihr beide seid ein Paar?«, rief ich ungläubig.

Die beiden grinsten, und wie um ihre Zugehörigkeit zu untermauern, legte Frank seinen Arm um Emmas Schulter.

»Hallo, Zoé«, begrüßte mich Frank. »Du siehst jetzt echt etwas verwirrt aus.«

»Ich fasse es nicht!«, sagte ich nur und fühlte einen Stich im Herzen. »Wie ist das denn passiert? Wie habt ihr zueinander gefunden?«

Frank erzählte, wie er Emma in der zweiten Ferienwoche im Kulturhistorischen Museum in Stralsund getroffen hatte.

»Und weil meine Tante direkt nach unserer Ankunft jetzt wirklich der Meinung war, ich solle endlich etwas gegen meine Pickel unternehmen, hat sie mir täglich eine Zwiebel- und Bienenhonig-Gesichtsmaske verordnet. Wie du siehst, habe ich Emma mit dem Ergebnis beeindruckt.«

»Quatsch«, protestierte Emma, »ich habe festgestellt, dass ich mich mit dir echt gut unterhalten kann und dass du ein nicer Typ bist. Welchen Spaß hatten wir beim Plakate bemalen! Und, okay, deine Pickel waren nicht mehr ganz so aufdringlich wie sonst.«

»Wow, Zwiebeln?«, fragte ich.

»Ich mag Zwiebeln«, erklärte Frank grinsend. »Und was gut für meinen Magen ist, kann jetzt nicht schlecht für meine Haut sein, dachte ich und hab's probiert. Honig und Zwiebeln wirken antibakteriell und entzündungshemmend.«

»Und Emma hat für dich eine Diät gemacht?«

»Nö«, erwiderte Emma. »Aber ich hatte nach ein paar Tagen so viele Schmetterlinge im Bauch, dass ich überhaupt keine Lust mehr auf Süßes hatte. Jetzt habe ich mich so daran gewöhnt, dass ich die Schokolade weglassen kann, ohne an Entzugserscheinungen zu sterben.«

»Krass«, sagte ich und freute mich ehrlich für die beiden. Aber Emmas und Franks Glück machte mir allzu deutlich, dass ich mich einsamer fühlte als jemals zuvor.

56.

»Zoé, das ist mal eine erfreuliche Arbeit von dir!«

Erwartungsvoll schlug ich meine Klausurbögen auf. Herr Lauscher hatte elf Punkte unter meine Politikklausur geschrieben, was für mich einem Erdrutsch gleichkam. Zu dem Thema *Diskutieren Sie die gegenwärtige Situation der EU im internationalen Rahmen unter Berücksichtigung der Chancen und Gefahren der aktuellen Migrationsströme* war mir so viel eingefallen, dass mir am Ende der zweistündigen Klausur die Hände wehgetan hatten. Ich stupste Frank an.

»Sag was!«

Er starrte ungläubig auf meine Note, dann grinste er. »Das ist jetzt echt der Wahnsinn! Du bist unberechenbar, Zoé! Wahrscheinlich hast du dem Lauscher den Abend verdorben, weil er sich auf einen vergnüglichen Abend mit deiner Klausur als lustige Lektüre gefreut hatte.«

»Haha, das hättest du wohl gerne«, lachte ich.

»Ne, im Ernst, als wir zusammen gelernt haben, hast du den Stoff sofort behalten. Ich hab dir doch gesagt, dass du deine Einstellung ändern musst.

Charlie war derselben Meinung wie Frank, als ich ihr von meiner geglückten Politikklausur erzählte.

»Man kann alles, wenn man will, Zoé. Toll gemacht!«

Sie drückte mich. Dann hielt sie mir einen grünen Umschlag vor die Nase. Kevins Brief.

»Weißt du, wo ich ihn gefunden habe? Auf der Hutablage.«

»Aha«, sagte ich und nahm ihn entgegen. »Du bist nicht böse, wenn ich ihn in meinem Zimmer lese, Mom?«

»Geh ruhig, wenn du mir später verrätst, was drin steht?«

»Klaro«, erwiderte ich und zog mich in mein Zimmer zurück. In dem Umschlag steckte eine ebenfalls grüne Karte, eng beschrieben mit Kevins klarer Handschrift und eine Visitenkarte. Ich begann zu lesen, und je mehr ich las, desto größer wurden meine Augen. Warum hatte ich den Umschlag nicht früher geöffnet?

Liebe Zoé,
wenn ich könnte, würde ich die Uhr zurückdrehen. Das geht leider nicht. Aber ich kann versuchen, einen Teil meiner Schuld wieder gut zu machen, und deshalb habe ich mir den Kopf darüber zerbrochen, was ich tun kann. Vielleicht ist das eine Schnapsidee. Aber ich habe herausgefunden, dass es in Kleve einen Tätowierer gibt, der sich auf Narben spezialisiert hat. Das ist von Flees aus mit Bahn oder Bus erreichbar. Der Typ heißt Jens Heller, seine Visitenkarte, auf der auch seine Homepage steht, lege ich bei. Ich habe ein paar Mal mit ihm gemailt. Er macht wunderschöne Motive und man sieht später überhaupt nicht mehr, dass sie eine Narbe verdecken. Ich habe eine Anzahlung gemacht, aber noch nicht alles bezahlt, weil er nicht wusste, wie lange er bei dir brauchen wird, je nachdem, welches Motiv du magst. Den Rest bezahle ich natürlich auch. Es ist aber auch kein Problem, wenn du dich dagegen entscheidest. Ist halt nur, wie gesagt, eine Idee von mir.
Ich hoffe, du verzeihst mir. Es tut mir leid.
Dein Kevin

Staunend legte ich den Brief zur Seite. Eine Tätowierung über der Narbe? An den Gedanken musste ich mich gewöhnen, weil ich über Tattoos immer die Nase gerümpft hatte. Aber Kevin hatte sich unglaublich Mühe gemacht. Wie süß er war. Ich schämte mich, weil ich ihn all die Monate ignoriert, ja sogar beschimpft hatte.

Gespannt gab ich die Homepage-Adresse des Tattoo-Studios in meinen Rechner ein. Dieser Jens war ein Mann Mitte dreißig, der unter der Rubrik *über mich* davon erzählte, dass das Verschönern von mehr oder weniger unansehnlichen Hautstellen zu den schönen Seiten seines Berufes gehöre, weil er damit die oft unter einem Trauma leidenden Kunden glücklich mache. Häufig kämen Menschen zu ihm, die durch Schnittwunden, Verbrennungen, Feuer oder kochende Flüssigkeiten vernarbte Haut zurückbehalten hätten und sich nicht mehr gerne in der Öffentlichkeit zeigten, weder im Schwimmbad noch im Sommer mit kurzen Ärmeln oder Hosen. Eine Tätowierung könne die Narben in den Hintergrund treten lassen, so dass sich die tätowierte Person nicht mehr angestarrt und damit sicherer fühle.

Es folgten vorher- und nachher Bilder, die mich überraschten. Unglaublich, wie kunstvoll manche zuvor abstoßende Narbe mit der späteren Tätowierung aussah. Vor allem die Fälle mit Brandnarben schaute ich mir an. Teilweise waren die Narben viel schlimmer als meine, wulstig und mit Kratern durchzogen. Die Endergebnisse waren phänomenal. Eine Frau hatte sich nach einer verkorksten Brust-OP eine Lilie stechen lassen, deren Blüten und Blätter bis zum Schlüsselbein reichten. Sie berichtete, Fremde sprächen sie im Schwimmbad an, weil sie positiv damit auffiele.

Ich lehnte mich zurück und ließ die Eindrücke auf mich wirken. Wenn ich mir tatsächlich ein Tattoo würde stechen lassen, wäre die Lilie mein Motiv. Dessen war ich mir sicher. Aber zuvor musste ich etwas anderes tun, egal ob ich nach Kleve fahren würde oder nicht.

Ich öffnete mein Postfach und lud Kevins Adresse hoch.

Gesendet: Freitag, 08. November 2013 um 21:12 Uhr
Von: "Zoé Gehrmann" <Zoe1997@hotmail.com>
An: "Kevin Bruns" <avatar_kevin@yahoo.com>
Betreff: Sorry

Hi Kevin,
ich muss dir gestehen, dass ich jetzt erst deinen Brief gelesen habe. Ich hatte ihn verloren, wollte dir das aber in Berlin nicht sagen, weil ich mich geschämt habe. Jetzt sehe ich, dass du dir unheimlich Gedanken um mich gemacht hast. Es ist eigentlich keine Schnapsidee, ich kann mir sogar vorstellen, dass ich mir ein Tattoo stechen lasse. Aber ich muss diese Möglichkeit noch etwas sacken lassen.
Es tut mir leid, wenn ich mich blöd benommen habe. Ich bin einfach sehr durcheinander, und die letzten Monate in der neuen Schule waren auch nicht einfach für mich. Ich vermisse euch alle sehr und hoffe, dass du mir auch verzeihst.

Deine Zoé

P.S.: Sei bitte nicht mehr böse auf mich. Ich will auch nicht mehr nachtragend sein. Was passiert ist, ist passiert. Smiley

57.

Nachdem ich die Nachricht gesendet hatte, ging ich ins Bett und verschmolz mit Angels. Ich sah mich mit Adil auf dem Hochsitz, es war Sommer und ich trug meinen Bikini. Adil wollte nicht aufhören, meine Brust zu küssen, fasziniert von einer Lilie in zartrosa und weiß, die sich kunstvoll bis zur Schulter schlängelte.

Leise Knallgeräusche rissen mich aus meinem Paradies. Nox huschte aufgeschreckt unter mein Bett. Angespannt lauschte ich. War Viktor auf der Jagd? Nachts?

Wieder Geräusche, wie Kieselsteine, die gegen das Fenster prallten. Der verhaltene Ruf meines Namens.

Mit einem Satz lief ich zum Fenster und öffnete es. Es war Vollmond. Ich fasste mir an den Hals, vor Schreck, vor Erstaunen, vor Freude. Denn die Gestalt, die im Walnussbaum saß, war Adil.

»Endlich hörst du mich«, flüsterte er. »Das waren die letzten Steinchen. Ich bin beinahe erfroren. Geh mal zur Seite. Ich springe.«

»Bist du verrückt? Das sind mindestens zwei Meter!«

Trotzdem machte ich Platz und ehe ich mir die Folgen im Fall eines Sturzes vorstellen konnte, landete Adil mit einem Sprung auf dem Fenstersims.

»Autsch«, schrie er unterdrückt, mit einem Arm rudernd, mit dem anderen sich am Fensterrahmen festhaltend.

Ich krallte seinen Parka und zog ihn mit aller Kraft hinein. Mit einem Plumps landete er auf der Couch, verlor das Gleichgewicht und polterte weiter auf den Boden.

»Steigst du immer nachts in irgendwelche Zimmer ein?«, zischte ich, geschockt von der Vorstellung, dass er sich das Genick hätte brechen können.

Er rappelte sich hoch und klopfte sich den Staub von der Jeans. Im Mondlicht verschränkte ich die Arme vor der Brust. Mein Schlafshirt hatte lange Ärmel und einen Rundhalsausschnitt. Gott sei Dank war es eines von denen, die über den Po gingen.

»Nein, nur in deins und das auch nur, wenn es nicht anders geht«, erwiderte er und grinste schief. »Danke, du hast mir das Leben gerettet.«

Ich hing an seinem Lächeln und zitterte.

»Zoé, ich... Ich war ein Idiot«, flüsterte er und machte einen Schritt auf mich zu. »Ich dachte, du und Derek, ihr habt was miteinander.«

Ich schüttelte den Kopf. »Wie kannst du so etwas denken? Ausgerechnet mit Derek? Heiße ich Alina, oder was?«

»Er wusste, dass du Narben hast. Woher, wenn du nicht mit ihm zusammen warst? Später ist mir deine Frage eingefallen, ob ich dich beim Schwimmen beobachtet habe. Ich fand diese Frage merkwürdig, dann endlich klingelte es bei mir. Ich habe mich, außer heute, nie in euren Garten geschlichen. Also musste Derek es gewesen sein. Und das hast du ja auch selbst gesagt.«

Mein Herz klopfte bis zum Hals. »Hat aber lange gedauert, bis du es kapiert hast. Wegen Derek warst du so kalt zu mir? Nicht, weil Alina mich bloßgestellt hat, weil ich... Weil ich hässlich bin?«

»Du und hässlich?« Er lachte auf. »Wer hat dir das denn eingeredet?«

Adil streckte seine Hand nach mir aus. Zögernd nahm ich sie. Er zog mich zu sich heran und nahm mein Gesicht in beide Hände. Im fahlen Mondlicht erkannte ich sein Erstaunen.

»Du glaubst tatsächlich, dass ich dich habe gehen lassen, weil du Narben hast? Bist du bescheuert?«

»Du hast sie nicht gesehen«, wisperte ich. »Ist kein schöner Anblick. Wenn du sie sehen würdest ...«

»Pst! Ich hab' ganz andere Dinge gesehen.« Adil küsste meine Wangen, mein Kinn, meinen Hals. Ich bog meinen Kopf nach hinten und bebte, als seine Lippen meine Narben berührten und den Linien bis zum Ausschnitt folgten.

»Bahe back, habibti«, flüsterte er zwischen seinen Liebkosungen.

»Bahe was?«, fragte ich, die Bedeutung seiner Worte erahnend.

»Ich liebe dich, mein Schatz. Dass du mir nicht vertraut und mir alles erzählt hast, macht mich traurig.«

Ich schob ihn zurück und sah ihm in die Augen. »Wollte ich ja. Aber ich habe mich geschämt, und ich hatte Angst, du würdest Schluss machen. Und dann kam Alina mir zuvor. Ausgerechnet mit Derek soll ich was haben? Ich war so verletzt. Und du meldest dich tagelang nicht, damit ich es wenigstens erklären kann.«

»Ich ... Ähm ...«, er zuckte mit den Schultern. »Mein Handy ist ins Klo gefallen.«

»Wie bitte?« Ich kicherte.

»Ich hatte schon abgezogen, bevor es hineinfiel«, erklärte er wie zur Entschuldigung, »und es wieder heraus gefischt. War natürlich nicht mehr zu gebrauchen und deshalb hatte ich deine Nummer nicht mehr. Bei euch klingeln ging nicht, weil deine Mutter mich nicht mag.«

»Quatsch!«

»Gestern erst fiel mir ein, dass du mal erwähnt hast, vor deinem Fenster wächst ein Walnussbaum. Also, dachte ich, spiele ich den Romeo und probier es auf diese Weise.«

Ich lachte. »Bahe back, habibti.«

»Habibi«, korrigierte er, »sagt die Frau zu dem Mann und habibti der Mann zur Frau.«

Er schob meine Haare nach hinten und strich mit den Fingern über die Narben. Ich erschauderte bei der Berührung.

»Vielleicht lasse ich mir ein Tattoo stechen«, flüsterte ich in sein Ohr und atmete seinen holzigen Moschusduft ein. »Eine Lilie, wunderschön.«

»Das weißt du natürlich nicht, aber im Islam sind Tattoos verboten. Was der Gesandte euch gibt, das nehmt, und was er euch untersagt, dessen enthaltet euch. Das steht in Sure 59, Vers 7.«

Ich seufzte. Mein Körper gehörte mir und niemand konnte mir vorschreiben, was ich damit tat.

»Aber du tust ja sowieso, was du willst«, erriet Adil meine Gedanken und grinste. »Wegen mir brauchst du allerdings nichts zu unternehmen. Ich will dich so, wie du bist.«

Bei seinen Worten fühlte ich mich leicht wie eine Feder, schwebend durch Raum und Zeit.

»Adil?«

»Ja habibti?«

»Sagst du mir jetzt, warum du am Anfang Angst vor mir hattest? Du hattest doch Angst?«

Unmittelbar verdunkelte sich sein schönes Gesicht, als hätte ich mit meiner Frage an einer entzündeten Wunde gerührt.

Er plumpste auf die Couch zurück und hob abwehrend seine Hände, als ich mich zu ihm setzen wollte.

»Nein, bleib da! Ich muss dir etwas sagen. Es ist wichtig, denn du sollst alles über mich wissen. Ich will nicht, dass wir Geheimnisse voreinander haben. Man sieht ja, wohin das führt. Danach kannst du selbst entscheiden, ob du mich rauswirfst, oder nicht.«

Ich stand wie betäubt da. Was kam jetzt?

»Setz dich, bitte«, sagte er. »Ich kann nicht reden, wenn du vor mir stehst.«

Schweigend setzte ich mich in die andere Couchecke, nahm die Wolldecke und wickelte mich darin ein. Mir war eiskalt.

»Ich mochte mein Leben«, sagte Adil. »Meiner Familie ging es gut, sehr gut sogar. Doch dann veränderte sich das Straßenbild.

Auf einmal gab es immer mehr Militär, Checkpoints und seltsame Gruppierungen, Bombardements mit Mörsergranaten legten Häuser in Schutt und Asche. Es waren Angriffe von Seiten des Regimes und von der Artillerie der Freien Syrischen Armee.«

Adils Stimme wurde leiser. »Chalah, meine Tante, wurde bei einer Hausexplosion unter den Trümmern begraben, als sie zufällig eine Straße entlang lief. Fahed drehte durch. Er schrie hysterisch herum, dann wurde er auf einmal ganz ruhig, wie ein Auto, das nicht mehr fährt, weil die Batterie leer ist. Er verbarrikadierte sich in seinem Zimmer und berichtete über eine Facebookseite über die Situation in Yarmouk, um die Welt da draußen wachzurütteln, wie er meinte. Er war ein Feigling, ich hasste ihn, denn um an aussagekräftige Bilder für seine Seite zu kommen, schickte er Rabia auf die Straße, statt selbst Fotos zu schießen. Ich redete auf ihn ein, verprügelte ihn sogar, aber er hörte nicht auf mich. Ich sagte zu Rabia, sie begebe sich in Lebensgefahr, ihr Bruder nutze sie nur aus. Ich schüttelte sie, schrie, aber ich kam nicht mehr an sie heran. Fahed hatte sie so sehr mit seiner Idee infiziert, dass jedes Wort von ihr abprallte. Das sei sie ihrer Mama schuldig, war ihre schlichte Antwort.«

Bis hierher hatte Adil mich während seines Berichtes angesehen. Jetzt setzte er sich um, lehnte seinen Kopf gegen die Sofalehne und starrte an die Decke. Als er weitersprach, hatte seine Stimme einen metallischen Klang angenommen.

»Das Leben wurde von Tag zu Tag schwieriger. Bei jedem Bombardement in unserer Straße zitterte unser Haus, und jedes Mal dachten wir, jetzt sind wir dran, denn einige Häuser in unserer Nachbarschaft waren bereits zerstört, viele Menschen waren geflohen, gestorben, oder sie hatten sich Rebellen angeschlossen. In den Winkeln der Häuser lauerten immer wieder Heckenschützen verschiedener Rebellengruppen, die sich gegenseitig bekämpften oder Soldaten des Militärs. Pech, wenn man zwischen die Fronten geriet. Wenn man also raus musste, war es besser, eine Waffe mitzunehmen, zur Sicherheit. Waffen und Munition hatten wir von den toten Kämpfern, die auf der Straße lagen und manchmal erst Stunden später fortgetragen wurden.«

Adil sprach jetzt hastig. Ehe ich eine Frage stellen konnte, fuhr er fort:

»Die Besitzer der Lebensmittelläden in unserer Nähe waren bereits geflüchtet oder tot. Der nächste lag vier Häuserstraßen weiter. Eines Tages schickte Mama mich los, um Reis zu kaufen. Sie hatte immer Angst, dass mir was passierte, aber es ging nicht anders. Ich hatte den Lebensmittelladen beinahe erreicht, als dicht neben meinem Kopf eine Kugel vorbeizischte. Reflexartig warf ich mich auf den Boden und schoss in die Richtung, aus der der Angriff gekommen war. Es ging so schnell, ich hatte meinen Zeigefinger immer am Anschlag, um blitzartig reagieren zu können. Es wurde zurückgeschossen, doch ich konnte mich rechtzeitig hinter einer Säule verbergen und wagte mich erst hervor, als alles ruhig war. Auf der gegenüberliegenden Straßenseite sah ich einen Körper liegen. Normalerweise hätte ich ihn nicht beachtet. Wenn man täglich Leichen auf den Straßen sieht, gewöhnt man sich irgendwann daran und geht weiter, einfach, um sich selbst in Sicherheit zu bringen. Aber ich brauchte mir den Körper auch gar nicht genau anzusehen. Schon aus der Entfernung wusste ich sofort, wer da lag. Es war ... Es war ...«

»Nein!«

Adil wandte mir sein Gesicht zu. Das gesammelte Elend der Welt schien sich darin abzuzeichnen.

»Rabia. Ich habe sie getötet.«

58.

Seine letzten Worte waren geflüstert. Sie schwebten im Raum, als warteten sie darauf, weggefegt zu werden. Doch was hätte ich sagen sollen? Es war ein Unfall, du hast es nicht absichtlich getan, vielleicht hat die Kugel eines Heckenschützen und nicht deine sie getroffen!

Ich wollte weinen, aber es kamen keine Tränen. Beschämt dachte ich an meine Eifersucht auf ein Mädchen, das tot war, während ich leben durfte.

Ich lief barfuß zum gegenüberliegenden Fenster, durch das der Mond hineinschien. Er war voll und rund und strahlte hell.

»Adil«, sagte ich, »kannst du bitte herkommen?«

Er kam, schleppend, mit hängenden Schultern. Ich zeigte auf mein Zimmer, das vom Mondlicht angestrahlt wurde.

»Als wir vor drei Monaten hier einzogen, war ich der unglücklichste Mensch der Welt. Die Gründe dafür sind lächerlich, wenn ich sie mit deinen vergleiche. Seitdem hat sich mein Leben vollkommen verändert, zum Guten. Ich meine, wenn wir nicht hierhergezogen wären, hätte ich das alles nicht erlebt. Nur der Mond ist gleich geblieben, siehst du? Er strahlt so hell, wie er es immer tut, wenn Vollmond ist. Ich will damit sagen, dass das, was mit uns passiert, eigentlich unbedeutend ist, wenn man es im großen Ganzen betrachtet. Und vielleicht geschieht alles sowieso, und zufällig sind wir die Akteure. Wir müssen es annehmen und das Beste daraus machen, sonst werden wir verrückt.«

Ich spürte seine Hand auf meiner Schulter und zuckte zusammen.

»Das bedeutet«, wandte ich mich ihm zu, »dass Rabia sterben musste, weil es ihr Schicksal war. Du hast leider das Pech gehabt, der Akteur zu sein, was – wenn man es positiv betrachtet – wiederum gut ist, weil es besser für sie war, durch die Kugel eines Freundes und nicht eines Feindes zu sterben.«

Ich hörte mich ziemlich konfus an, aber Adil schien den Kern meiner Aussage verstanden zu haben. Er presste seine Lippen zusammen und nickte.

»Aber was hat das jetzt alles mit mir zu tun? Warum die anfängliche Panik, wenn du mich gesehen hast?«

Adils Gesichtszüge wirkten wieder entspannt. Seine Pupillen weiteten sich.

»Deine Haare«, antwortete er. »Rabias Haarfarbe war orange, derselbe Farbton, wie du ihn getragen hast. Ihre Haarfarbe war allerdings echt. Merkwürdigerweise seht ihr euch insgesamt sehr ähnlich. Du warst wie eine Fata Morgana für mich. Ich dachte, ein Geist steht vor mir, oder ein Engel, ein Racheengel.«

»Oh!«

»Doch du bist nicht wie sie. Du bist ganz anders. Du bist Zoé und ich liebe dich.«

»Tust du das?«, fragte ich und lächelte glücklich. »Dann macht es dir doch bestimmt nichts aus, mir einen richtigen Kuss zu geben?«

Er grinste, wurde aber gleich wieder ernst, als unsere Gesichter sich einander näherten. Seufzend verlor ich mich in dem Kuss, als unsere Lippen sich berührten.

Nox glitt schnurrend um unsere Beine.

BIOGRAPHISCHES

SUSANNE ROCHOLL

© Foto: Petra Niedecken

Susanne Rocholl
wurde 1962 in Münster geboren. Nach dem Studium der Neueren Fremdsprachen arbeitete sie als Personalberaterin und wechselte später in die Hotelbranche. Ihre Liebe zum Schreiben fand Ausdruck in Kurzgeschichten, die in Anthologien und Printmedien veröffentlicht wurden. Susanne Rocholl schreibt für mehr Toleranz zwischen den Völkern.
Ihr Anliegen ist es, die Augen zu öffnen für faszinierende Menschen unterschiedlicher Religionen und Traditionen.
»Zoé und Adil – in Love« ist ihr zweiter Roman.
2013 erschien ihr Debütroman »Die Früchte am Ende des Zweiges« in der Edition Contra-Bass.
www.susannerocholl.de

Ines Schmidt
Granatapfelrot
Jugendroman

ISBN: 978-3-95771-192-2
eISBN: 978-3-95771-056-7

Sein ganzes Leben lang hat David sich für seine Schwester Jakobine verantwortlich gefühlt, sie geliebt, beschützt, gepflegt. Jakobine hatte eine körperliche Behinderung - Osteogenesis Imperfecta - und war an einer Frühform der Alzheimerdemenz erkrankt. Auch Joshua, ihren amerikanischen Freund, hatte David ins Herzen geschlossen. Jetzt ist Jakobine tot, und ausgerechnet bei der Beerdigung passiert es: ein misslungener Versuch eines Kusses, eine plötzliche Intimität, eine festgehaltene Hand auf dem Friedhof. Zu dem tieftrauernden Freund seiner Schwester entwickelt David verbotene Gefühle. Damit nicht genug, wird David von Joshua auch noch zu einer Bike-Tour durch die Dolomiten überredet. Er willigt ein, ohne über die Konsequenzen seiner Leidenschaft nachzudenken.
Denn die Leidenschaft ist wie ein Granatapfel, sie wächst und gedeiht bei Licht und Wärme, und wenn sie reif ist, öffnet sie sich und bietet verschwenderisch ihre süßen roten Kerne an. Es folgt der Genuss, die Erkenntnis und die bohrende Gewissensfrage: Was habe ich getan!?

Ines Schmidt kartographiert das Innenleben zwei Männer und greift tief in deren Denkvermögen, das durch Moral und Trieb hin und her gerissen wird. Ihr Debütroman ist gleichzeitig ein Plädoyer für die Jugend, die durch Gefühl, Sexualität und Tod, ihre Identität sucht und die Liebe für das einzig Wahre-Gute-Schöne hält. Eine Weisheit die mit dem Alter verloren geht. Wie die Leichtigkeit in den Kompromissen des Lebens.

Mirijam Günter
Die Stadt hinter dem Dönerladen
Jugendroman

ISBN: 978-3-95771-051-2
eISBN: 978-3-95771-052-9

Nickis Leben liegt in Trümmern. Ihre beste Freundin ist nicht mehr da und ihre Mutter kann keinen Mann halten. Auch Rainer hat sie in die Wüste geschickt, den Polizisten und einzigen Mann, den sich Nicki jemals als Stiefvater gewünscht hätte. In die Schule geht sie nicht mehr hin. Stattdessen treibt sie sich auf der Straße herum. Dort lernt sie Stefan kennen. Während der sich in sie verknallt, beginnt Nicki, Gefühle für Deco zu entwickeln. Ausgerechnet Deco, Stefans Freund! Er trifft sich mit Nicki neben dem Dönerladen, seinen Arbeitsplatz.
Doch irgendwie wird sie aus Deco nicht schlau. Er scheint in Rätseln zu sprechen. Trägt er Geheimnisse mit sich herum? Was hat er zu verbergen?

Mirijam Günter inszeniert eine lebendige Geschichte um »illegale«, ohne Papiere lebende Menschen. In einem Strudel aus persönlichen Schicksalen und Behördenwillkür präsentiert sich die soziale und politische Situation Deutschlands, nackt und ungeschminkt, fern von Bürgerlichkeit und Rechtsstaat.

Jannis Plastargias
Liebe/r Kim
Briefroman

ISBN: 978-3-942223-92-8
eISBN: 978-3-942223-93-5

Ein Anruf reißt Kosmás aus dem beschaulichen Gleichgewicht seines Lebens. Bei seinem Neffen wurde Krebs diagnostiziert. Zwanzig Jahre ist es nun her, dass er selbst an einem Weichteilsarkom im Knie litt. Ist das nun Zufall? Erbliche Vorbelastung? Er muss nach Hause und seine Notizen suchen. Jahrelang hatte er vor, sie in den PC einzugeben und auszudrucken, doch alleine die Aussicht, das alles abtippen und noch einmal durchleben zu müssen, ließ seine Stimmung sinken. Könnten diese Seiten auch seinem Neffen helfen und ihm in seiner Bedrohung Beistand leisten? Einen Versuch ist es wert. Kosmás hat den Krebs damals überlebt, und ebenso die Chemotherapie und Bestrahlungen. Woher die Idee kam mit den Tumor zu sprechen, weiß er nicht mehr – damals hat es aber geholfen, das Sprechen und vor allem das Schreiben.

Jannis Plastargias erzählt vom Erwachsenwerden mit gesundheitlichen Problemen. Dieser Briefroman ist ein Plädoyer dafür, niemals aufzugeben, mag die Welt auch noch so düster aussehen.

Dietlind Köhncke
Die Wörtersammlerin
Eine deutsche Kindheit
Erzählung

ISBN: 978-3-942223-86-7
eISBN: 978-3-942223-87-4

Lilibeth und ihre Familie müssen wegen das Bombardements der alliierten das vertraute Berlin verlassen. Sie wird in Ostpreußen eingeschult und ist begeistert von den Wörtern, die sie lernt. Sie beobachtet, wie die Erwachsene reden, lauscht ihren Sätzen und lernt schnell: ›Krieg‹ hat fünf Buchstaben, Frau Ohlmann ist ›arisch‹, nicht nur, weil sie wie eine Königin läuft und der ›Güterzug nach Berlin‹ muss schneller eintreffen als die ›Russen‹. In ihre Sammlung fügt sie jeden Tag neue Wörter und manchmal sogar ganze Sätze ein, wie ›Raus aus dem Haus, rum um die Ecke, rein in den Bunker‹. Und dann soll sie zu ihrem eigenen Vater, der nach langer Zeit nach Hause kommt, ›Onkel Hans‹ sagen, damit die Leute ihn nicht andauernd anzeigen – man nannte ihn ›Nazi‹, als er abgeholt wurde. Lilibeths Kinderwelt besteht aber auch aus Wörtern, die sie nicht in ihre Sammlung aufnimmt, wie ›Sowjetische Besatzungszone‹, weil das für sie klingt, als würde jemand einen von ganz nahe ansehen, die Stirn runzeln und zischen.

Dietlind Köhncke beschreibt die Kriegs- und Nachkriegszeit aus dem Blickwinkel eines Mädchens, das Wörter sammelt. Kindheit und Jugend sind geprägt von der Flucht, politischen Umbrüchen und Repressalien zweier Systeme. Durch die Kinderbilder wird der familiäre Alltag kartographiert, in dem Frauen die Hauptrolle spielen, ein Stück deutsch-deutsche Geschichte, das schwierige Zeiten durchlebt – unter den Nazis wie unter den Kommunisten.

GRÖSSEN
WAHN
VERLAG

www.groessenwahn-verlag.de